JOYEUX !

CHER ANDREI

DE TON

AMI

FOLIO POLICIER

Saskia Noort

Retour vers la côte

Traduit du néerlandais
par Mireille Cohendy

Denoël

Titre original :

TERUG NAAR DE KUST

Née aux Pays-Bas en 1967, Saskia Noort est journaliste indépendante et collabore aux éditions néerlandaises de *Marie-Claire* et *Playboy*. Après *Retour vers la côte*, un premier roman remarqué, *Petits meurtres entre voisins*, récompensé par le prix SNCF du Polar européen en 2010, a fait d'elle l'un des auteurs de thrillers les plus prometteurs de sa génération.

À mes enfants, Mathieu et Julia

« Maman ! Maman ! J'y arrive, regarde, j'arrive à tenir sur la tête ! »

La voix fluette de Wolf me ramena sur la terre ferme, me tirant d'un gouffre de tristesse et faisant taire la douleur de mon utérus déserté. Il était devant moi, son petit visage écarlate, tête en bas dans le sable, le ventre à l'air, violacé par le froid, ses petits pieds nus dressés vers les nuages d'un gris de plomb. Il tomba, rit, se releva d'un bond et me lança un regard crâneur.

« Tu as vu ça, m'man ? Merel, t'as vu ? J'y arrive moi aussi ! »

Merel ignora son frère cadet et poursuivit son chemin, en quête de coquillages pour son collier. Elle avançait dans l'eau peu profonde d'un pas hésitant, orteils rétractés, pantalon retroussé, les poils de ses fines jambes hérissées par le froid.

« M'man, Merel ne regarde pas ! »

J'étais assise sur ma veste en jean. Les bras autour des genoux, je me berçais le plus discrètement possible, afin de rendre supportables les élancements de douleur dans mon ventre. Je contemplais mes enfants, leur façon de courir, de jeter du sable, puis de s'immobiliser soudain devant une méduse morte ou un joli coquillage.

Ce matin-là, j'avais quitté la maison à sept heures. Ma décision était prise. J'étais enceinte de Geert, mais il était hors de question que j'élève seule un enfant de plus. J'avais la nausée tellement j'avais faim, mais j'étais incapable d'avaler quoi que ce soit. Je pensais à mes enfants, eux qui avaient eu leur chance. Leurs cheveux en bataille, les yeux de Wolf encore gonflés de sommeil, Merel, qui venait se blottir contre moi dans le lit.

Geert serait furieux. Loin d'être un père exemplaire, il aimait son fils et ma fille, et cet enfant, il l'aurait aimé aussi, inconditionnellement, même s'il était incapable de s'en occuper. Mais ce n'était pas possible. Ce n'était pas possible et il était temps que je devienne raisonnable. Je ne voulais pas d'une discussion interminable qui dégénérerait immanquablement en injures obscènes, en reproches de part et d'autre et d'un Geert qui finirait par s'effondrer, et qu'il me faudrait consoler.

Le bébé devait disparaître. Il était là par ma faute, c'était donc à moi de supporter la douleur de la séparation. Je ne pouvais en faire porter le poids à Geert. Ma décision était la bonne.

Je pensai à cette mère colombienne que j'avais vue dans l'émission « Perdu de vue ». Son désarroi devant la photo de sa fille, qu'elle avait abandonnée parce qu'elle n'avait pas le choix, tout simplement. Le regret d'avoir donné la cadette. Son espoir d'une vie meilleure pour cette enfant, ses prières quoti-

diennes pour qu'un jour elle cherche à la retrouver. Être contrainte de se séparer de son enfant, même sans le connaître, c'était pour une mère la pire des choses qui puisse arriver.

Après l'intervention, j'étais rentrée à la maison pour me doucher et me mettre au lit. « Prenez une aspirine et mettez-vous bien au chaud sous la couette », m'avait dit la gynécologue. Mais la maison vide m'oppressait. Le panneau sur lequel figuraient les photos de Merel et de Wolf tout petits. Les jouets éparpillés. Les petites fesses de bébés à la télévision. De muets reproches. Cette mère venait de tuer son enfant. Et maintenant elle était au lit. Je me sentais écrasée par la culpabilité. Il fallait que je sorte. Et comme chaque fois que j'étais sur le point de craquer, je pris la voiture pour aller à la mer. À l'endroit où j'étais née, en bordure des dunes. « Le vent marin chasse les soucis », disait mon père.

1

Au claquement du volet de la boîte aux lettres, au bruit sourd du courrier tombant sur le paillasson, je compris qu'il était plus de onze heures. Je venais de passer au moins deux heures à regarder tomber la pluie. Les mégots débordaient du cendrier et mon café était froid.

Je m'arrachai de mon lit avec peine et me dirigeai lentement vers la porte pour ramasser le tas d'enveloppes humides. Deux avis d'imposition, un relevé bancaire, une convocation chez le dentiste pour le contrôle bisannuel et une carte postale. Une photo en noir et blanc, d'adorables petits pieds de bébé. Des petits pieds tout roses qui sentaient l'agneau et les savonnettes Zwitsal, des petits pieds que j'aurais voulu caresser et couvrir de baisers, des petits pieds dont je devais faire mon deuil. Quel cynique hasard ! Mon ventre était encore irradié de douleur.

Vous ne sentirez rien, m'avait dit le médecin. Peut-être une vague sensation rappelant les règles, rien de plus. Elle se trompait. Ça faisait cinq jours maintenant, et je me tordais encore de douleur.

Je ramassai la carte d'une main tremblante et caressai les orteils rétractés, le petit talon délicat. Je ravalai mes larmes et retournai la carte.

Maria !

Tu n'es qu'une vipère. Une salope qui a assassiné son enfant. Tu ne mérites pas tes enfants. Tu ne mérites pas de vivre. Ça fait des années que je te suis. Quelqu'un devra te punir, salope !

Je t'ai à l'œil.

Je relus ces mots, trois, quatre fois, avant d'en saisir le sens. Puis je jetai la carte loin de moi. *Quel est l'imbécile qui écrit des choses pareilles ?* me demandai-je tout en sachant pertinemment de qui il s'agissait. Il n'existait qu'une seule personne qui m'en veuille au point de me traiter de vipère et de salope, la seule à savoir que je m'étais fait avorter : Geert. J'avais supprimé son enfant. J'ouvris la porte, m'attendant à le trouver en face de moi, un méchant sourire aux lèvres, mais il n'y avait personne, à part un chat qui miaulait.

Quel idiot ! Il avait complètement perdu la tête.

Tremblante de colère, je versai l'eau dans la cafetière électrique et mis le café dans le filtre en renversant un peu de poudre sur l'évier. J'allumai une cigarette, les yeux fixés sur le misérable filet d'eau brunâtre qui coulait goutte à goutte dans le récipient. Il ne manquait plus que ça ! Après toutes les épreuves que j'avais traversées, le combat que j'avais mené pour me détacher de lui, voilà qu'il allait me harceler. Par la vitre, j'observais les fenêtres de mes voisins de derrière. Je ne les connaissais pas, leurs rideaux étaient toujours fermés. Ça ne pouvait qu'être lui !

Il s'agissait d'une vraie menace. Je devrais peut-être prévenir la police. Ne m'avait-il pas traitée de putain, à peine quatre jours plus tôt ? Il était parti en hurlant car je venais de lui avouer que je m'étais fait avorter. Il était tellement furieux qu'il était capable d'un tel acte. Était-ce sa vengeance ? Je ne pouvais le croire. Si tant est qu'il puisse faire du mal à quelqu'un, c'était à lui-même qu'il s'en prendrait.

Mais qui d'autre était au courant ? Qui d'autre avait des raisons de me haïr à ce point ?

Je me souvenais de notre dispute le jour où, en rentrant avec les enfants, je l'avais trouvé assis sur le trottoir. Je me sentais trop mal pour discuter, trop faible pour imaginer un mensonge susceptible de justifier l'état dans lequel je me trouvais. J'avais l'intention de me taire, mais finalement, je le lui avais annoncé de but en blanc.

Il était devenu livide. D'abord, il avait cru que c'était l'enfant d'un autre que j'avais fait disparaître. Quand j'eus réussi à le convaincre qu'il n'y avait personne d'autre et que c'était de son enfant qu'il s'agissait, sa colère avait explosé. « Pourquoi ? s'était-il écrié. Qu'est-ce que ça change qu'on en ait deux ou trois ?

— Pour toi, ça ne change rien ! avais-je hurlé à mon tour. Pour moi, ça change tout ! J'aspire à autre chose dans la vie. Tu m'entraînes dans ta dépression et je n'en peux plus. Un enfant de plus ne ferait qu'aggraver les choses. Tu ne comprends donc pas ? »

Mon café était prêt. Je le versai dans une grande tasse sur laquelle était imprimé : « Pour mon petit footballeur préféré. » J'en bus une gorgée. Je ne savais pas quoi faire. Appeler la police ? Non. Ce serait exagéré. Il fallait d'abord que je parle avec Geert. Aujourd'hui même. Il avait beau être furieux et se sentir humilié, il avait dépassé les bornes. J'étais certaine qu'il le regretterait, qu'il avait écrit ces mots dans un accès d'ivresse et d'amertume, la nuit dernière, au cours d'une insomnie.

Geert entrouvrit lentement la porte vert foncé à la peinture écaillée ; les yeux rougis, il lança un regard par l'embrasure. La pluie avait transpercé mes vêtements et j'étais hors de moi.

« Ouvre, bon sang, je suis trempée jusqu'aux os », criai-je en lançant un coup de pied contre le chambranle de la porte. Encore endormi, il tripotait le cadenas pour l'ouvrir. « Relax », grommela-t-il avant de me faire entrer.

Il y a six ans, on nous avait présentés lors d'une audition pour le lancement du groupe The Healers et, en lui serrant la main, une main fine et énergique à la fois, j'avais tressailli. C'étaient ses yeux, de grands yeux marron qui semblaient implorer un peu d'amour. On aurait dit un Gitan avec sa tignasse brune et bouclée et son grand corps langoureux.

Deux heures après, j'étais allongée sur le matelas de Geert, ivre et follement amoureuse, sans me soucier du désordre qui régnait dans la pièce ni du fait qu'il vide une bouteille de vodka en plein jour.

Trois jours plus tard, il s'installait chez moi. Ma fille Merel l'ignora pendant les premiers mois. Elle en avait déjà vu défiler plus d'un, dont son père. Mais Geert resta et il finit par gagner son affection à elle aussi. Nous eûmes un enfant ensemble, Wolf.

Il portait un T-shirt délavé et un short de boxeur. Il me devança dans l'escalier pour courir se mettre au chaud.

« Monte, dit-il, j'enfile quelque chose. »

Je lui emboîtai le pas et, en constatant sur ses jambes minces qu'il avait la chair de poule, je sentis fondre ma colère qui fit place à une profonde tristesse.

Siebe, notre batteur, était parti au Népal pour quelques mois, à la recherche de son Moi. Je lui avais promis de m'occuper de ses plantes, de trier son courrier et de donner à manger à son chat. Siebe savait que notre couple battait de l'aile, c'est pourquoi, en nous remettant les clés, il avait laissé entendre que son appartement pourrait éventuellement servir de refuge. Geert l'habitait à présent et il s'était approprié les lieux en y semant une pagaille indescriptible. La table était jonchée de canettes de bière vides, d'une bouteille de vin à moitié entamée, de trois cendriers remplis à ras bord et d'une poche plastique contenant les restes d'un repas chinois que Marvin, le chat de Siebe, était en train de terminer. Sur le matelas que Geert avait tiré de la chambre à coucher jusqu'au séjour traînait sa guitare basse et une pile de partitions. Des bruits familiers me parvenaient de la douche. Il fredonnait cette mélodie que je l'avais entendu chantonner presque tous les matins pendant six ans. *When I woke up this morning, you were on my mind.*

« Café ? » demanda-t-il en entrant dans la pièce, ses cheveux longs trempés gouttaient sur son sweater. Je fis oui de la tête tout en observant son visage marqué sur lequel je ne percevais pas la moindre trace d'hostilité. Chacun de nous alluma une cigarette en cherchant quelque chose à dire. Je n'osai pas parler de la carte. Geert retourna dans la cuisine. Il revint, un paquet de sucre sous le bras, en tenant deux grandes tasses fumantes. D'une main tremblante, je sortis la carte de mon sac et la posai sur la table.

« Qu'est-ce que c'est que ça ? » marmonna-t-il en voyant ce qu'elle représentait. Et, après l'avoir saisie et lue, il se mit à se mâchonner la lèvre inférieure.

« Quel enfoiré !... » Stupéfait, il me fixait de son regard las et abattu. Je détournai les yeux — j'avais mal de le voir ainsi, au milieu de ce capharnaüm, seul, si vulnérable, recroquevillé sur lui-même et meurtri. Je me haïssais. Je lui avais pris tout ce qui lui était cher et à présent je venais l'accuser. Comment avais-je pu penser que lui, l'homme que j'avais aimé pendant si longtemps et qui m'était si proche, avait pu m'envoyer quelque chose d'aussi répugnant ? Pourtant, je ne voyais pas d'autre possibilité. Ça ne pouvait être que lui. L'idée qu'un inconnu, un psychopathe quelconque, ait jeté sur moi son dévolu était mille fois plus insoutenable.

« Tu ne penses tout de même pas... Tu crois que c'est moi qui l'ai écrite ? »

Geert se leva d'un bond et jeta la carte sur la table. Il me regarda les yeux plissés et souffla rageusement la fumée de sa cigarette.

« C'est de pire en pire ! Regarde-moi ! Et dis-moi franchement… Merde ! Tu crois que je suis fou à ce point ? Que moi, je voudrais te faire peur ? »

Je me levai à mon tour et posai la main sur son bras. Il se dégagea brusquement.

« C'est incroyable ! Quel gâchis nous avons fait, Maria ! Ça pouvait difficilement être pire. Mais voilà que maintenant tu es là… à m'accuser, comme si j'étais fou. Me mettre dehors, faire disparaître notre enfant sans aucune concertation, ça ne te suffisait pas ! »

Il donna un coup de pied dans un coussin et secoua la tête, comme à son habitude, dans les moments où il ne maîtrisait plus ses émotions. Il ne voulait pas que je le voie souffrir. Je me frottai les yeux pour refouler les larmes brûlantes que je sentais monter et enfonçai mes dents dans la paroi intérieure de mes joues.

« Geert, c'est injuste. Ça a l'air de te surprendre que je t'aie soupçonné en recevant cette carte ? Après toutes nos disputes ? Dernièrement, tu m'as jeté un fer à repasser à la figure ! Tu hurlais que j'allais le regretter…

— Ça t'étonne ! Tu me mets dehors ! On traverse une crise et hop, renvoyé. Comme si notre histoire ne comptait pas. Et en plus, tu m'annonces en passant que tu viens de te faire avorter… »

Il alla s'allonger sur son matelas, les mains sous la tête. Il ferma les yeux. Ses paupières tremblaient.

« Ce n'est pas tout à fait ça. Je ne t'ai pas mis

dehors. C'est toi qui as voulu partir parce que je t'ai dit que je ne pouvais plus faire face à tes problèmes. Parce que j'ai dit que je voulais vivre. Que je n'en pouvais plus… Et tu ne faisais rien. Tu préférais croupir dans ta dépression. »

Je me dirigeai vers la fenêtre, m'assis sur le rebord et posai ma joue contre la vitre fraîche, le regard perdu dans la grisaille qui pesait depuis des mois sur la ville.

« Sois honnête : tu étais en train de perdre la tête. Tu étais complètement déboussolé. Je ne pouvais plus rien pour toi. »

Il roula sur le côté, serra ses genoux dans ses bras et enfouit sa tête dans le matelas. Il gémissait comme s'il avait mal.

« Il faut que tu te fasses aider. Moi, je ne peux pas. Je suis peut-être égoïste, mais je ne sais plus quoi faire face à ta déprime. Ce n'est pas facile d'aimer quelqu'un qui est toujours négatif, qui n'a jamais envie de rien. Tu comprends que nous ne pouvons pas mettre un autre enfant au monde dans de telles conditions ? Tu as trop à faire avec toi-même. Et puis moi, j'ai ma vie aussi…

— Ah bon, alors c'est de toi qu'il s'agit. Tu m'as jeté parce que je t'empêchais de vivre. Et mon enfant aussi, allez hop, jeté lui aussi.

— Arrête, Geert. Je t'ai demandé de te faire soigner. Je t'ai demandé d'arrêter de boire. Chaque fois, tu me l'as promis. Tu devais commencer une thérapie… Toute l'année, j'ai été à tes côtés, nuit et jour. Ça n'a servi à rien ! Les choses n'ont fait qu'empirer. »

Geert se redressa. Il se passa les mains sur le

visage et dans les cheveux, je le trouvai de nouveau outrageusement beau, au point que je sentis encore une fois les larmes me monter aux yeux. Cette fois, je leur donnai libre cours. Il me regarda d'un air affligé.

« Je t'aime, Maria. Jamais, jamais je ne pourrais te faire de mal, quoi que tu me fasses. Je n'ai pas écrit cette carte.

— Mais alors... qui a pu écrire des choses pareilles ?

— Un détraqué parmi tes admirateurs, je n'en sais rien... Peut-être un de ces fanatiques anti-avortement qui t'aura vue à la clinique. Va au commissariat. »

Je tressaillis. Ce n'était pas ce que j'avais envie d'entendre. Je commençais à comprendre ce que cela signifiait. On avait misé sur moi. Quelqu'un voulait me faire peur.

« Ce n'est peut-être pas si grave, dit Geert en soupirant, juste une mauvaise plaisanterie qui n'ira pas plus loin. Mais je le signalerais tout de même à la police si j'étais toi. Quoi qu'il en soit, s'il y a quelque chose, tu m'appelles. »

Je me levai et me dirigeai vers la table. Mes mains tremblaient quand je saisis la carte et la glissai dans mon sac. Je pris mon manteau sur le dossier de la chaise et l'enfilai. J'aurais voulu dire quelque chose pour détendre l'atmosphère, mais je ne trouvais pas les mots. Ce qu'il y avait eu entre nous était brisé et j'avais le sentiment que c'était de ma faute. L'espace d'un instant, il me fut impossible de dire pourquoi j'avais rompu. Pourquoi j'avais décidé de me faire avorter. Je savais en revanche qu'à présent j'étais punie pour mes choix, et que si je n'avais pas fait ces choix-là, je n'aurais pas la carte d'un fou dans mon sac. En le lançant sur mon épaule, je renversai une tasse de café.

« Merde ! » Je me baissai pour ramasser les éclats, mais j'étais à bout de force. Geert se pencha et passa son bras autour de mes épaules.

« Maria, je ne veux pas que les choses se passent comme ça. » Il enfouit son nez dans mon cou. « Je veux te retrouver. Je veux retrouver ma famille. Je veux te protéger... » Il pesait sur moi, comme un boxeur vaincu. Je sentis l'odeur de ses cheveux fraîchement lavés, de sa mousse à raser, cette odeur si familière. Il m'embrassa de ses lèvres charnues et rugueuses, lécha les larmes qui coulaient de mon nez, ses mains suppliantes glissèrent plus bas et cherchèrent en tremblant l'agrafe de mon soutien-gorge.

« Je ne crois pas que ce soit une bonne idée », dis-je d'une voix étouffée. Il m'embrassa de nouveau, caressa mes lèvres de sa langue, pencha la tête et la glissa entre mes seins.

« Je veux juste rester un peu allongé près de toi. Sentir ton corps. »

Pendant une demi-heure, nous sommes restés allongés sur son matelas. Je me suis levée pour aller chercher les enfants à l'école.

2

J'étais en retard. Quelques grands jouaient encore dans la cour. Wolf et Merel attendaient près de la grille en se tenant par la main. Wolf, rêveur, mâchonnait son écharpe bleue. Merel, dans ses bottes en caoutchouc, se balançait et scrutait la rue d'un regard sombre. Son visage, au lieu de s'éclairer, se durcit davantage. Elle approcha à grandes enjambées, tirant Wolf derrière elle.

« Où tu étais ? demanda-t-elle en maugréant. Je devais aller jouer chez Zoé, sa mère a attendu très longtemps, et puis elle a dit : "Bon, j'en ai assez. Tu n'auras qu'à venir jouer demain." Et maintenant, je n'ai plus personne. »

Elle décocha un coup de pied à mon vélo, grimpa furieuse sur le porte-bagages et croisa ostensiblement les bras.

Ma petite Merel en colère ! Pendant que je me confondais en excuses, Wolf, ses petits bras tendus vers moi, hurlait : « Maman, un bisou ! » Il avait le nez qui coulait, mouillant ses joues rouges et gercées, les mains froides et humides, mais il s'en moquait. Wolf était toujours content. Comment deux enfants nés du même ventre pouvaient-ils être aussi différents ?

Je me sentais souvent coupable envers Merel. Coupable du fait qu'elle ait une image aussi négative d'elle-même. Steve, son père, nous avait quittées un an après sa naissance, et elle semblait craindre en permanence que moi aussi, un jour, je m'en aille.

Merel enviait la vie de ses amies, Zoé, Sterre et Sophie. Leurs mères ne travaillaient pas ou seulement à mi-temps, leurs pères rentraient tous les soirs à la maison et gagnaient beaucoup d'argent. Elles habitaient des maisons coquettes, la cuisine était toujours impeccable, il fallait retirer ses chaussures en entrant et, à quatre heures et demie, leurs mères commençaient à préparer le dîner. Merel rêvait d'être « comme tout le monde ». Si, en faisant la vaisselle, je me mettais à chanter et à danser, elle devenait furieuse. « Arrête, hurlait-elle. Conduis-toi normalement au lieu de toujours vouloir être sexy », me lançait-elle. Puis elle m'imitait en exagérant et partait en colère. Une fois, elle avait vidé toutes les bouteilles de vin dans les toilettes et jeté à la poubelle tous nos paquets de cigarettes. Merel était d'un tempérament angoissé. Souvent, elle ne parvenait pas à s'endormir parce qu'elle ruminait. Elle avait peur que je meure d'un cancer du poumon, que j'aie un accident, ou que je tombe amoureuse d'un autre et que Geert et moi nous nous séparions. Elle voyait ce genre de choses à la télévision en laquelle elle avait davantage confiance qu'en moi.

Comme toutes les mères, je souhaitais le bonheur de mes enfants, mais d'une manière ou d'une autre, je ne parvenais jamais à mettre de l'ordre dans mon existence. Je désirais fonder un foyer, mais je tombais amoureuse d'hommes avec lesquels il était impossible de mener une vie de famille digne de ce nom. J'aspirais à une vie équilibrée, traditionnelle, à un revenu stable, un ménage rangé, bien organisé, mais j'étais trop impulsive, trop paresseuse et trop chaotique. Il m'arrivait de partir au supermarché avec les enfants, la liste de courses dans mon sac et de me retrouver au café avec un collègue. Finalement, c'était un croque-monsieur et une soupe à la tomate pour les enfants et un petit pain avec une croquette et une bière pour moi. Dans ces cas-là, je me disais : mince, je me sens bien et heureuse dans le moment présent, profitons-en ! C'était ce que je voulais transmettre à mes enfants : la vie, c'est l'aventure. Chaque jour nous réserve des surprises à condition d'être ouvert à cela. Je ressentais alors une délicieuse sensation de bonheur et de liberté. J'étais heureuse et fière d'être différente de mes parents et, contrairement à eux, de vivre pleinement. Je donnais tellement plus à mes enfants que je n'avais reçu. Qu'avaient-ils gagné à travailler dur, à trimer d'arrache-pied ? Rien. Ils étaient morts jeunes tous les deux. Ma mère, après une vie de psychoses et de dépressions, avait fini par se suicider. Mon père était mort cinq ans plus tard d'une crise cardiaque. Pourtant, ils se nourrissaient sainement, se couchaient tôt, étaient fidèles. Ils ne fumaient pas, ne buvaient pas. Ils confessaient à l'église leurs misérables péchés. Mes parents. Je n'ai jamais eu le sentiment qu'ils étaient heureux de nous avoir, ma sœur et moi. Pas plus qu'ils ne l'étaient dans leur couple.

Nous rentrions à la maison. Wolf, à l'avant de mon vélo, chantait à tue-tête — il était question de nains et de champignons. Merel maugréait derrière, dans mon dos. Je leur demandai ce qu'ils avaient fait à l'école et, m'efforçant de prendre un ton enjoué, je leur dis que nous allions nous arrêter à la boulangerie pour acheter du pain frais et qu'ils pourraient choisir quelque chose.

« Une surprise ?

— Non, du pain ou quelque chose dans le genre. Un croissant ou un petit pain aux raisins… »

Merel voulait un Twix et sinon rien, Wolf, un gressin.

« Maman, qu'est-ce qu'on mange ce soir ?

— Une bonne soupe de pois cassés. Avec du pain et du lard.

— Beurk !!! »

J'enfouis mon nez dans les cheveux de Wolf qui sentaient le foin et, penchée en avant, je pédalai de plus belle. Merel appuya sa tête contre mon dos.

Une fois à la maison, je rangeai les courses et préparai le thé. Merel répétait ses exercices au piano, Wolf jouait aux Lego et, sans cette épouvantable carte dans mon sac, j'aurais apprécié ce moment en famille. Dans les bras de Geert, j'étais convaincue qu'il ne l'avait pas écrite. Mais à présent, je doutais à nouveau. Cette carte ne m'avait-elle pas poussée tout droit dans ces bras-là ?

Par ailleurs, je ne pouvais l'imaginer s'installant devant une machine à écrire pour rédiger un texte aussi diabolique.

Je passai en revue mes amis et mes relations, mais tout à coup, je me dis que cela n'avait aucun sens. Mes amis étaient tous musiciens. Ils avaient des choses plus intéressantes à faire que de me menacer. Je ne gênais personne, je n'étais qu'une petite chanteuse insignifiante, menant une vie tout à fait banale. Un membre de ma famille ? Je n'avais presque pas de famille. Ma sœur Ans et une vieille tante démente. Je parlais à Ans à peu près une fois par semaine. Nous nous efforcions chacune de notre côté de faire comme s'il existait de réels liens d'affection entre nous. Non, franchement, je n'arrivais qu'à une seule conclusion : personne d'autre que Geert n'avait de raison de me haïr.

À moins que ce ne soit un inconnu. Un inconnu qui aurait su ce que personne d'autre ne savait : que j'avais interrompu volontairement ma grossesse. Peut-être un militant antiavortement, en effet. Quelqu'un qui m'aurait vue à la clinique et qui m'aurait suivie. Mon nom figurait sur la porte et dans l'annuaire. Récemment, Dorine, une choriste du groupe The Healers, m'avait conseillé de mettre mon numéro de téléphone sur liste rouge et de faire installer des alarmes sur mes portes et fenêtres. Sa mère avait été cambriolée par une bande de criminels yougoslaves. Ces vauriens avaient surveillé la maison pendant des semaines et, quand le père de Dorine s'était absenté, ils avaient frappé. La nuit, ils te guettaient, attendaient le moment propice, appelaient chez toi et demandaient à parler au chef de famille. Sans te méfier, tu répondais qu'il n'était pas là — ils te tenaient. Ils débarquaient pour te cambrioler et te violer, comme ils l'avaient fait dans leur pays avec toutes les femmes dont le mari était parti dans les montagnes. « Ces Yougoslaves sont sans pitié. Pour eux, une vie humaine ne compte pas, avait ajouté Dorine. Et ils savent très bien que les musiciens sont souvent payés au noir. Après un spectacle, ils t'attendent, de préférence le dimanche soir, quand tu as donné deux ou même trois petits concerts et que tu as l'argent comptant chez toi. Ils menacent de s'en prendre à tes enfants si tu préviens la police. Exactement ce qu'ils ont fait en Bosnie et au Kosovo : du chantage aux femmes. On risque notre peau ici avec ces criminels de guerre qui se promènent en toute liberté. »

On sonna. Ma petite voisine Eva, perchée sur ses rollers, tenait une grosse enveloppe. « C'est pour vous », dit-elle en me la mettant dans la main. Puis, d'un pas mal assuré, elle redescendit prudemment l'escalier de pierre.

« Attends, Eva, où l'as-tu trouvée ? » lui criai-je pendant que Wolf s'agrippait à ma jambe et que, par-derrière, Merel hurlait qu'elle voulait suivre Eva.

« Maman a eu peur que des garçons de la rue ne la prennent et elle l'a ramassée. Elle était sur le trottoir. » Merel, sa trottinette à la main, se faufila entre la porte et moi pour sortir. Je lus mon nom sur l'enveloppe, ma bouche devint sèche. En haut, à gauche, le mot : « Confidentiel ». La même écriture que sur la carte.

3

La tête entre les mains, j'étais assise sur la cuvette des W.-C. Wolf se jetait de tout son long contre la porte en disant d'une voix geignarde qu'il voulait entrer. Il ne comprenait pas pourquoi j'avais fermé la porte à clé. Mais je ne voulais pas qu'il me voie dans cet état. Je tremblais trop et je risquais à chaque instant de vomir encore une fois. Les photos. Il ne fallait absolument pas que les enfants tombent dessus. À présent, Wolf hurlait de colère.

« Mamannnnnnnnn ! Je veux boire ! Pourquoi tu t'enfermes ? Ouvre ! »

J'aurais voulu dire quelque chose pour le rassurer, mais aucun son ne sortait de ma bouche. Je l'entendis partir en sanglotant.

L'enveloppe renfermait des photos imprimées sur ordinateur avec les mots « Assassin d'enfant », et une trentaine d'images téléchargées dans la rubrique « Abortion Gallery ». Des photos de fœtus de trois, quatre mois, d'abord dans le ventre, barbotant dans les eaux, à l'abri. Puis des photos de sachets contenant des fœtus baignant dans un liquide amniotique que tenaient de gros doigts masculins, ceux du médecin avorteur.

Freedom of choice? pouvait-on lire sous l'une des photos où figurait la tête pantelante d'un bébé, de la grosseur du poing, tenue par des pinces. Le visage était marqué d'un rictus de peur et de souffrance. Des embryons, des fœtus et des bébés presque arrivés à terme coupés en morceaux, sur des draps ensanglantés, avec de grosses pinces et des ciseaux posés à côté. Dans des sacs-poubelle, des bras, des jambes, des têtes coupés. Des enfants qu'on jetait. Des déchets.

J'en étais révulsée. Je m'étais efforcée de refouler ce genre d'images, je les avais chassées en rationalisant l'intervention. Il valait mieux pour lui que cet enfant ne voie pas le jour. Ce n'était pas encore un enfant d'ailleurs, seulement un amas de cellules, dénué de sensations, pas encore conscient. Je m'étais dit aussi : si j'avorte sans attendre, sans que personne ne le sache, ce sera comme s'il n'avait jamais existé. Je pourrais reprendre ma vie comme si de rien n'était. Mais mon raisonnement n'avait aucun sens.

« Tu sais ce qui m'étonne beaucoup ? » m'avait demandé Geert en me fixant de l'air suspicieux qu'il prenait dès qu'il était en colère après moi et qu'il cherchait à me blesser ou à me rabaisser. « C'est que tu n'arrêtes pas de tomber enceinte. Merel, un accident. Wolf, une erreur. Et maintenant ça. Tu es débile ou quoi ? Plus ça va, plus je me rends compte à quel point tu es stupide. Tu prends la pilule, non ? »

Je m'étais contentée de hocher la tête, parce que je n'avais même plus envie de me défendre. Il ne m'écouterait pas. D'ailleurs, il avait peut-être raison.

En fait, j'étais tombée enceinte parce qu'il ne pouvait pas dormir. Ça faisait six mois que Geert ne fermait pas l'œil de la nuit. Il se relevait en soupirant, en jurant et parfois même en pleurant. Il passait des heures au rez-de-chaussée à fumer et à écouter de la musique ou à gratter sur sa guitare. Ses insomnies le poussaient au désespoir. Rien n'y faisait. Il buvait des bouteilles entières de whisky, pour se fatiguer, mais ça ne faisait que l'exaspérer davantage. Les somnifères n'agissaient que pendant deux ou trois heures. Je ne savais plus quoi faire. Il était allongé à côté de moi à geindre, à implorer le sommeil, je tentais de le consoler. Je lui préparais du lait chaud avec du rhum, je lui roulais un joint, je le caressais et je chantais pour lui. Mais brusquement, il devenait furieux, craignant que je ne le quitte. Il m'empoignait les hanches, enfouissait sa tête dans mon ventre et s'agrippait à moi comme un petit singe à sa mère. Je me donnais à lui pour le consoler. Et pour avoir la paix. Geert ne s'endormait souvent que lorsque les enfants étaient à côté de notre lit parce que leur réveil avait sonné. Souvent, je me recouchais après les avoir accompagnés à l'école. Mon rythme était chamboulé. C'est pourquoi il arrivait que je ne prenne la pilule qu'à cinq heures du matin, ou à neuf heures et demie. Je n'avais que trois jours de retard, mais je le sentais déjà à mes seins. Douloureux, lourds. Je sus immédiatement que cet enfant ne pouvait voir le jour. Et que nous ne pouvions continuer à vivre ainsi.

Les photos avaient atteint leur but. À la vue de ces bébés morts ensanglantés, mutilés, mon utérus se contracta et mon estomac protesta. « Oh, mon Dieu, mon Dieu », bafouillai-je en m'efforçant de retrouver le contrôle de ma respiration. À genoux, les photos éparpillées autour de moi, la tête penchée sur la cuvette, je n'osais me relever de peur de revoir ces petits corps massacrés. Celui qui m'avait envoyé ces photos devait être complètement fou.

Je ramassai les photos d'une main tremblante en détournant les yeux et les remis précipitamment dans l'enveloppe. Le moindre détail entrevu me donnait des haut-le-cœur. Un petit fœtus de sexe masculin, les jambes repliées, des petits poings minuscules devant la bouche, une flaque de sang autour de la tête, reposait sur un drap sale à côté d'une paire de ciseaux de chirurgien aussi grande que lui. Je tentai de me rassurer en me disant que dans mon cas, c'était différent. J'avais fait interrompre ma grossesse à un stade précoce. Par aspiration. Ce n'était rien encore. Un amas de cellules. Pas un enfant.

Après avoir nettoyé les toilettes, je mis du papier journal et du charbon de bois sur le barbecue, dans la cour intérieure, j'approchai une allumette et jetai les horribles photos dans les flammes. En quelques secondes, les images des petits corps à l'état de fœtus se recroquevillèrent, changèrent de couleur, puis s'enflammèrent avant de disparaître en fumée.

J'allumai une cigarette pour chasser le goût de vomi, jetai encore quelques morceaux de bois, du papier journal dans le foyer et observai les flammes.

« Wolf, Wolf, maman fait un feu, viens ! » La voix excitée de Merel qui retentit dans le vestibule me tira de mes sombres pensées. Elle accourait, pleine d'enthousiasme, et se mit à jeter des branchages dans le feu.

« Hé maman, pourquoi tu fais du feu en plein hiver ?

— J'avais envie d'un peu de chaleur. Comme nous n'avons pas de cheminée, je me suis dit : Allons, je vais faire un bon petit feu dehors ! »

Merel vint près de moi, m'enlaça et posa sa tête contre mon ventre.

« C'est beau, hein maman ! On est bien, au chaud. »

Je caressai ses boucles brunes et rebelles, m'efforçant d'apprécier ce moment de bonheur intime. Il était rare qu'elle m'enlace spontanément.

Wolf accourut, ses petits pieds nus produisaient un bruit de clapotis comme des nageoires sur le caillebotis.

« Ouah, un feu ! » s'écria-t-il. Il accourut vers nous en sautillant, puis il enserra mes jambes de ses bras et rit.

« Ah, maman, tu es prise en sandwich. Toi, tu es la saucisse ! »

Je le soulevai en riant, chatouillai son ventre rond. Il s'étranglait à force de rire.

« Maman ? Tu sais… », commença Merel tout en

continuant stoïquement à jeter des feuilles, des branchages et des morceaux de cartons dans le feu.

« Quoi ?

— Le père de Stijn est mort.

— Oh, non ! Quelle horreur ! C'est lui qui était gravement malade ?

— Oui. Nous avons tous fait une peinture pour Stijn.

— C'est très bien. Il est venu à l'école aujourd'hui ?

— Juste un peu. Il ne disait rien, mais il n'a pas pleuré. Je lui ai donné mon Milky Way. Je lui ai dit qu'on s'habitue à ne pas avoir de père. Et puis qu'il en arrivera bien un nouveau. Mais la maîtresse a dit : "On n'a qu'un seul père." »

Chacune de nous garda le silence.

4

La dernière fois que j'avais vu le père de Merel, il sortait de chez moi entre deux gendarmes : il venait d'enfoncer la porte de la cuisine parce que je lui avais demandé où il avait passé la nuit. Il ne fallait pas poser ce genre de questions à Steve. Il allait et venait au gré de sa fantaisie, il décidait lui-même de sa façon de vivre, en dépit du fait que nous vivions ensemble et que nous avions une fille. Lorsque nous étions en tournée avec le groupe, il me faisait raccompagner par un de ses amis après le concert. Lui restait. Pour boire, faire un bœuf, jouer aux cartes ou baiser. Je le savais, même s'il n'en parlait jamais. Des gamines excitées avaient le culot de m'appeler. Elles demandaient à parler à Steve. À chaque concert, des petites blondasses se mettaient au premier rang, elles s'agglutinaient contre la scène et soulevaient leurs seins, les secouaient, levaient les bras, lançaient à Steve des regards langoureux. Elles lui jetaient des ours en peluche auxquels était accroché un petit mot. Steve ne voulait pas décevoir ses admiratrices.

Pendant cinq ans, j'ai été folle de lui. De son

corps noir et lisse, de sa voix chaude et profonde. Quand il riait, tout le monde riait, quand il dansait, tout le monde dansait. Je l'adorais. Il m'avait sortie de mon milieu poussiéreux et étouffant et m'avait fait découvrir le monde de la musique. Il avait remarqué que je savais chanter et il m'avait encouragée à développer mes talents. Grâce à lui, j'avais cru à la possibilité de réaliser mon rêve : échapper à ce trou étriqué où j'avais grandi.

Parce qu'il était à la fois mon imprésario et mon amant, Steve prenait toutes les décisions me concernant. Il pouvait m'aimer de façon impérieuse et passionnée et m'ignorer le lendemain. Cet état de totale dépendance fit de moi une véritable loque, stressée, jalouse, nerveuse et décharnée. Toujours sur le qui-vive, habitée en permanence par la crainte qu'un jour une autre ne prenne ma place, toujours à chercher à le séduire et à le satisfaire. Mais sur scène, mon amour, mon adoration pour lui faisaient des miracles. J'interprétais mieux que quiconque les textes des chansons sur l'infidélité, l'amour sans espoir et la peur de l'abandon. Je vivais mes chansons, j'étais capable de faire pleurer toute une salle. Sur scène, Steve m'appartenait entièrement, l'espace d'un instant, en dépit de ces gamines agaçantes tout excitées qui transpiraient à ses pieds. Je me plaisais à leur faire sentir combien elles étaient médiocres et insignifiantes.

La première fois que je l'ai vu, c'était au café De Cel, à Bergen, un village voisin moins mort que les autres. Il jouait avec son groupe The Sexmachine. Je passais tout mon temps dans ce café brun, où l'on fermait les yeux sur les fumeurs de haschich et où retentissait encore dans les baffles la musique de Jimi Hendrix et des Stones. De Cel n'était qu'à cinq minutes du lycée, cinq minutes pour changer de monde, entrer dans un monde libre. Je m'y jetais corps et âme, j'échappais à ma condition, à savoir être la fille du patron d'une pension, Cor Vos, et de sa femme, Petra, la folle. Assise au bar, je fumais du haschich libanais avec des hommes beaucoup plus âgés que moi car je n'avais pas envie de rentrer. À la maison, j'avalais en silence mon steak haché, mes haricots verts et mes pommes de terre sautées. Chez nous, on ne se parlait pas. Je faisais gentiment mes devoirs. Pour mes parents, je n'étais qu'une ombre. Au café De Cel, je dansais avec des petits trafiquants et des gens qui sniffaient de la coke et se prétendaient musiciens, poètes ou artistes. Des hommes qui promettaient de m'introduire dans leur milieu artistique, passionnant, sans interdits. J'étais persuadée que je me trouvais au centre du monde, que ce lieu était un tremplin, le berceau de l'art et de la musique, l'endroit où les écrivains, les artistes et les musiciens trouvaient leur inspiration. Je voulais me nourrir moi aussi de cet environnement — c'était là que j'allais rencontrer celui qui m'emmènerait à la ville, à l'étranger, qui me ferait connaître l'univers vaste et mystérieux de ceux qui mènent une vie de bohème.

Steve Thomas, le « Otis Redding néerlandais », comme il se présentait volontiers, était mon idole. Il avait une voix rauque et profonde, déchirante, qui tour à tour pleurait, rugissait ou se faisait tendre. Je buvais ses paroles. Quand il chantait au café De Cel, j'étais au premier rang. Son groupe, The Sexmachine, jouait de la *soul* authentique, des reprises d'Otis Redding, de Marvin Gaye, de Wilson Pickett et de James Brown. Adolescente, je ne m'intéressais pas particulièrement à ce genre de musique, mais après avoir vu Steve sur scène, je n'achetai plus que des disques de *soul*. Je notais ce qu'il chantait et le lendemain, je courais l'acheter. Je faisais le ménage dans les chambres de la pension pour pouvoir aller à Alkmaar et m'offrir les 33 tours avec les textes. Je voulais tous les connaître pour les chanter avec lui. Un casque sur les oreilles, je m'entraînais inlassablement dans ma petite chambre. Devant le miroir, je m'imaginais que je chantais en duo avec Steve.

Un jour où il se produisait au café De Cel et où j'avais passé toute la soirée à ses pieds, à danser, à chanter avec lui, où j'avais pleuré à chaudes larmes en écoutant *I've Been Loving You Too Long*, il vint vers moi. J'attendais au bar pour commander, quand, soudain, il se pencha vers moi. Je notai l'odeur d'huile de coco qui émanait de son crâne, celle du whisky qu'il venait de boire, le cuir de son pantalon, tout en cherchant quelque chose d'intéressant à dire, mais ma gorge se serra et je ne parvins à émettre qu'un misérable petit couinement. Steve me baisa la main en me demandant de l'accompagner à l'Extase, une discothèque à Alkmaar. Enfin, il m'avait remarquée.

Le soir même, il m'embrassa, impérieux, brutal et tendre à la fois. En passant son pouce sur mon visage, il me dit : « *I love you, baby. You sexy, naughty girl.* » Steve aimait parler anglais, alors qu'il était tout aussi hollandais que moi. Jamais un baiser ne m'avait fait un tel effet. Ses lèvres étaient avides et fermes, elles laissaient les miennes en feu. J'avais l'impression d'être soulevée, d'être une fleur qui s'épanouissait tout à coup. Il m'avait remarquée, il voulait me connaître, il m'avait choisie parmi toutes les autres.

Après cette nuit-là, je ne voulus plus jamais rentrer à la maison. Six mois après, j'habitais avec Steve à Amsterdam et je chantais dans son groupe.

Quelques années plus tard, il disparut comme il était venu. Les voisins avaient appelé la police car, une fois de plus, il s'était montré violent. Deux agents vinrent le chercher pour le calmer. Merel pleurait et tremblait dans mes bras comme un chiot apeuré. Steve les suivit, goguenard, les mains en l'air en disant : « Hé *man*, je suis cool, ça va ! » Il nous embrassa et me siffla à l'oreille : « J'espère pour toi que tu ne les as pas appelés. » Merel pleura de plus belle.

J'avais attendu toute la nuit. J'étais décidée à mettre fin à notre histoire. J'avais trouvé le courage de lui dire de partir. La police était de mon côté. Je me sentais prête à assumer ma décision. Mais Steve ne rentra pas à la maison. Plus jamais. Il s'était volatilisé. Ses amis, les gars du groupe, personne ne l'avait vu ou ne lui avait parlé. Une heure après son arrestation, la police l'avait relâché. Il avait son passeport et sa carte de crédit sur lui. Un mois plus tard, je reçus des relevés bancaires d'American Express. Il avait dépensé dix mille florins pour une chambre d'hôtel, un costume sur mesure, trois paires de lunettes Ray-Ban, quinze soirées dans une boîte, The Blue Note, une guitare acoustique et une paire de bottes de cow-boy.

Ses affaires se trouvaient toujours au grenier. Trois cartons remplis de vêtements, de livres, de photos et de CD. J'étais certaine qu'un jour, il sonnerait à ma porte.

5

Dans le bus qui nous conduisait à Leyde, au club estudiantin Minerva, le silence régnait. Aucun d'entre nous n'avait envie d'affronter une salle pleine de fils à papa éméchés qui lançaient des canettes de bière, mais ils payaient bien et, depuis des années, ils étaient de fidèles admirateurs. Nous avions préparé un répertoire spécialement pour eux : beaucoup de chansons à reprendre en chœur, pas de tenues sexy — cela les aurait trop excités. Il fallait les occuper, les faire taper dans les mains, les faire hurler pour qu'ils ne s'ennuient pas une seconde et ne nous sifflent pas.

Geert évitait tout contact avec moi. Il écoutait son baladeur, les yeux fermés, enfoncé dans son siège. Les autres, maussades, regardaient tomber la pluie ou cuvaient leur cuite de la veille. Notre chauffeur, Charles, le trompettiste, jurait à cause des bouchons. Dorine, Ellen et moi, nous étions affalées sur la banquette du fond. Je pensais à mes enfants seuls à la maison avec une baby-sitter de quinze ans. Je lui avais bien recommandé de n'ouvrir à personne et de laisser la boîte vocale répondre au cas où le téléphone sonnerait. Pendant que je vérifiais si toutes les fenêtres étaient bien fermées, surprise, elle m'avait demandé ce qui se passait. J'avais tout de suite regretté ma réaction de panique. Je ne voulais surtout pas inquiéter la jeune fille.

Je savais par expérience que les problèmes de couple pouvaient provoquer l'éclatement d'un groupe. Nous chantions ensemble depuis six ans, allions quatre à six fois par semaine d'un trou perdu à un autre, du dancing 't Karrewiel au centre sportif de Karpeton, partagions nos déboires et nos succès, mais je ne pouvais parler de ce qui se passait entre Geert et moi. Je lui avais promis de ne pas souffler mot sur sa dépression et je ne voulais pas que quiconque soit au courant de mon avortement. Je craignais la désapprobation du groupe, les discussions sans fin qui ne feraient que raviver mes propres doutes.

Les tours de chant et les répétitions étaient pour moi de délicieux moments qui me permettaient d'échapper à mon quotidien à Amsterdam, où chacun cherchait à se distinguer. Sur scène, j'étais unique, c'était moi la star, la chanteuse que tout le monde écoutait. Me produire avec le groupe était une sorte de drogue qui éveillait en moi un sentiment d'euphorie, d'amour presque religieux pour la musique. Aucune autre forme d'art ne détient un tel pouvoir. Seule la musique peut consoler, vous rendre heureux ou vous fendre l'âme.

En général, ce sentiment ne se dissipait que quand je rentrais chez moi au milieu de la nuit et que je trouvais la baby-sitter endormie sur le canapé, parmi une montagne de jouets, de paquets de chips vides et de verres de Coca-Cola à moitié bus. C'est alors que, accablée de fatigue, j'étais prise d'un sentiment de lassitude. Gagner peu d'argent en travaillant la nuit, sans aucune perspective d'avenir : j'abandonnais mes enfants pour jouer les chanteuses et me procurer des sensations fortes. Mais je ne pouvais pas faire autrement. Il fallait que je chante, même si je savais qu'il était trop tard pour percer, que je faisais partie de cette armée de musiciens de second rang qui reprenaient les tubes des autres dans les braderies et les fêtes d'entreprises.

La salle du Cercle de Leyde était bondée de jeunes, style B.C.B.G. Sous le nuage opaque de la fumée des cigares, les étudiants tanguaient, ils sentaient la bière et la sueur, se bousculaient, sifflaient en tapant des mains en cadence. Dans les coulisses, je trépignais d'impatience en attendant le signal de Martin, chanteur et leader de notre groupe, pour entrer sur scène. Il s'approcha de moi, nous étions tendus tous les deux.

« Écoute », dit-il en évitant mon regard. Il tiraillait les pans de sa veste mauve. « Les histoires entre Geert et toi, c'est votre affaire. Mais faites en sorte que, sur scène, personne ne remarque rien. Je ne veux pas vous perdre, mais si je m'aperçois que ça ne va pas, que vous vous empoisonnez l'existence ou que vous vous évitez, alors il faudra que l'un de vous s'en aille. J'ai dit la même chose à Geert. »

Le groupe lança le premier accord avant que

j'aie le temps de répliquer. Martin mit ses lunettes noires, des Ray-Ban, leva la main et s'élança vers le public qui sifflait. *We're so glad to see so many of you lovely people here tonight…*

Dorine, Ellen et moi, nous lui emboîtâmes le pas. *Everybody needs somebody, everybody needs somebody, to love.* Des hurlements assourdissants. J'étais devenue une bête blonde et lubrique. Plus rien n'avait d'importance. Seule comptait à présent cette orgie de musique *soul*, dans la fumée et les trépidations.

Il y avait eu trois rappels. Nous étions à présent en train de boire une bière dans un débarras qui, pour l'occasion, faisait office de vestiaire et de nous égosiller comme si nous venions de gagner un match de foot. Nous leur avions montré de quoi nous étions capables à ces petits bourges. Martin ne tenait pas en place. Il était tellement excité qu'il continuait à danser, les poings fermés.

« *Yes, yes, man*, qu'est-ce qu'on a été bons ! On les a rendus dingues. Je vais retourner dans la salle, je te jure, et je vais me faire une de ces petites salopes du Minerva.

— Ça va pas, vieux ! Je passe pas une seconde de plus au milieu de ces ringards. On rentre à Amsterdam. On ira boire un coup. »

Lorsque Geert retira sa chemise blanche, je fus frappée de constater sa maigreur qui semblait avoir empiré ces dernières semaines. Le reste du groupe acquiesça, aucun de nous n'avait envie de se replonger dans cette ambiance de beuverie et de fanfaronnade. Moi aussi, je souhaitais partir au plus vite. Je commençais à me démaquiller, lorsque quelqu'un frappa. Une voix enrouée demanda Maria Vos sur un ton affecté. Je me retournai et me trouvai nez à nez avec un garçon, les manches de veste à moitié déchirées, la cravate de travers. Martin éclata de rire.

« Hé, Maria, un fan. Frederik-Willem Van Wippenstein a un petit cadeau pour toi. Un vibromasseur frappé de l'emblème du Minerva ! »

L'étudiant rougit, Dorine et Ellen pouffèrent de rire. Il portait un colis de la taille d'une boîte à chaussures, emballé dans du papier doré et enrubanné de rouge.

« Un coursier a apporté cela pour vous », bredouilla le garçon. Il me mit le paquet dans les mains et décampa aussitôt. La boîte contenait quelque chose de pesant, qui glissait lorsque je la penchais. Mes mains commencèrent à trembler. Je devinais qui était l'expéditeur de ce paquet.

« Allez, ouvre-le ! » dit Martin. Dorine se plaignit que, comme toujours, c'était pour moi. Elle ne recevait jamais de cadeaux d'admirateurs. Je répliquai que je préférais attendre d'être chez moi pour l'ouvrir. Ou pas. Je repoussai la boîte en regardant Geert qui me renvoya un regard inquiet. Avant que j'aie pu la retenir, Dorine s'était emparée du paquet. Elle le secouait.

« Ce n'est pas fragile », dit-elle en riant. Elle l'approcha de son oreille. « Pas de minuterie ! »

Ellen le renifla et eut un mouvement de recul. Son sourire disparut. « Beurk ! Ça pue. C'est dégoûtant ! »

Dorine lâcha le paquet en se tournant vers moi. « Bon Dieu, qu'est-ce que ça peut bien être ? »

Martin le saisit.

« Bon sang, qu'est-ce que c'est encore que cette histoire ? »

Il déchira le papier, souleva le couvercle et, d'un mouvement d'effroi, lança la boîte au loin.

« Beurk, Beurk ! C'est une bête ! Une bête crevée ! »

Blême, il sortit précipitamment, la main devant la bouche.

Un gros rat mort et puant gisait sur le sol, un mot autour du cou.

« Un rat musqué », marmonna Charles qui, penché sur l'animal mort, tentait de lire ce qui était écrit sur le petit papier attaché par un ruban rouge autour du cou ensanglanté.

« Est-ce que l'un d'entre vous aurait des ciseaux ou une lime à ongles ?

— Arrête, Charles, s'exclama Geert, on va tout de même pas tripoter cette bestiole. On risque d'attraper des maladies. Il faut prévenir la police. Et rappeler ce gars. »

Dorine passa son bras autour de mes épaules. J'avais la tête qui tournait, comme dans la grande roue. Elle me tendit un verre de genièvre et une cigarette. J'étais désemparée. Je commençais à comprendre que les choses n'en resteraient pas là — il savait même où et quand je me produisais. Elles ne feraient qu'empirer. J'avalai une grande gorgée de genièvre, le liquide me brûla la langue et la gorge. C'était le remède idéal pour chasser l'odeur de cadavre dont mes narines étaient imprégnées. Je reniflai l'alcool qui me libéra un peu l'esprit.

« Je voudrais être seule un moment », dis-je. Cinq paires d'yeux m'examinèrent comme s'ils me voyaient pour la première fois.

« Si on se débarrassait d'abord de cette bestiole ? » proposa Geert, et il entreprit de pousser le rat à l'aide du couvercle pour le faire glisser dans le carton.

« Non, laisse.

— Je reste avec toi ? Tu ne peux tout de même pas rester seule ici ?

— Geert, fous-moi la paix, tu veux ? »

Les autres quittèrent la pièce.

« Je vais chercher ce type. Et appeler la police, que tu le veuilles ou non », dit-il en agitant l'index. Il avait manifestement très envie de jouer les héros.

Une fois tout le monde dehors, je me donnai du courage en buvant un coup, puis je m'agenouillai devant le rat. L'odeur écœurante de décomposition qui en émanait me prit de nouveau à la gorge. Mais il fallait absolument que je lise ce qui était écrit avant que les autres ne reviennent. Bizarrement, j'avais honte d'être l'objet de tant de haine. Finalement, ce genre de courrier était aussi intime et confidentiel qu'une lettre d'amour.

Un mouchoir devant la bouche, au bord de la nausée, je tentai de détacher le papier sans toucher l'animal. Quand j'eus réussi, je saisis le mot à l'aide d'un Kleenex.

Tu n'es qu'un rat.
Le rat se reproduit comme le lapin
Il copule dans les égouts.
Je suis le chasseur de rat
Je te fendrai le crâne
Par ce geste, je débarrasserai la Terre d'une salope.

6

Geert insista pour me raccompagner. Il était le seul à avoir lu le mot. Il vociférait tandis que je sanglotais de peur. « Je ne te laisserai pas seule avec les enfants », hurlait-il. Et voilà que je me trouvais confrontée à un problème de plus. Geert profitait de ma vulnérabilité pour revenir dans ma vie et, même si je ne voulais plus de lui, je n'avais aucune envie d'être seule cette nuit-là. Les rôles étaient inversés : j'étais en train de me saouler, tremblante et en larmes, tandis qu'il s'efforçait de me consoler.

Deux Southern Comfort m'aidèrent à me ressaisir. Geert avait allumé des bougies, planté des bâtons d'encens dans leur support, réglé le thermostat du poêle et rangé la cuisine. Autant lui que moi, nous étions plus doués pour nous occuper des autres que de nous-mêmes.

L'odeur de l'encens et des cigarettes chassa peu à peu l'odeur de décomposition qui semblait coller à mes vêtements et à mes cheveux. Je me sentais salie, souillée, presque agressée physiquement par cette lettre de menace dans laquelle on me comparait à ce rat crevé et puant.

Geert vint s'asseoir à côté de moi et me remplit un troisième verre. À l'aide de son briquet, il ouvrit une bouteille de bière. La capsule tomba par terre, mais il ne fit pas le moindre geste pour la ramasser. Toutes ces dernières années, j'avais ramassé des milliers de capsules. Chaque fois, je demandais à Geert de corriger cette mauvaise habitude. Cette nonchalance, cette façon qu'il avait de jeter tout simplement les déchets par terre, me mettait hors de moi.

« Geert, ramasse ce truc !

— Relax, Maria. Allons, donne-moi ta main.

— Pourquoi ?

— Quand tu es stressée ou malheureuse, tu as toujours les mains glacées. Je vais les réchauffer.

— Fiche-moi la paix. Épargne-moi ta psychologie à deux balles, d'accord ? »

Il se cala dans son fauteuil, retira sa main et se roula nerveusement une cigarette.

« Il faut que tu ailles au commissariat, Maria. Personnellement, je pense que c'est un détraqué que cela excite de te faire peur. Mais si c'était... »

Il se tut et aspira profondément la fumée. Il évita mon regard et sur son visage apparut cette expression de tristesse que je connaissais bien. Il prit une gorgée de bière. Il ferma les yeux et poussa un soupir.

« Qu'est-ce que tu voulais dire ?

— Eh bien, j'ai lu une fois que la plupart des harceleurs sont des gens que l'on connaît. Pas toujours très bien, mais souvent, ils sont plus proches qu'on ne le croit. Et celui-ci... Il sait que tu as avorté. Il sait où et quand nous jouons... Réfléchis bien et rappelle-toi avec qui tu as été en contact ces derniers mois. C'est peut-être quelqu'un dont tu as repoussé les avances dans un bar. Ou un voisin qui fantasme sur toi… Ou une aventure d'une nuit…

— Ou un ex qui veut se venger.

— Ça va, Mar, on en a déjà parlé. Si tu le croyais vraiment, je ne serais pas là en ce moment. »

Je faisais tourner les glaçons dans mon verre.

« Je sais bien que je devrais aller au commissariat. Mais j'appréhende tellement de leur raconter tout ça. »

Les questions se bousculaient dans ma tête tandis que la boisson m'embrumait l'esprit et que je perdais le contrôle de ma langue. Je voulais dormir, mais je voulais aussi répondre. Je ne voulais plus penser, mais je voulais rester sur le qui-vive.

« Va donc te coucher, je reste ici. Tu as besoin de repos, Maria. »

Je me levai en titubant et j'éclatai en sanglots.

« Pourquoi ce genre de choses m'arrive-t-il à moi ? Pourquoi me hait-on au point de m'envoyer un rat mort ? »

Geert referma ses longs bras autour de moi et m'aida à monter l'escalier.

« Et toi, dis-je en reniflant, toi aussi, il faut que tu dormes.

— Moi, je ne pourrai pas dormir de toute façon », répondit Geert.

Après qu'il m'eut allongée sur mon lit, je plongeai dans un sommeil tourmenté. Je rêvai que Steve faisait l'amour avec ma sœur et que des rats couraient sur la tombe de ma mère.

7

Le craquement de la porte de ma chambre me tira du sommeil. Merel s'approchait en trottinant sur la pointe des pieds. Elle souleva la couette et se faufila dessous. Elle remua ses petites fesses rebondies jusqu'à ce qu'elle parvienne à se blottir tout contre mon ventre, puis elle replia les genoux, se mit le pouce dans la bouche et se rendormit. Elle avait pris l'habitude de venir dans mon lit tous les matins vers six heures. Dès qu'elle était allongée contre moi, je n'avais plus envie de dormir. Je parcourais de mes doigts son dos tiède et doux, je plongeais mon nez dans son cou. Elle sentait le lait chaud et je reconnaissais aussi vaguement l'odeur de son père. Son visage était parfaitement détendu. De magnifiques lèvres noisette, des cils comme deux éventails noirs et brillants, de longues boucles brunes formant un rideau sur l'oreiller et un vieux lapin au regard triste qu'elle serrait dans son poing et dont l'oreille lui tombait sur le nez. Chaque matin, sa beauté m'émouvait, le fait de l'avoir enfantée me ravissait. Elle était issue de mon corps tout blanc !

J'étais enceinte depuis quatre mois déjà lorsque je me rendis compte qu'elle s'était nichée dans mon ventre. Nous étions en septembre et j'accompagnais mon groupe, The Sexmachine, en tournée dans toute l'Europe. L'Allemagne, l'Autriche, l'Italie, la France, de fêtes de la Saint-Jean en festivals... J'étais épuisée et un peu enrhumée. J'attribuais l'absence de mes règles à cette tournée et au stress qui l'accompagnait.

De retour chez moi depuis deux semaines, j'étais toujours fatiguée et j'avais constamment envie d'uriner. Je décidai donc d'aller consulter mon médecin. Il effectua un test sur un prélèvement de sang et d'urine. Au bout de dix minutes, il vint me chercher dans la salle d'attente et me pria de le suivre dans son cabinet.

« Vous êtes enceinte », m'annonça-t-il. Je fondis en larmes. Il me tendit un mouchoir en papier et me demanda s'il s'agissait de larmes de joie ou de tristesse. « Je ne sais pas », répondis-je en reniflant.

Steve était fou de joie. Il me souleva en riant. Il exultait. Il partit en ville pour fêter l'événement et rentra à cinq heures et demie du matin. En chantant *That you're having my baby, what a wonderful way to say how much you love me...*

Je passai une partie de la nuit à calculer. Le docteur avait estimé le fœtus à seize semaines environ. Seize semaines passées ! C'était la fête de la Reine à La Haye. À minuit, nous avions joué, jusqu'à une heure ou deux, ensuite nous étions allés au café et puis nous avions fait l'amour dans le bus. Je n'avais pris ma pilule qu'une fois rentrée à la maison. Nous avions d'abord passé un moment sur un rafiot en face du café Het Paleis à Amsterdam. Merde, merde et merde ! Je ne voulais pas d'enfant. J'avais vingt ans, je rêvais de devenir célèbre et pour cela, je me serais bien passée d'un mouflet. Steve était enchanté, mais était néanmoins incapable d'assumer sa paternité.

Dans une librairie, je feuilletai *Mille questions sur les neuf mois de la grossesse*. J'appris que l'enfant que je portais avait atteint la taille d'une orange. Il avait déjà deux bras et deux jambes. Steve tenait à avoir cet enfant même s'il n'aurait jamais le temps de s'en occuper. Moi, je voulais Steve. Et je voulais devenir célèbre. Comment faire avec un bébé dans le ventre ? Dans peu de temps, je ne pourrais plus monter sur scène. Dans le spectacle des Sexmachine, aux côtés de l'Otis Redding néerlandais, une femme enceinte n'avait pas sa place. Steve serait ravi de partir à la recherche d'une remplaçante. Elle l'accompagnerait dans le bus à travers tout le pays. Elle se déshabillerait sous son nez. Elle s'assoupirait avec lui après le spectacle et ils finiraient par coucher ensemble.

C'est en effet ce qui arriva. Je devenais de plus en plus ronde et Steve s'absentait de plus en plus souvent sous le prétexte qu'il devait gagner de l'argent pour sa petite famille. Sa mère le remplaça auprès de moi. Elle me faisait la cuisine, elle m'apportait de la layette et m'offrait des petits cadeaux. De plus, elle persuada Steve qu'il devait m'épargner l'influence néfaste de la vie nocturne des musiciens. Lorsque je fus enceinte de sept mois, il ne voulut plus de moi sur scène. Je devais me coucher tôt et me nourrir sainement.

Ma remplaçante s'appelait Suzie. Une tête de plus que moi, plus enveloppée et des seins énormes. Sa voix était moins belle que la mienne, me semblait-il. Il lui manquait la hargne, l'émotion. Suzie ne comprenait pas grand-chose à la *soul*. Mais sur scène, l'attirance que Steve ressentait pour elle était palpable. « C'est pour le show, chérie, tu sais comment ça marche », affirmait-il, se voulant rassurant.

Dès l'instant où l'on posa ma fillette bleuâtre et gluante sur mon ventre, après l'avoir extirpée de mon corps à l'aide d'une pompe, je l'aimai d'un amour que je n'avais pu concevoir jusqu'alors. Je ne me lassais pas de la regarder, de m'étonner de ce petit corps, de cette petite bouche qui cherchait le sein et s'y accrochait goulûment. Enfin quelqu'un dans ma vie avait réellement besoin de moi. M'aimait vraiment, inconditionnellement. C'était comme si elle avait toujours été présente, en moi. Je la reconnus tout de suite comme mienne. J'avais un enfant, une fille, et lorsqu'elle me fixa de ses yeux noirs brillants, je sus que je l'appellerais Merel.

Geert frappa à la porte avant d'entrer en portant Wolf sur son dos. « Allez, les filles, debout, lança-t-il. Le café et les croissants vous attendent en bas. »

Merel bondit hors du lit. Je restai allongée, les yeux fermés. J'avais la gueule de bois et je savais que dès que je lèverais la tête, je sentirais des élancements de douleur. Le Southern Comfort et deux paquets de cigarettes. La vision du rat crevé. Geert qui s'était réintroduit dans ma vie.

Les enfants dévalèrent l'escalier et Geert vint s'asseoir à côté de moi.

« Bien dormi ? » Ses boucles brunes étaient ébouriffées et il avait le teint jaunâtre. Il sentait le tabac.

« Toi, pas, on dirait.

— Ça va ! J'ai rangé en bas.

— Bon, j'arrive. Descends maintenant. »

Il sortit, et je me hissai hors du lit. Tous mes muscles me faisaient souffrir. Des croissants, quelle horreur ! J'aurais voulu que Geert s'en aille. J'avais envie de lire le journal en pyjama, de chahuter avec Wolf et Merel et de faire comme si de rien n'était. Il ne m'avait pas encore parlé de la police, mais je savais qu'après la première tasse de café il remettrait la question sur le tapis. Je ne voulais pas. Je ne gardais pas un très bon souvenir de Tonton Flic.

Je voulais faire ce que j'avais l'habitude de faire en cas de problème : me cacher en attendant que ça passe. Ou m'enfuir. Combien de fois, enfant, n'avais-je pas erré sur la plage, longtemps après le coucher du soleil, m'imaginant que je ne rentrerais plus jamais chez moi ? Je jouais avec du sable et des coquillages, construisais une cabane et rêvais que c'était ma maison. Je restais sur la plage jusqu'à ce que ma mère se soit calmée et qu'elle soit couchée. Ou je me cachais sous la table de la cuisine, dissimulée derrière la nappe aux cerises rouges, enserrant fermement de mes bras mes genoux repliés. On ne me trouvait jamais.

Les gendarmes, eux, m'avaient trouvée. Je me

souvenais de leurs bottes de cuir noir et des jambes de pantalon blanches des infirmiers qui étaient venus chercher ma mère. Ses hurlements et la voix rassurante du médecin. L'agent de police qui m'avait fait sortir en affirmant que tout allait rentrer dans l'ordre, que je n'avais rien à craindre. Comment ne pas avoir peur à la vue du sang de mon père qui avait coulé sur le linoléum ? Ma propre mère l'avait frappé avec un cendrier. Ils l'emmenèrent, griffant et mordant, dans sa chemise de nuit bleue à fleurs maculée de taches rouges.

Geert débarrassa la table. Je n'avais rien avalé.

« Rini va venir s'occuper des enfants. » Il me servit une autre tasse de café. « Pendant ce temps, nous irons au commissariat.

— Nous ? demandai-je d'un ton à la fois surpris et irrité. Pourquoi tiens-tu à m'accompagner ? De quel droit te mets-tu à tout diriger tout à coup ?

— Je ne cherche qu'à t'aider. Et je ne veux pas te laisser seule. D'ailleurs, je suis témoin, rappelle-toi.

— Écoute. Je t'ai promis d'aller à la gendarmerie et je vais le faire. Seule. Très gentil de ta part d'être resté cette nuit, mais, pour le reste, je vais me débrouiller.

— Il se trouve que mon fils habite ici, tu te souviens ? Et une petite fille que j'adore. Je ne veux pas qu'il vous arrive quelque chose.

— Ah, je comprends. Nous sauver, c'est ta nouvelle mission dans la vie ! »

Il me fit face. « Tu veux vraiment qu'on se fâche ? Tu ne peux pas accepter mon aide, tout simplement ? Tu tiens absolument à tout faire toute seule ? En prenant le risque qu'il t'arrive quelque chose, ou qu'on s'en prenne aux enfants ?

— Je crains que dans le rôle du héros tu ne sois pas très convaincant. Je ne veux pas que tu m'accompagnes. Je ne veux plus avoir à tenir compte de toi. Je ne veux pas que les enfants se mettent à espérer que nous allons revivre ensemble. Je ne veux pas que toi de ton côté tu t'imagines quoi que ce soit. »

Geert se leva et enfila son manteau. Il se dirigea vers la porte.

« D'accord, tu l'auras voulu. Je pars. Emmerdeuse ! »

Il claqua la porte derrière lui. Je regrettais de m'être montrée aussi brutale, mais je ne pouvais faire autrement que de refuser son aide. Il m'énervait. Je préférais encore le voir dépressif, dépendant, plutôt que dans le rôle de l'ange salvateur. Car j'avais le sentiment que ce n'était qu'une façade.

8

Une forte odeur de transpiration régnait au commissariat. Une odeur rance qui empestait la salle d'attente. L'employée du guichet m'avait dit d'attendre dans cette pièce vétuste qu'un policier vienne me chercher. Elle me demanda même si je préférais que ce soit une femme. Cela m'importait peu.

Je m'assis dans l'un des fauteuils coquilles, à deux places d'un homme chauve et adipeux qui dodelinait de la tête. L'odeur de transpiration émanait de lui. Je ne me sentais pas très à l'aise, seule avec ce type qui ronflait et les dizaines de visages sur des affiches rose clair qui m'observaient. Des portraits d'enfants disparus et de criminels recherchés. Récompense pour tout indice ! J'avais l'étrange sensation de vivre un épisode d'une série policière ; quelqu'un dont le portrait aurait pu figurer parmi ceux-ci était à mes trousses. Peut-être finirai-je moi aussi parmi ces mauvaises photocopies en noir et blanc sur les murs de cette pièce misérable et étouffante.

Qu'est-ce que ce gros type pouvait bien faire

ici ? Ce n'était pas un suspect, sinon il ne serait pas dans cette pièce. Quoique, on faisait attendre ici tous ceux qui se présentaient à la réception. C'était peut-être un criminel qui venait se dénoncer.

Il était permis d'empester l'alcool et la sueur, mais pas de fumer, manifestement. En me dirigeant vers la sortie, je sentis les yeux de la réceptionniste braqués sur moi. « On va venir vous chercher ! » me lança-t-elle avec l'accent populaire d'Amsterdam. Elle croyait probablement que je partais. À vrai dire, j'y pensais.

J'entendis un homme appeler mon nom et la réceptionniste répondre : « Oui, elle est toujours là. Elle fume une cigarette à l'extérieur. » Le policier, qui avait au moins cinq ans de moins que moi, avança la tête au coin de la porte vitrée et me demanda de le suivre. Je lâchai mon mégot, l'écrasai et suivis un cou rasé et tacheté de plaques rouges. C'était presque comique cette façon qu'il avait de marcher, les menottes à gauche de son petit cul, un énorme pistolet à droite, les épaules qui disparaissaient dans sa chemise bleue. Il avait pris le slogan de la police à la lettre : « Le képi va à tout le monde ! » Je l'imaginais mal mettre les menottes à un drogué agressif, et pourtant il traversait le bureau comme s'il était Arnold Schwarzenegger en personne.

Il me fit entrer dans une pièce sobrement meublée et Johan Wittebrood, c'est ainsi qu'il se présenta, m'invita à m'asseoir dans un fauteuil confortable et me proposa thé ou café. Il s'excusa et partit chercher ma boisson. Des agents passaient dans le couloir en riant et en bavardant. Je m'efforçai de recueillir des bribes de conversation, supposant que tout ce qu'ils disaient était passionnant. J'étais de plus en plus nerveuse.

« Bien, madame Vos, dites-moi. Qu'est-ce qui vous amène ? »

Bien calé dans son fauteuil, Wittebrood tenait son gobelet de ses deux mains. Je remuai nerveusement à l'aide d'une spatule en plastique mon café lavasse.

« Quelqu'un me menace. Enfin, on m'empoisonne la vie…

— Hum. Savez-vous qui cela pourrait être ?

— Non, je n'en ai aucune idée.

— En quoi consistent ces menaces ?

— Eh bien, je reçois des lettres. Et hier, on m'a envoyé un rat crevé qui empestait. J'ai apporté les lettres. Pas le rat, bien entendu. »

Il laissa échapper un petit rire nerveux, j'eus brusquement honte de ma démarche. Je sortis les lettres de mon sac et les posai sur la table.

« Vous ne recevez que des lettres ? Pas de coups de téléphone ? Pas de visites intempestives ?

— Non. »

Wittebrood jeta un coup d'œil aux lettres. « Madame Vos, nous voilà confrontés à un problème. Proférer des menaces à l'encontre de quelqu'un constitue un délit, mais les écrire, non. Il se peut que vous perceviez ces lettres comme une menace, mais ce n'en est pas une à proprement parler. Vous seriez étonnée si vous saviez combien de personnes envoient et reçoivent des lettres étranges. Nous ne pouvons pas nous occuper de tous ces cas. Les auteurs de ces lettres ne mettent que rarement leurs menaces à exécution. »

Je sentis la colère monter en moi.

« Monsieur Wittebrood, je me moque de ce que la plupart des auteurs de ces lettres font ou pas. Je sais seulement que cet homme a l'intention de faire quelque chose. J'ai deux enfants en bas âge que j'élève seule… Vous pourriez peut-être lire les lettres, vous comprendriez que j'ai de bonnes raisons d'avoir peur. »

Il saisit les lettres et les parcourut rapidement des yeux.

« Oui. Ce sont d'affreuses déclarations. Je comprends qu'elles vous perturbent. » Il me lança un regard plein de compassion. Il s'était bien entraîné à l'école de police. « Je dois vous avouer que, malheureusement, nous ne pouvons rien faire. Nous ne lançons les recherches qu'en cas d'agression réelle ou de menaces physiques.

— Ne pourriez-vous pas relever les empreintes digitales ? »

Il eut un sourire narquois.

« Non, on n'en finirait plus ! Savez-vous le nombre de mains dans lesquelles est passée cette lettre ? Le facteur, l'employé du tri postal, vous-même, des amis, des connaissances, peut-être.

— Elles ne sont pas arrivées par la poste. Il les a déposées lui-même dans ma boîte aux lettres.

— Voyons un peu… Avez-vous récemment mis fin à une relation amoureuse ?

— C'est sans importance. Mon ex n'a pas fait cela.

— Dans presque tous les cas, il s'agit d'un

conjoint qui menace son ancienne compagne. Certains se cachent derrière l'anonymat. Parfois ils entretiennent des relations amicales avec la personne et, derrière son dos, lui envoient les menaces les plus perverses. »

Je pensai à Geert. Il n'était tout de même pas machiavélique ou fou à ce point ?

« Je me disais que… Vous savez, je chante dans un groupe. Ce pourrait être un déséquilibré parmi mes admirateurs. Ou bien quelqu'un qui m'aurait vue à la clinique et m'aurait suivie… Un militant antiavortement. »

Son sourire narquois apparut encore une fois. « Euh, nous ne sommes pas en Amérique. Aux Pays-Bas, nous ne connaissons pas le terrorisme antiavortement. Je crois qu'il vaudrait mieux passer en revue les personnes qui vous sont proches. Une ancienne liaison, quelqu'un avec qui vous vous êtes disputée, quelqu'un que vous avez peut-être ramené chez vous après avoir bu un verre et chez qui vous auriez peut-être fait naître de faux espoirs…

— Je ne me suis disputée avec personne. Pas non plus avec mon ex. Je n'ai pas ramené de mec à la maison.

— Peut-être un autre ex, quelqu'un d'avant ?

— Mon autre ex habite aux États-Unis.

— Vous avez gardé des contacts ?

— Non. »

Un sentiment de vide, de tristesse m'envahit. Pendant que j'étais en train de parler, je me rendais compte à quel point mon histoire était stupide. Évidemment que la police ne pouvait rien faire pour moi. Je me levai.

« Je comprends, monsieur Wittebrood, que je ne suis pas à la bonne adresse. Il faut que j'attende d'avoir été violée ou rouée de coups. » Je saisis mon sac et y enfouis les lettres.

« Je suis vraiment désolé, madame Vos, que nous ne puissions faire davantage pour vous. Vous pouvez éventuellement nous tenir au courant des lettres ou d'autres incidents. »

Je ris. « Je vous souhaite une bonne journée et merci pour votre aide.

— Attendez ! Je vais noter vos coordonnées. Si vous revenez, cela vous évitera de tout raconter une deuxième fois. »

Je m'empressai de sortir du commissariat. Le gros type avait disparu, mais son odeur restait. Dehors, il pleuvait. Cela m'était complètement égal à présent. J'enfourchai mon vélo, je sentis le froid traverser ma veste de coton. Je serrai les poings. « Ne pleure pas, ne pleure pas », me répétais-je tout bas. Je refusais d'être une victime. La pluie me frappait au visage, pénétrait dans mon dos, jusqu'à mes cuisses, pourtant j'avais de plus en plus chaud. À présent, je savais que je serais seule pour faire face.

9

Je traversai la Surinameplein, le Overtoom ; j'appuyais de toutes mes forces sur les pédales en maudissant la ville, le chaos de la circulation, les voitures qui bloquaient la piste cyclable, les piétons qui, d'un air imperturbable, traversaient au risque de leur vie — tous ces obstacles qui me freinaient dans mon élan. Je voulais avancer, sentir dans mes jambes toute mon amertume.

Sur mon vélo, j'avais les idées claires. Je pouvais me concentrer sur les grandes questions auxquelles j'avais sans cesse été confrontée. C'est en faisant du vélo que j'avais pris la décision d'interrompre ma grossesse, de mettre un terme à ma liaison avec Geert. C'était le seul endroit où j'osais penser à mes parents décédés. J'y trouvais le recul nécessaire pour affronter les souvenirs pénibles et les émotions douloureuses.

Je tournai pour entrer dans le Vondelpark. Il y avait du monde malgré ce temps de chien. Je pris conscience du fait que j'avais peur de rentrer chez moi, et mesurai à quel point il était absurde qu'il puisse impunément me faire subir tout cela. La police ne pouvait rien contre des fous pareils, sauf quand il était trop tard. L'agent avait laissé entendre que, en général, les menaces n'étaient pas mises à exécution. En général, bien sûr. Mais si j'étais l'exception à la règle ? Plongée dans mes pensées, je heurtai un jeune en skate et tandis que, sous le choc, je m'excusais maladroitement, il se mit à me traiter de salope et de pétasse. Il donna un coup de pied dans mon vélo et il m'aurait frappée si je n'étais pas partie comme une flèche. Qu'est-ce qu'ils avaient tous ?

Je continuai à pédaler de toutes mes jambes en ignorant les élancements de douleur que je ressentais dans le côté. Peut-être ferais-je mieux de quitter Amsterdam. De vendre ma maison et d'aller m'installer dans un village où les gens ne s'insulteraient pas pour des broutilles et où un psychopathe ne pourrait pas se fondre dans l'anonymat. Pourtant, ce n'était pas pour rien que douze ans plus tôt j'avais fui ce genre de village.

Le frottement d'une roue de vélo, une centaine de mètres derrière moi, me tira de mes pensées. La chaîne tapait contre le pare-chaîne, et au bruit je savais que la personne avançait plus vite que moi. Je me mis à pédaler de plus belle et à faire ce que je faisais automatiquement chaque fois que, dans un accès de paranoïa, je m'imaginais qu'on me suivait : j'accélérai. J'avais horreur qu'on me dépasse. La personne derrière moi accéléra elle aussi, et je compris tout à coup qu'elle me suivait réellement. La peur me paralysait les muscles, ma gorge se serrait, m'empêchant de respirer. Quelqu'un me poursuivait. J'en étais persuadée. Je me mis à pédaler de toutes mes forces, j'haletais et sifflais comme une asthmatique, mon cœur pompait le sang furieusement. Je cherchai du regard des personnes susceptibles de me venir en aide, mais le parc semblait tout à coup désert et abandonné.

Une grosse main puissante me saisit la nuque, provoquant ma chute. Une forte odeur épicée d'after-shave mélangée à celle, plus familière, de la noix de coco me chatouilla le nez et me fit éternuer.

D'un bruit sourd, je tombai sur l'asphalte mouillé. L'espace d'un instant, j'eus envie de m'enfuir en courant dans les buissons. J'y renonçai lorsqu'on m'aida à me relever. Mon pantalon était déchiré et je sentais de douloureux élancements dans le genou. Je levai les yeux et reconnus le visage de Steve.

« Mon Dieu, tu m'as fait une de ces peurs ! » Je me relevai péniblement et essuyai la boue de mes vêtements.

Steve était hilare. « Désolé ! Je ne voulais pas te faire peur, *baby* ! » Il hoquetait tellement il riait.

J'avais l'air maligne dans ce parc, trempée, les cheveux collés au visage, du mascara jusque sur le menton probablement, devant ce Noir chauve, qui s'esclaffait. Des gouttelettes perlaient sur son crâne dégarni, de la buée recouvrait ses lunettes. Bien qu'il approchât la quarantaine, Steve n'avait absolument pas vieilli. Il portait un imperméable kaki, un costume gris et d'élégantes chaussures italiennes à lacets qui reluisaient. Je reconnaissais bien là le Steve que j'avais connu. Fier de lui et frimeur, qui adorait les costumes, les foulards de soie et les chemises blanches amidonnées. Le Steve qui prenait soin de lui de manière presque obsessionnelle, se couvrant de crèmes, de lotions et de délicieuses eaux de toilette. « Ton corps est un temple, t'sais ! » disait-il.

Entre deux hoquets, il lança : « *Man*, il a fallu que je pédale à toute vitesse, dis donc ! Je ne sais plus faire du vélo, t'sais ! Je t'ai vue de loin et je me suis dit : c'est elle, Steve, fonce, mon vieux ! »

Il recommença, penché sur son guidon, à secouer la tête en riant. Pantoise, j'en faisais autant tout en regardant les passants et les cyclistes qui, eux aussi, se mettaient à rire spontanément. « Oh *man*, tu es toujours aussi mignonne, t'sais ! Bon sang, ça fait un moment, dis donc. *Come on*, allons prendre un verre ! » Il posa sa grosse main sur la mienne et je sentis mes joues s'enflammer.

Il faisait bon dans le café Vertigo enfumé où se pressait une foule qui venait s'abriter de la pluie. De la vapeur s'élevait des manteaux posés sur les chaises, on secouait les parapluies. Tout le monde se plaignait du temps abominable qui sévissait depuis plusieurs semaines déjà. J'allai me réfugier dans les toilettes pour dames afin de me remettre de cette rencontre inattendue. Je me regardai dans le miroir et retouchai mon mascara, remis du rouge sur mes lèvres et maudis ma mine fatiguée. Dans la lumière crue et froide du néon, je ressemblais tout à coup à ma mère. Elle m'examinait d'un air méprisant. Je portai mes mains froides à mes tempes et lissai mon visage. Le pli qui allait de l'aile du nez au menton disparut. Ma mère avait deux de ces sillons, un à droite, l'autre à gauche. C'était le manque de sommeil, sans aucun doute.

Je passai mes cheveux sous le séchoir à main, les relevai, respirai profondément avant de regagner la salle. Steve avait trouvé une table. Adossé à son siège, sûr de lui, il regardait à la ronde. Lorsqu'il m'aperçut, son rire retentit de nouveau. Il se leva et me tendit une chaise. Je m'assis, crispée. Je sentais une douleur aiguë dans le creux des orbites, douleur causée par le manque de sommeil et l'abus d'alcool.

Steve ricanait, poussa vers moi un double espresso fumant. Il écarta les bras et dit en gémissant : « Oh comme c'est bon d'être de retour à Amsterdam, t'sais. Cette ville m'a manqué. Et toi ! Je te rencontre ici, ça alors ! Tu as bonne mine ! Comment va ma petite Merel ? Parle-moi d'elle, raconte-moi tout ! »

Je m'efforçai d'avaler une gorgée de mon espresso sans trembler.

« Elle me ressemble ?

— Non. Elle est tout le contraire de toi, en fait. Attentionnée et sérieuse. Assez renfermée. Et elle travaille très bien à l'école.

— Il lui arrive de parler de moi ?

— Allons Steve, qu'est-ce que tu crois ? Elle avait un an quand tu as disparu de sa vie… Non, elle ne parle jamais de toi. »

J'allumai une cigarette. Il se mit immédiatement à chasser ostensiblement la fumée de ses grosses mains.

« Quand vas-tu arrêter de fumer ! Il faut prendre soin de toi ! Ma fille est entre tes mains, t'sais ! »

Il recommençait à m'énerver comme avant. Comme s'il n'y avait pas six ans, mais deux jours qu'il était parti.

« Ça se voit que tu reviens des États-Unis. Qu'est-ce qui te ramène dans notre petit pays si quelconque ? »

Steve leva les mains et commença à parler bruyamment. « Je n'arrivais plus à *dealer* avec New York, t'sais. Le monde de la musique est pourri, t'sais. La drogue, l'argent, des gens durs. Pas relax. Je jouais dans un groupe, un bon groupe, des types très professionnels, on faisait cinq jam sessions et cela six nuits par semaine. Après, on passait avec le chapeau. Si on avait réussi à faire danser toute la salle sur les tables, on ne se faisait pas plus de six cents dollars à six. Ce n'était plus possible ! La vie est chère là-bas, t'sais. Et puis les gars, ils sont passés à la came, un par un. Pour tenir le coup. Un soir, je me suis dit : si tu continues, tu finiras dans le ruisseau, ou avec un couteau dans le ventre. Je n'avais pas de *green card*, donc impossible de travailler pour un studio. J'ai pensé : Steve, il faut retourner à tes racines. Tu as quarante ans, laisse tomber. Fini le rêve américain. *It's over.* Réveille-toi ! » Ses mains retombèrent sur la table d'un coup brusque. Je sursautai et laissai échapper un petit rire nerveux. « Et toi ? Qu'est-ce que tu as fait pendant toutes ces années ? Je t'ai vue, t'sais. Tu étais bien ! Toujours aussi sexy. Et ta voix s'est affirmée. Elle a gagné en profondeur. Dommage que tu chantes dans un groupe aussi nul.

— Nous ne sommes pas un groupe nul, Steve.

— Martin et Geert en tout cas, ils ont la grosse tête.

— Comment ça ? Tu ne les connais même pas !

— Oh si, je le connais ce Martin ! Il ne m'aime pas parce qu'il a peur que je lui pique ses musiciens. Maintenant que je suis de retour, il fait dans son froc. Je suis allé au Minerva pour vous voir, vous les filles. Ellen me l'avait demandé. Elle veut chanter dans mon groupe, t'sais. Après le spectacle, je voulais venir te dire bonjour, juste un petit bonjour en passant, mais Geert a complètement pété les plombs ! Il a hurlé, il m'a dit de te foutre la paix, que j'étais bien le dernier que tu avais envie de voir ! Il a commencé à me bousculer, Martin m'a dit de partir, sinon il me ferait "virer". Pouah, moi, me faire virer ! »

Geert ne m'en avait rien dit.

« Je voulais juste parler un peu avec toi. Et avoir des nouvelles de ma petite Merel. J'ai souvent pensé à elle quand j'étais seul dans mon lit à New York.

— Toi, seul dans ton lit ! Je n'en doute pas ! Et si tu as si souvent pensé à elle, pourquoi ne lui as-tu jamais envoyé une carte ? »

Steve ôta ses lunettes et se frotta les yeux. Ensuite il me prit la main et me caressa les doigts de son pouce. J'avais l'impression que ce n'était pas ma main qu'il caressait, mais mon ventre.

« Je ne sais pas. J'étais tellement occupé. Ça ne s'est pas fait, c'est tout. Et puis des fois, je me disais qu'il valait peut-être mieux ne pas donner de nouvelles, qu'elle m'oublie. De toute façon, je suis un mauvais père.

— Oh, comme je te plains.

— Mais je suis revenu ! Maintenant nous pouvons prendre rendez-vous. J'ai très envie de la revoir. »

Je commandai un Southern Comfort, Steve une vodka orange. J'avais besoin de la douce chaleur du whisky, de quelque chose qui arrête mes pensées. Geert ne m'avait rien dit de sa dispute avec Steve. Entre-temps, ce dernier continuait à me parler avec enthousiasme de New York, de sa rencontre avec Roberta Flack. Il me demanda encore une fois s'il pouvait voir Merel, mais je me montrai réticente. Je ne voulais pas qu'il abandonne ma fille encore une fois. Ce qui était inéluctable. On ne pouvait jamais compter sur Steve pour un rendez-vous, sauf quand il s'agissait de sa carrière ou de sexe. J'avais le sentiment qu'en l'occurrence, c'était ce qui l'intéressait, plus que la possibilité de se racheter en tant que père.

Le whisky ne m'aidait pas à me détendre. Au contraire. Je me sentais menacée de tous côtés. Tous les hommes de ce café me semblaient suspects. On me surveillait, on m'observait, on concoctait un plan pour m'éliminer. Je regardais Steve parler de sa vie à New York en gesticulant, je me disais que c'était un curieux hasard qu'il resurgisse dans ma vie juste à ce moment.

10

Une immense pagaille régnait dans la maison, même si Geert avait fait le ménage à sa façon. Il avait soigneusement empilé sur l'évier une vaisselle de plusieurs jours, le coin jouets était jonché de crayons de couleur, de dessins à moitié terminés, de Lego et des pièces de la collection Mon Petit Poney de Merel. Les placards de la cuisine étaient ouverts, les rideaux encore fermés. Ça sentait le lait tourné et la bière éventée.

« C'est toujours un vrai foutoir dans cette maison ! » grommelai-je sans savoir par où commencer, que faire, ni comment procéder par ordre. J'étais fatiguée et tendue, je voulais à la fois dormir et ranger ce désordre, ouvrir les rideaux et les laisser fermés. M'enfuir et me battre. C'était trop, il se passait trop de choses à la fois. J'avais des problèmes jusque par-dessus la tête et je devais protéger mes enfants. Il pleuvait, le frigo était vide, mais j'avais peur d'aller faire les courses.

Je me dirigeai vers la porte de derrière et tirai les rideaux. Mon regard tomba sur une caisse de bière, deux vélos d'enfants cassés, une vieille poussette, deux cartons pleins de bouteilles vides, le barbecue noir de suie. Je levai ensuite la tête vers les petits balcons et les fenêtres des maisons d'en face. Un voisin avait mis les Red Hot Chili Peppers à fond. Il passa nu devant sa fenêtre, une serviette sur les épaules, puis il baissa les stores. Avant, je pouvais passer des heures ainsi, une cigarette et un verre de vin à la main, à observer mes voisins sans qu'ils se doutent que je les espionnais. À présent, je me rendais compte que d'autres pouvaient en faire autant. Que ma vie était exposée aux regards de tous.

Ranger. C'est cela qu'il fallait faire. Remettre de l'ordre. De l'ordre dans ma maison et dans mes pensées. J'ouvris les fenêtres, enfilai mes chaussons et mis un CD de Ann Peebles. *I can't stand the rain, against my window, bringin'back sweet memories...*

J'attrapai un seau que je plaçai sous le robinet. Je versai une bonne dose de nettoyant universel dans l'eau bouillante et plongeai mes mains dans le mélange savonneux. L'évier, les moulures des placards, la cuisinière, la hotte d'aération, je frottai et récurai toutes les taches de graisse et de café. Je sortis un rouleau de sacs-poubelle du placard, en arrachai un et jetai dedans tout ce qui traînait par terre. Des feutres sans bouchon, des feuilles de dessin gribouillées, des vieux journaux et des revues, des petites poupées sans membres, des petites voitures sans roues, des barrettes cassées, des capsules de bouteilles de bière, des coquilles de pistaches, une orange moisie, des boîtes à œufs, quelques gants, quelques chaussettes, des paquets de cigarettes vides.

Je remplis quatre sacs-poubelle tout en braillant avec la musique. Petit à petit, je sentis la colère monter en moi. Je n'allais tout de même pas me laisser chasser de chez moi. On ne m'enlèverait pas tout ce à quoi je tenais, je n'allais pas renoncer à ma liberté sous prétexte que mon mode de vie ne convenait pas à quelqu'un. Je retroussai mes manches, remplis de nouveau le seau, pressai la serpillière, puis, à genoux, je me mis à frotter le plancher.

Steve pourrait voir Merel, mais un droit de visite était hors de question. Il n'avait pas le droit d'entrer dans sa vie et d'en disparaître comme il l'entendait. Il était son père, mais au sens biologique du terme seulement. Je fis gicler une bonne dose d'eau de Javel dans l'évier. L'odeur de piscine me monta aux narines. Comme si cette odeur chimique nettoyait aussi mes pensées. J'avais les mains fripées par l'eau chaude. Je frottai rageusement le dépôt brun dans l'évier, sur le robinet, et j'astiquai les parties émaillées jusqu'à ce qu'elles aient retrouvé leur blancheur. Je me redressai et fis trois pas en arrière pour examiner le résultat de mes efforts, j'avais la tête qui tournait. Je titubai et j'eus juste le temps d'atteindre une chaise.

Je m'assis et me pris la tête dans les mains. Je me demandai un instant si j'avais bien toute ma raison. Étais-je folle ? Tout cela m'arrivait-il vraiment ? Ou étais-je en train de devenir comme ma mère, qui croyait que mon père allait l'assassiner ? Je me mis soudain à douter de tout. Qu'avait dit le psychiatre à mon père après l'internement de ma mère ? « Votre femme vit réellement dans la peur de mourir. Pour nous, sa psychose est une sorte de folie, mais pour elle ses délires sont une réalité. Cela ne sert à rien de la contredire, vous ne pourrez pas la rassurer. »

Je ne voulais pas devenir folle. Je n'étais pas folle. Ce qui m'arrivait était terriblement réel. Evert l'avait constaté, le policier aussi. D'abord, il fallait que je dorme tout mon soûl, je me sentirais bien mieux après.

Des bruits à la porte me tirèrent brusquement de mon sommeil. La nuit était déjà tombée. La pluie tapait contre les vitres.

« Maman, maman, viens ouvrir ! On ne peut pas entrer ! » Je bondis de mon lit, allumai la lumière et tirai le loquet de la porte d'entrée. Je ne me souvenais pas de l'avoir fermée. Merel et Wolf se glissèrent à l'intérieur et jetèrent leurs bottes crottées sous le portemanteau. Rini, ma voisine, les suivait. Elle s'essuya les pieds et regarda autour d'elle en souriant.

« Eh bien dis donc, tu t'es bien défoulée ! s'exclama-t-elle, en retirant son manteau. Les enfants ne tenaient pas en place ! J'ai dit à Guus : il va sûrement y avoir une tempête ! »

Elle entra dans la cuisine, prit une chaise tout en continuant à jacasser. « Un verre ? » demandai-je, dans l'espoir qu'elle refuse.

« Bon, un petit alors. Je pars au yoga dans cinq minutes. Je peux ? » dit-elle en montrant le paquet de cigarettes ; elle se servit. « Excuse-moi, je t'en achèterai un autre. Il faut que je triche de temps en temps. »

Son mari, Guus, et elle avaient arrêté de fumer depuis trois mois déjà et ils se rendaient la vie impossible.

« Alors, on ne me dit jamais rien... » Elle me regarda d'un air entendu, secoua la tête et tira longuement sur sa cigarette. Elle recracha la fumée avec force, comme une institutrice en colère qui attendrait une explication.

« Qu'est-ce que tu veux dire ?

— Eh bien. Que Geert est parti, par exemple. »

Je retirai le cachet de cire de la bouteille de vin rouge et enfonçai le tire-bouchon. Rini m'observait, attendant avidement les dernières nouvelles.

« Je n'ai pas eu le temps... Il s'est passé tant de choses récemment et je n'avais pas envie d'en parler.

— Ma pauvre, c'est affreux. Et les petits. Ils en étaient tout chamboulés. Merel nous l'a dit, comme ça, de but en blanc... »

Renversée sur sa chaise, elle attendait la suite.

« Rini, je préfère ne pas en parler pour l'instant.

— Il a quelqu'un d'autre ? »

Elle ne me laisserait pas en paix. Elle avait mis le grappin sur moi et elle ne me lâcherait pas tant que je ne lui aurais pas révélé au moins un détail croustillant. Je lui devais bien ça en échange de toutes les fois où elle gardait les enfants.

« Non, ce n'est pas ça. C'est très compliqué. Plus rien n'allait entre nous. »

Les enfants dévalèrent l'escalier. Wolf grimpa sur mes genoux et Merel me sauta au cou. « Maman, maman chérie... » Wolf m'embrassa au moins dix fois sur la joue et m'adressa son plus beau sourire.

« On peut manger des chips en regardant la télévision ?

— Bon, prends-en un paquet dans le placard. Mais n'en mettez pas dans mon lit, d'accord ? »

Rini attendit que les enfants ne puissent plus nous entendre avant de poursuivre son interrogatoire.

« Comment ça ? Qu'est-ce qui n'allait plus ?

— Eh bien, tu sais comment ça se passe... Nous ne faisions que nous disputer et j'avais de plus en plus le sentiment de tout devoir assumer seule. Il représentait plus un poids qu'un réconfort. C'était fini, tout simplement. » Le reste ne la regardait pas.

« Tu n'aurais pas une aventure par hasard ?

— Non, qu'est-ce qui te fait penser une chose pareille ?

— Ça ne me regarde pas, bien sûr, mais il y a quelque temps, il y avait un type devant ta porte, il prétendait être ton beau-frère... »

Mon beau-frère ? Martin ? Cela faisait des mois que je ne l'avais pas vu. Que faisait-il ici ? Je me souvenais vaguement d'un message sur ma boîte vocale quelques semaines auparavant. Il voulait me parler. Je m'étais dit qu'il s'agissait sûrement d'argent — Martin s'occupait de ma comptabilité, c'était son métier — et qu'il rappellerait.

« Tu lui as parlé ?

— Oui. Tu n'étais pas chez toi et je passais par hasard. Il était assis sur le trottoir. Je lui ai demandé si je pouvais faire quelque chose pour lui, et il m'a répondu qu'il t'attendait, qu'il était ton beau-frère. Il avait l'air un peu bizarre. J'ai ajouté que tu rentrerais sans doute tard. Peu après, il avait disparu.

— Bizarre, comment ça ? Qu'est-ce qu'il faisait ?

— Eh bien, il avait un comportement bizarre, très nerveux. Farouche. Il m'a demandé si je pouvais le faire entrer. Il a dit qu'il avait oublié les clés, que tu n'y verrais pas d'inconvénient. J'ai dit : oui, à d'autres, on ne me la fait pas à moi. N'importe qui peut prétendre être ton beau-frère. »

Je ne comprenais pas. Que venait-il faire ici ? Pourquoi n'avait-il pas laissé un mot, ou passé un coup de fil ?

Rini avait raison, je n'étais même pas sûre que cet homme soit mon beau-frère. Martin n'était pas quelqu'un de nerveux, et il ne serait pas venu chez moi à l'improviste. Il n'aurait pas perdu son temps, si précieux, à m'attendre. À moins qu'il ne se soit passé quelque chose de grave, mais dans ce cas, je l'aurais su.

« Eh oui, Maria, ils font la queue devant ta porte, les mecs ! »

Rini éclata de rire et remplit nos verres. « Ce n'est pas à moi que ça arriverait. Allez, ma belle, raconte, c'est qui ce Noir qui t'a raccompagnée cet après-midi ?

— C'est le père de Merel, Steve.

— Non ! Il est ressuscité celui-là ? Mon Dieu ! Et alors ? Il ne vient tout de même pas réclamer ses droits de paternité ?

— Non. Il ne peut pas. Il ne l'a jamais reconnue. Mais il aimerait bien la voir…

— Allons bon ! Cette pauvre gamine. Il croit qu'il peut faire irruption comme ça dans sa vie ? Tous des cons, vraiment, ces mecs ! Le mien, il est exactement pareil que les autres. Ce qu'il m'a fait aujourd'hui... »

C'est ainsi que Rini en arriva à son sujet de conversation préféré, son mari, Guus, le pauvre type. Elle fuma cinq cigarettes et vida la bouteille de vin, puis elle partit au yoga en titubant. Après son départ, je commandai deux pizzas que je mangeai au lit avec les enfants en regardant « Vidéo gags » et « Pipole » à la télévision. Merel me dit que je devrais participer à ce genre d'émissions. Je deviendrais riche et célèbre. Ils s'endormirent à mes côtés, le carton à pizzas sur les genoux. Je sortis de la chambre à coucher sur la pointe des pieds pour prendre un verre et fumer une cigarette. Au rez-de-chaussée, je vérifiai que toutes les fenêtres étaient bien fermées, tirai les rideaux et verrouillai la porte. Je laissai toutes les lumières allumées. Et pourtant, je ne me sentais toujours pas en sécurité. J'étais vraiment seule. Pour la première fois depuis longtemps, j'aurais aimé avoir une mère, que j'aurais appelée et qui m'aurait rassurée.

Mes pieds se transformaient en glaçons, mes mains s'engourdissaient tandis que, par la fenêtre de la cuisine, je contemplais la rue. Je n'osais pas aller me coucher. J'aurais pu appeler ma sœur. Il fallait que j'appelle ma sœur. Mais tellement d'obstacles s'étaient accumulés entre nous. Nous étions toutes les deux figées dans nos rôles et je savais d'avance qu'une conversation téléphonique avec elle ne ferait que me plonger davantage dans ma solitude. Demain. Je demanderais ce que Martin avait sur le cœur. Maintenant, il fallait dormir. Il le fallait absolument. Je sortis une vieille batte de base-ball de derrière le portemanteau — Geert me l'avait donnée un jour pour me protéger des cambrioleurs —, puis je montai me coucher.

11

Je fis un rêve étrange. Ma mère était assise près de mon lit et elle souriait avec douceur et gentillesse. Elle posait une main chaude et sèche sur mon front, me caressait les cheveux, retirait les mèches de mon visage et me prenait la main. « Chérie, disait-elle, comme tes enfants sont beaux ! » Un nourrisson était couché sur mon ventre. Il dormait en suçant son poing. Ma mère se penchait sur nous pour contempler son visage et lui caresser la tête de son doigt avec beaucoup de délicatesse.

« Je peux le prendre dans mes bras ? » demanda-t-elle, mais je refusai.

Je serrais fermement l'enfant contre moi, mes mains protégeant son petit corps doux. « C'est impossible, disais-je dans un sanglot. Je ne peux tout de même pas te donner mon enfant ? C'est tout ce que je possède. C'est ma famille. Toi, tu détruis tout. »

Elle s'empara de mon bébé malgré moi. À bout de force, je ne pouvais l'en empêcher. J'étais comme paralysée sur mon lit, elle me l'arracha des mains. Je baissai les yeux, vers mon ventre. Il était ouvert. Elle m'avait arraché le cœur et avait retiré l'enfant de mes entrailles. Elle les emportait. J'essayais de crier, mais aucun son ne sortait de ma bouche. Du sang chaud jaillissait de mon ventre, coulait sur mes cuisses.

Je fus tirée de mon sommeil par les pleurs de Wolf. Il avait fait pipi au lit.

« Je n'y pouvais rien, maman, quand je me suis réveillé, c'était trop tard !

— Ça ne fait rien mon bonhomme, ça ne fait rien », lui dis-je pour le consoler en le prenant dans mes bras et en caressant sa joue si douce de la mienne.

« Maman, tu me pinces ! » Il se dégagea de mon étreinte et se leva. J'en fis autant. J'avais la tête lourde, comme si à la place du cerveau, un bloc de pierre faisait pression contre mes yeux. Mon ventre était creux, douloureux et vide.

Wolf s'engagea en titubant de sommeil dans le couloir obscur. N'avais-je pas laissé toutes les lumières allumées ? Je sentis comme une pointe d'inquiétude, d'angoisse dans l'estomac. Prise de panique, je m'écriai : « Wolf ! Wolf, attends ! Reste ici ! Je vais chercher des draps propres et un pyjama. »

Effrayé par ma réaction, il se mit à sangloter de plus belle.

Merel se réveilla. « Taisez-vous ! » grommela-t-elle en se retournant. Lorsqu'elle sentit que la place à côté d'elle était mouillée, elle bondit hors du lit en jurant.

« Ce n'est pas la peine de te mettre en colère ! hurlait Wolf. Je l'ai pas fait exprès !

— T'es qu'un bébé, Wolf. Tu fais encore pipi au lit ! Beurk ! »

Je les pris tous les deux par la main. « Ce n'est pas le moment de se chamailler. Asseyez-vous ici cinq minutes, je vais chercher des draps propres. Après nous pourrons nous recoucher. »

Merel se dégagea. « Moi, je retourne dans mon lit.

— Non ! Reste ici ! » Je la saisis fermement par l'épaule.

Merel se frotta les yeux et me lança ce regard dédaigneux que je connaissais bien. « Arrête ta comédie ! »

Je la retins, en proie à une peur proche de la panique. Il ne pouvait y avoir quelqu'un dans le couloir. Il n'y avait probablement aucune raison de s'inquiéter. Pourtant, je n'osais pas la lâcher. Il nous fallait rester tous ensemble. « Je vous en prie, dis-je. Merel, Wolf, je me sens un peu triste. Nous allons changer les draps et nous rendormir tous ensemble. J'aime vous avoir près de moi... » Wolf, affichant un air très sérieux, me prit la main et dit : « D'accord, maman. » Merel, pensive, s'assit sur le lit.

Je m'engageai dans le couloir. Mon cœur cognait dans ma poitrine. Je tirai des draps et un pyjamas propres du placard. J'essayais de me souvenir si oui ou non j'avais laissé la lumière allumée. Après avoir changé les draps, alors que nous étions tous les trois allongés en silence, mais qu'aucun de nous ne dormait, je compris que cette situation ne pouvait pas durer. Je ne devais pas céder à mes angoisses. Surtout pas en présence des enfants.

Nous devrions peut-être partir. Aller habiter ailleurs pour quelque temps. Mais où ? Et mon travail, comment faire ? Sans travail, pas d'argent. J'avais placé mon héritage dans cette maison, mais il fallait aussi se nourrir…

Mieux valait attendre un peu. Cette étrange situation allait peut-être cesser brusquement. Peut-être ne s'agissait-il que d'une plaisanterie malsaine et la personne avait-elle trouvé une autre cible. Je fermai les yeux et me blottis contre le corps chaud de Wolf. Le visage de ma mère m'apparut de nouveau, elle me regardait tendrement. Je ne me souvenais pas qu'elle m'ait jamais regardée ainsi.

La sonnette nous réveilla. Dehors, il faisait toujours nuit. Il devait être encore très tôt. On sonna une nouvelle fois, je me précipitai au rez-de-chaussée. Au milieu de l'escalier, je me rendis compte qu'il était bizarre qu'on frappe à ma porte d'aussi bonne heure. Je descendis sur la pointe des pieds, entrai dans la cuisine, et tirai prudemment le rideau de la fenêtre de la cuisine. Un homme en costume sombre se tenait sur le trottoir, le visage dissimulé derrière un grand parapluie noir. C'est bien dans le style de Steve de débarquer au beau milieu de la nuit, me disais-je, avant d'apercevoir la grosse Mercedes noire derrière lui. J'avais déjà vu cette scène. L'homme en noir et son corbillard.

Ils venaient chercher quelqu'un. Ils s'étaient trompés de porte. J'étais bien obligée d'ouvrir pour leur indiquer la bonne adresse. Mais je ne connaissais pas grand monde dans ma rue.

Merel m'appelait du haut de l'escalier.

« Maman, qu'est-ce qui se passe ? Qui est là ? » J'entendis ses pieds nus sur les marches.

« Personne, chérie, reste là-haut, maman remonte tout de suite. Va vite te recoucher. »

Lorsque j'ouvris la porte, l'homme sembla sursauter en me voyant. « Bonjour madame, permettez-moi de me présenter, Gerard de Korte. Toutes mes condoléances... » Il me tendit la main.

« Je crois que vous faites erreur, monsieur. Tout le monde est bien vivant dans cette maison. Mais je peux vous renseigner ? »

L'homme sembla se recroqueviller sous son chapeau noir. Des gouttes tombaient de son parapluie, tandis que je grelottais dans ma robe de chambre. « Ah bon ! C'est bien le 13, Vondelkerkstraat ? Vous êtes Mme Maria Sophia Vos ?

— Oui, c'est moi... »

Je frottais mes mains glacées l'une contre l'autre en ayant le sentiment qu'une fois encore tout déraillait.

« Pourrais-je entrer une seconde ? »

Je m'écartai pour lui céder le passage. Il ferma son parapluie, le secoua et le posa, ruisselant, contre le mur extérieur. Il me suivit dans la cuisine en hochant la tête.

« Je ne comprends pas, dit-il à voix basse. Je suis vraiment désolé, mais on nous a signalé que Mme Maria Sophia Vos, domiciliée à cette adresse, était décédée. »

Le froid me provoquait des picotements dans les jambes. L'homme, grisonnant, les cheveux plaqués en arrière, des lunettes beaucoup trop grandes, se tenait gauchement en face de moi. Pour les morts qui s'avéraient être encore en vie, il ne connaissait pas son texte.

La sonnette retentit de nouveau. L'homme s'excusa et se leva pour aller ouvrir à une femme bien en chair, tout en noir elle aussi, qui tenait une petite valise dans la main droite. À sa réaction, je compris qu'elle était choquée. Ensemble, ils entrèrent dans la cuisine. La femme posa sa main sur mon épaule. « Je suis vraiment désolée de ce malentendu, madame Vos. Je me présente, Nelly de Wijn. Pourrais-je me servir du téléphone ? » demanda-t-elle d'un ton apaisant.

Rini fit irruption, complètement affolée. Elle leva les bras au ciel en criant : « Oh non, oh non ! » Ses cris angoissés me sortirent de ma torpeur.

« Personne n'est mort, Rini, c'est une mauvaise plaisanterie. Ou une erreur. C'est possible. Quelqu'un se sera trompé… »

Entre-temps, les enfants en pyjama étaient eux aussi descendus dans la cuisine, Wolf tenait son lapin en peluche devant son nez, se cachant derrière Merel. Rini alla vers eux et les reconduisit à l'étage.

Gerard de Korte sortit un calepin de son porte-documents noir. Il osait à peine me regarder, il l'ouvrit. « Le médecin de garde, le Dr Van der Horst, nous a appelés à cinq heures trente, nous annonçant que vous étiez décédée. Il remplace le Dr Zwaanswijk. Est-ce bien votre généraliste ? »

J'acquiesçai. « Mais je ne connais pas de Van der Horst.

— Ma collègue est en train de se renseigner. Vous êtes bien née le 15 avril 1971 à Bergen ?

— Oui.

— Et votre mère est bien Petra Vos ?

— Oui. Mais elle est morte quand j'avais dix-sept ans.

— Hum. Le Dr Van der Horst a dit qu'il appelait de la part de Mme Petra Vos, votre mère.

— Il ? Le Dr Van der Horst est un homme ? »

De Korte lança un regard à sa collègue. Celle-ci secoua la tête. « Il faut que je vérifie auprès de la réceptionniste. Je ne pourrais l'affirmer… »

J'essayai d'allumer une cigarette, mais mes mains tremblaient tant que je ne parvenais pas à faire jaillir la flamme. De Korte tira un briquet en or de la poche de son pardessus et me le mit sous le nez. Je proposai de faire du café, il répondit que ça lui ferait le plus grand bien. J'éprouvais le besoin de m'agiter, de faire quelque chose de mes mains, de me concentrer sur le nombre de cuillers de café.

« J'ai le numéro de portable du Dr Van der Horst. D'habitude, nous appelons toujours les numéros que l'on nous signale pour vérifier. Il est noté ici que la ligne était constamment occupée. Et puis il était difficile de joindre un médecin de garde. »

Mme De Wijn entra dans la cuisine et reposa mon téléphone. Rini descendit aussi. « Ma pauvre, comment est-ce possible ? J'ai eu la peur de ma vie, vraiment, j'ai cru que l'un de vous était mort. » Elle attrapa une lingette et la rinça sous l'eau. Puis elle se mit à frotter l'évier avec frénésie. « Allons, va donc t'asseoir, je m'occupe du café. » Elle me poussa dans la direction des deux corbeaux noirs assis à ma table, mains croisées.

« Madame Vos, il semblerait que quelqu'un ait voulu vous faire une plaisanterie de très mauvais goût, commença Nelly de Wijn. J'ai appelé le standard et il se trouve que le Dr Van der Horst n'existe pas. La réceptionniste est presque certaine qu'il s'agissait bien d'un homme au téléphone... »

De Korte poursuivit : « Nous sommes vraiment désolés. Cela ne nous était encore jamais arrivé. Je dois vous avouer que nous avons fait une erreur. Manifestement, nous n'avons pas vérifié. Normalement, nous attendons l'acte de décès. Madame De Wijn, pourquoi cela n'a-t-il pas été fait ? » Rini posa quatre tasses de café fumant. Un petit pot de crème, quelques morceaux de sucre dans une soucoupe.

« Le médecin a dit qu'il avait envoyé un fax. Je ne comprends pas. La réceptionniste a précisé qu'il a demandé que l'on se rende au plus vite à cette adresse, car la mère de la défunte était dans tous ses états. Nous sommes plus aptes à venir en aide aux proches qu'un généraliste...

— Quelle cause de décès ce prétendu médecin a-t-il donnée ? demandai-je à De Korte.

— Une crise cardiaque. Vous étiez fragile du cœur...

— Mon Dieu. » Rini tira une cigarette de mon paquet. De Korte lui tendit son briquet en or. « Qu'est-ce qu'il y a comme fous. Pourquoi faire une chose pareille ? »

Mme De Wijn se leva, son collègue en fit autant. Elle me tendit la main, me remercia pour le café et insista pour que je prévienne la police. Eux aussi, ils le signaleraient. De Korte me remit sa carte, puis ils partirent.

Il se rapprochait. Il voulait que je sente sa présence, sa haine, son pouvoir. Récapitulons ! Tout avait commencé avec mon avortement. Qui était en colère ? Geert. Qui d'autre était au courant ? Mon médecin. Avait-il une raison de me menacer ? Non. Était-ce un hasard si tout cela se passait alors que Steve était de retour ? Peut-être. Avait-il un mobile pour me faire subir cela ? D'après moi, non.

12

Rini habilla les enfants et leur prépara une tartine, tandis que je fouillais dans mes souvenirs à la recherche d'un indice, d'une preuve. J'avais le cœur noué par la peur, mes pensées s'embrouillaient. Les mains de Rini sur mon épaule me firent sursauter.

« Écoute. Nous allons appeler la police, tu ne crois pas ? »

Je secouai la tête. « Je ne sais pas. J'y suis déjà allée. Ils ne peuvent rien faire dans ce genre de situation.

— Comment ça, tu y es déjà allée ? Il s'est passé autre chose ? »

Je lui racontai les lettres, mon avortement, les photos. Je continuai à raconter. Ce qu'elle pouvait bien en penser m'était complètement égal.

« Mon Dieu, mais c'est épouvantable ! » Elle porta sa main devant sa bouche. « Il faut absolument que la police le sache. Même s'ils ne peuvent rien faire, il faut tout leur dire. Et puis, il faut changer tes serrures, ton numéro de téléphone ! Tu ne pourrais pas partir un peu ?

— J'y ai pensé. Mais où ? Et puis il faut que je

travaille, je dois gagner de l'argent, sinon je vais à la catastrophe.

— Tu ne peux plus chanter. Sur scène, tu es sans défense, ce type peut se trouver parmi le public…

— Alors il faut que j'abdique devant lui ? Que j'arrête de faire ce qui me procure le plus de satisfaction ?

— Oui, Maria. Tu n'as pas le choix. Tu as deux enfants… Tu ne peux pas te permettre de jouer les héroïnes. Pour ce qui est de l'argent… tu ne gagnes pas suffisamment en prêtant ta voix à des publicités ? Va donc passer quelque temps chez ta sœur.

— Je t'en prie. Et les enfants alors ? Ils doivent aller à l'école… Combien de temps faudrait-il que je parte ? Tu crois qu'il va disparaître du jour au lendemain ?

— Il en va de ta sécurité et de celle de tes enfants. Tu es responsable d'eux. Ils n'ont que toi. Mon Dieu, je n'ose pas penser à ce qui arriverait si toi… Où iraient-ils ? »

Je n'avais pas encore osé envisager cette question. Qu'arriverait-il si vraiment il finissait par avoir ma peau ? Je n'avais rien prévu pour eux. Leurs pères ? Ce serait une catastrophe.

« Si je mourais, je pense qu'ils iraient chez ma sœur… »

Je mourrais et j'abandonnerais mes enfants sans rien leur laisser, si ce n'est deux pères débiles et une tante qu'ils connaissaient à peine. Comment se faisait-t-il que je n'y aie jamais sérieusement pensé ? Je vivais dans l'insouciance. L'idée de laisser deux orphelins m'était insoutenable. Je manquais d'air, comme si on venait de me donner un coup à l'estomac. Rini passa son bras autour de mon épaule. « Ça n'arrivera pas, ma grande, on ne laissera pas les choses en arriver là, tu m'entends ? »

Wittebrood me fit savoir par téléphone qu'il ne pouvait rien pour moi, si ce n'est prendre note de ce qui s'était passé. « Madame Vos, je crains que vous n'ayez affaire à un plaisantin d'humeur particulièrement macabre », dit-il. Il en parlerait à son chef, mais celui-ci ne saurait pas non plus quoi faire face à une telle situation. « Il ne s'agit pas de menaces à proprement parler, par conséquent cela n'entre pas dans nos priorités. »

Je me mis à sangloter. Wittebrood était désemparé. « Je suis vraiment désolé, madame, de ne pas pouvoir faire davantage pour vous. Si au moins vous saviez qui est l'auteur de ces actes, nous pourrions lui parler, ou lui interdire votre rue. C'est très ennuyeux, mais la loi ne prévoit pas encore ce genre de situation. Il semblerait que la personne qui vous harcèle soit très intelligente. Il sait exactement jusqu'où il peut aller. Il possède un grand pouvoir de persuasion — la façon dont il est parvenu à convaincre la compagnie des pompes funèbres de venir chez vous en est la preuve. Vous êtes locataire de votre maison ?

— Quel rapport ? Non, je l'ai achetée.

— Parfois, les propriétaires vont très loin pour chasser les locataires. Ou les voisins. Vous vous entendez bien avec les habitants de votre rue ?

— Vous voulez dire que quelqu'un essaierait de me chasser de chez moi ?

— Ça arrive, hélas. Cependant, je crois plutôt que vous devriez chercher dans le domaine relationnel. Ou, comme vous le disiez vous-même, un obsédé parmi vos admirateurs. En tant que chanteuse, vous êtes exposée, évidemment. »

J'étais songeuse. Mon estomac gargouillait. Je n'avais encore rien mangé. D'ailleurs, je ne savais pas de quoi j'avais envie, mais il fallait que j'avale quelque chose, car mon cerveau ne fonctionnait plus. Je mis fin à la conversation avec Wittebrood et je retournai à la cuisine.

Rini, assise à ma table, me regardait d'un air interrogateur. Je secouai la tête.

« Ils ne peuvent rien faire. Il faut d'abord que je sois morte, je crois, avant qu'ils ne fassent une enquête. » Elle se mit à jurer. « C'est tout de même scandaleux que des choses pareilles se produisent ! » Je voulais qu'elle parte. J'avais envie de manger une tartine, de lire le journal et ensuite de sortir, avec les enfants.

« Nous veillons sur vous, tu sais, Guus et moi. Tout va s'arranger, je t'assure. Et pour les enfants, ne te fais pas de souci. Nous sommes là. Même dans le pire des cas. Si tu veux, nous pouvons régler cela.

— Quoi ?

— Eh bien, imagine... » Elle secoua maladroitement les mains. « Nous sommes prêts à assumer le rôle de tuteurs. De nous occuper d'eux. Ils n'auraient pas à changer d'école, ils pourraient continuer à habiter la rue...

— Nous n'en sommes pas encore là. Je ne veux même pas y penser !

— Tu seras bien obligée, ma grande. Nous devons tous y penser. Ça fait partie de tes responsabilités en tant que parent. »

Il ne fallait pas que je me raccroche à Rini. Elle était ma voisine et nos enfants jouaient ensemble, mais ce n'était pas une amie et elle ne le serait jamais. Je regrettais déjà de l'avoir laissée entrer, de lui avoir tout raconté, et je savais qu'elle était impatiente d'aller en faire profiter ses amies. Rini était ainsi faite. C'était le genre de personne qui ne respecte pas vos limites, qui fait tout pour vous tirer les vers du nez. Elle avait obtenu de moi ce qu'elle voulait et il me serait difficile d'instaurer de nouveau une certaine distance entre nous. On ne pouvait se débarrasser de gens comme Rini qu'en se mettant très en colère.

Que faire à présent ? Au fond de moi-même, je le savais. Partir. Ici, je n'étais pas en sécurité. Je ne pouvais pas me permettre d'ignorer les menaces et continuer comme si de rien n'était. Merel et Wolf n'avaient que moi. Je devais m'enfuir, avec eux, pour toujours s'il le fallait. Il n'y avait qu'un seul endroit où nous réfugier, du moins pour l'instant. L'idée de retourner, la tête basse, dans cette maison où j'avais tant de mauvais souvenirs, chez ma sœur, qui continuait à me considérer comme une enfant stupide, me répugnait. Mais il n'y avait pas d'autre solution. Même si nos relations étaient difficiles, elle était la seule en qui je puisse avoir confiance.

13

À ma naissance, Ans commençait déjà à gagner de l'argent de poche en se chargeant de menues tâches dans la pension. Elle avait vite compris qu'il n'y avait qu'une seule manière d'obtenir un minimum d'attention de la part de nos parents : travailler comme eux. Se lever à cinq heures du matin pour préparer le petit déjeuner. Le soir, préparer les tables avant d'aller se coucher et, en rentrant de l'école, plier les serviettes et éplucher les légumes. De Pâques à fin septembre, nous travaillions sans interruption. Réparer les pneus de vélo crevés, balayer le trottoir, récurer les douches à la Javel, plier les serviettes, astiquer l'argenterie, pétrir le pain, défaire et refaire les lits, éplucher de pleins seaux de pommes de terre et l'été, dormir dans la grange, car nos chambres étaient louées à des hôtes. Des hôtes en vacances. Des hommes aux cheveux longs, des femmes dans des robes vaporeuses et décolletées. Ils se faisaient bronzer et riaient de leurs enfants qui jouaient dans le sable chaud jusqu'à ce que le soleil disparaisse dans la mer, et ces derniers avaient même droit à une glace avant de rentrer.

Ma mère ne riait que rarement. Jamais elle n'escaladait la dune en courant pour admirer avec nous le soleil pourpre. Elle était toujours occupée, les mains gercées à force de laver, de récurer et d'éplucher. Elle haïssait nos hôtes — des excentriques venant de la ville —, leurs enfants qui couraient dans le couloir, et le sable qu'elle ne pouvait empêcher d'entrer.

Pour mon père, c'était différent. Il avait grandi à la pension, il aimait la mer et la plage et les vacanciers à qui il racontait toutes les semaines les mêmes histoires de cargos russes et de baleines échoués. « Duinzicht », c'était toute sa vie. Ma mère, elle, y devenait folle.

Quand il mourut, cinq ans après le suicide de maman, Ans annonça qu'elle souhaitait rester à Duinzicht. Elle aimait le bord de mer et ne pouvait concevoir de vivre dans une maison identique à toutes les autres. Elle était assistante sociale. Dans sa petite Panda, elle se rendait tous les jours à Alkmaar, où elle voyait déjà suffisamment de malheur. Elle n'éprouvait nullement le besoin de vivre en ville. Elle se mit à la recherche d'un comptable qui se charge de partager l'héritage le plus équitablement possible entre nous deux et c'est ainsi qu'elle fit la connaissance de Martin Bijlsma. Il lui conseilla de racheter ma part. Juste après le départ de Steve, je disposais tout à coup de trois cent mille euros, ce qui me permit d'acheter une maison dans la Vondelkerkstraat.

Tout semblait s'arranger, pour nous, les petites

filles de Duinzicht. Ans fréquentait Martin, je venais de rencontrer Geert, nous étions toutes les deux amoureuses et libérées du poids du calvaire de nos parents. Jamais nous n'avons été aussi proches que l'année qui suivit la mort de notre père. Martin et elle s'occupaient parfois de Merel pendant le week-end. Ou bien ils venaient en ville et nous allions au restaurant. Ils assistèrent même à mon concert au Vondelpark pour la fête de la Libération. J'avais l'impression que je faisais enfin la connaissance de ma sœur. C'était comme si j'avais une amie et j'en ressentais une joie enfantine. Jusqu'au jour où elle commença à s'immiscer dans ma vie privée, à faire des remarques sur mon couple, sur ma façon d'élever Merel, de gagner ma vie. Lorsque je lui annonçai que j'étais de nouveau enceinte, elle exprima sa désapprobation : « Non, désolée, je ne peux pas m'en réjouir. Tu n'arrives pas à t'occuper d'un enfant. Tu sors tous les soirs. Pourquoi veux-tu à tout prix un enfant ? Il y a déjà suffisamment de malheureux sur Terre. J'en croise tous les jours. » Cela provoqua une violente querelle entre nous et refroidit notre amitié naissante, ramenant nos relations à ce qu'elles avaient été jusqu'alors : un coup de fil une fois par semaine et une visite de politesse de temps en temps. Dès lors, chacune de nous fit de son mieux pour éviter toute conversation sérieuse.

Je remplis trois grands sacs de vêtements, deux de livres, de poupées et autres jouets que je fourrai dans ma Golf blanche attaquée par la rouille. S'y ajoutèrent trois paires de chaussures, des manteaux d'hiver et le carton qui contenait ma paperasse. J'appelai ensuite l'école pour signaler que les enfants seraient absents pour une période indéterminée. Le directeur vitupéra jusqu'à ce que je lui explique qu'une « situation particulièrement menaçante » m'y obligeait. Il me demanda de lui faire parvenir par fax une déclaration à la police et une adresse où il pourrait envoyer les devoirs. J'expliquai aux enfants que nous partions quelque temps en vacances chez tante Ans. Wolf poussa des cris de joie, Merel me lança un regard à la fois stupéfait et inquiet.

« Et l'école ? demanda-t-elle.

— La maîtresse nous enverra les devoirs et nous les ferons à la maison. En fait, ce sera moi la maîtresse. » Merel haussa les épaules et siffla. « Donc ça sera n'importe quoi. »

Elle s'installa en bougonnant sur la banquette arrière, à côté de Wolf qui, trônant sur son siège enfant, était heureux comme un roi et commença immédiatement à réclamer des bonbons.

Je fermai ma vitre, tournai la clé d'une main tremblante et appuyai trop fort sur le champignon. « On s'enfuit à cause de l'homme qui a frappé à la porte ce matin ? Celui qui croyait que tu étais morte ? » Merel croisait les bras et, dans le rétroviseur, elle braquait sur moi un regard sévère. Je marmonnai quelque chose. Pour la première fois de ma vie, j'allumai une cigarette dans la voiture, en présence des enfants.

Une fois passé le tunnel Wijker, je me calmai. Je laissais les menaces derrière moi, j'avais le sentiment qu'un poids tombait de mes épaules. D'autres soucis apparaissaient déjà. Qu'allait penser Ans de cette invasion ? Et Martin ? J'espérais qu'Ans ne se lancerait pas tout de suite dans un sermon, qu'elle me laisserait un peu en paix. C'est ce dont j'avais besoin. De calme dans ma tête.

Je baissai ma vitre pour laisser entrer dans la voiture l'air salin. « Vous le sentez, les enfants ? Nous approchons de la plage ! »

Merel ne répondit pas, elle continuait à bouder. Wolf s'écria que ça sentait les frites et la mayonnaise. Nous allions au-devant d'une grosse averse, le ciel au-dessus de Bergen était presque noir. J'allumai la radio. Ilse DeLange chantait. *It's a world of hurt. Nothing works, it's a lonely little planet made of dust and dirt.*

Le village de Bergen aan Zee était gris et désert. Les magasins de souvenirs et les snack-bars étaient fermés. Le vent soufflait et il tombait une pluie salée. Duinzicht donnait une impression de solitude et de désolation, tanguant au-dessus de la dune comme si, à tout moment, la maison risquait de basculer dans la mer. Je garai la voiture et restai assise. Cette expédition me sembla tout à coup dérisoire. Ma sœur était au travail, naturellement, elle ne rentrerait que le soir. Elle serait affolée de me trouver soudain devant sa porte avec mes enfants. Nous allions déranger sa petite vie monotone avec Martin. Et puis après ? Comment mes enfants et moi-même allions-nous faire passer le temps dans ce trou venteux, humide et abandonné ? Ans et moi allions nous voler dans les plumes dans l'heure qui suivrait.

« Maman ? On va encore rester longtemps à attendre dans la voiture ? » demanda Merel.

Wolf tentait de s'extirper de son siège en gémissant et en soupirant. « Là, elle est là, tante Ans ! » s'écria-t-il. Je tournai la tête et aperçus ma sœur, ses longs cheveux blonds flottant dans le vent. Courbée, elle venait à notre rencontre, tenant fermement son peignoir pour se protéger du vent qui rugissait.

14

Merel et Wolf gravirent la dune en courant pour découvrir la mer déchaînée, leurs petites voix excitées se perdirent dans le sifflement du vent. Je tentai de les rappeler pour qu'ils rentrent, mais déjà ils ne m'entendaient plus. Ans exprima son étonnement face à cette visite inopinée, puis chacune de nous se pencha et embrassa l'autre avec distance.

« Laisse-les faire, dit Ans. Ils ne risquent rien. Quand ils se seront défoulés, ils reviendront d'eux-mêmes. » Mais je ne pouvais me résoudre à les laisser s'éloigner. Je voulais les voir et les entendre. Le mugissement du vent et de la mer résonnait comme une menace. Je me précipitai dehors, à la poursuite de mes enfants, hurlant pour me faire entendre malgré le bruit des vagues. Je les trouvai derrière la maison, riant de plaisir, la peau saupoudrée de sable.

Oh, mon Dieu, du sable, pensai-je. Et, comme une possédée, je me mis à le faire tomber de leurs vêtements et de leurs cheveux.

« Pas de sable dans la maison ! »

J'entendais ma mère hurler ces mots tandis

qu'elle se précipitait sur nous, d'un air furieux, une balayette à la main. Elle nous brossait des pieds à la tête et nous frappait parfois quand elle était de mauvaise humeur.

Ans ne faisait pas cas d'un peu de sable, pourvu que nous laissions nos chaussures sur le paillasson. Nous entrâmes donc en chaussettes dans le salon, cette pièce qui quinze ans plus tôt faisait office de salle à manger. Ans et Martin avaient enlevé tout ce qui pouvait rappeler la pension. Ils avaient fait de Duinzicht une villa de bord de mer, un véritable petit palais pour bobos avec du bois, du cuir et du lin en abondance.

Ma sœur alla préparer un cappuccino pour nous et un chocolat chaud pour les enfants. Elle insista pour que je m'assoie dans le fauteuil de cuir noir près de la cheminée. Son fauteuil. Martin et elle avaient chacun leur place à laquelle ils étaient si attachés que personne n'avait le droit de s'y installer. Les visiteurs devaient se contenter du canapé. Elle me faisait une grande faveur en me permettant de prendre son fauteuil.

Ans me surprit. Je ne la reconnaissais pas : elle n'était plus la femme décidée et forte qu'elle était d'habitude. Je m'étonnai de son allure, fragile et meurtrie, recroquevillée dans un vieux peignoir douteux, les cheveux gras qui pendaient. Elle n'était pas allée travailler et était heureuse de notre visite impromptue, elle qui, d'ordinaire, avait horreur de tout ce qui était inattendu.

Les enfants avaient allumé la télévision et les bruits familiers de la chaîne de dessins animés dissipèrent le silence embarrassé. Ans entra en tenant un grand plateau avec des tasses et une assiette de petits-fours qu'elle posa sur la table en verre du salon, près de la cheminée, puis elle s'installa dans le fauteuil de Martin. Elle prit sa tasse de cappuccino, referma ses mains dessus. Elle ferma les yeux un instant et huma l'odeur du café brûlant. Elle avait le teint jaunâtre, et un bouton rouge vif avait fait irruption près de son nez. Elle avait l'air souillon et négligée.

« Bon, dit-elle. Passe-moi une cigarette maintenant. »

Effectivement, quelque chose clochait. Ans avait arrêté de fumer depuis des années.

Je lui tendis une cigarette et m'en allumai une. Soudain, je n'osai plus lui dire pourquoi j'étais là.

« Alors, raconte. À quoi dois-je cette visite à l'improviste ? »

Je me sentais comme une gamine sur les genoux de saint Nicolas. Nous avions une journée de libre et envie de voir la mer… C'était la seule explication que j'étais capable de lui donner.

Wolf accourut, se faufila entre nous, attrapa au passage une poignée de petits-fours et sauta sur mes genoux. J'étais surprise de constater combien mes enfants se sentaient à l'aise dans cette maison.

« Tu demandes d'abord la permission », lui dis-je. Il lança un regard suppliant à Ans. Elle hocha la tête en souriant.

« On dort ici, maman, n'est-ce pas ? » Ans me dévisagea d'un air perplexe.

« Ah bon. Je n'étais pas au courant.

— Mais si, maman ! Nous restons bien ici, dis ? » Son menton commença à trembler et juste au moment où il allait se mettre à pleurer, ma sœur déclara qu'il pouvait rester. Nous pouvions tous rester. Cela allait de soi. Sa sœur, son neveu et sa nièce étaient toujours les bienvenus. Au contraire, elle regrettait de ne pas nous voir plus souvent.

Wolf, rassuré, retourna s'installer devant la télévision, la bouche pleine, tandis qu'Ans me demandait en chuchotant ce qui se passait, au nom du Ciel.

« Je me suis plus ou moins enfuie de chez moi. Sur un coup de tête en quelque sorte. Il fallait que je parte et je n'avais pas d'autre endroit où aller…

— Comment cela, il fallait que tu partes ? Des problèmes avec Geert ?

— J'ai un psychopathe à mes trousses. On m'envoie des lettres de menaces, des choses épouvantables… Il veut m'éclater la cervelle… Dernièrement, j'ai reçu un rat mort après un tour de chant. Et ce matin, il y avait une entreprise de pompes funèbres à la porte qui venait chercher mon cadavre. Quelqu'un les avait appelés de la part de maman, disant que j'étais morte d'une crise cardiaque. Après ça, je suis partie en catastrophe. »

Je ne voulais pas pleurer, me montrer vulnérable devant elle. Elle se pencha en avant et posa sa main sur mon genou. « Mon Dieu, Maria ! C'est affreux. Comme tu as dû avoir peur ! Tu es allée au commissariat ?

— Évidemment. Mais tant qu'il n'y a pas eu de délit à proprement parler, ils ne peuvent rien pour moi. Et puis, dans une ville comme Amsterdam, avec le travail que je fais, par où commencer ? Ils m'ont dit que dans quatre-vingt-dix pour cent des cas, il s'agissait d'un ex…

— Et Geert, que pense-t-il de tout cela ?

— Nous nous sommes séparés.

— Oh, dans ce cas, c'est lui l'ex...

— Il a beaucoup de mal à l'accepter. Mais je ne peux pas imaginer qu'il ait quelque chose à voir dans cette affaire. Geert est un cas, mais de là à me menacer...

— Tu n'en sais rien, Maria, tu n'en sais rien. Si mon travail m'a appris quelque chose, c'est bien que les gens sont capables d'actes épouvantables lorsqu'ils se sentent rejetés... »

Elle fixait un point derrière moi, les yeux dans le vide, l'air fatigué. Lorsqu'elle reprit, elle sembla s'adresser à elle-même.

« Fais attention. Tu peux rester ici aussi longtemps que tu le voudras. La maison est bien assez grande.

— Et toi, qu'est-ce que tu deviens ? demandai-je. Ça va ? Tu as recommencé à fumer... »

Ans se recroquevilla et détourna les yeux vers la cheminée.

« Non, ça ne va pas très bien », murmura-t-elle d'une voix étouffée. Elle se leva pour prendre une bûche dans la corbeille. Maîtresse d'elle-même, elle la posa contre les morceaux de bois qui se consumaient. Puis elle donna quelques coups nerveux à l'aide du pique-feu jusqu'à ce que les flammes rejaillissent. Elle ramassa ensuite la cendre avec la balayette suspendue à côté de la cheminée.

« Martin est parti. » Elle émit un petit rire nerveux. « C'est drôle, non ? Nous voilà de nouveau toutes les deux célibataires.

— Comment cela ? Il t'a quittée ? »

Elle se rassit et ferma les yeux. Elle non plus ne souhaitait pas s'épancher devant moi.

« J'ignore où il est allé. Nous nous sommes disputés et il est parti, furieux, il y a plus d'une semaine de cela. Je n'arrête pas de l'appeler, mais son portable ne répond pas… »

Je repensai à ce que m'avait dit Rini : il m'avait attendue sur le trottoir.

« Mais que s'est-il passé ?

— Oh… » Elle passa sa main dans ses cheveux gras et battit des paupières. Elle tira une cigarette de mon paquet, je lui tendis du feu. « Il y avait déjà un certain temps que les choses allaient mal entre nous. Il… Je n'avais plus aucun contact avec lui. Il s'était mis à son compte, il avait transformé son garage en bureau et il y passait ses journées. Il a commencé à parler d'avoir des enfants. Il souhaitait fonder une famille. » Une larme coula le long de sa joue, elle l'essuya de sa manche.

« J'adore les enfants, tu sais, dans le cadre de mon travail, mais de là à en mettre au monde… Ma vie est sur les rails, je suis heureuse ainsi.

— Mais s'il voulait avoir des enfants, il n'y a pas de mal à cela ?

— Ce n'est pas tout. Nous n'arrivions plus à dialoguer. Bon, ça suffit. » Elle se leva et posa nerveusement les tasses de café sur le plateau.

« Allons, Ans, ne recommence pas, où est-il allé ?

— Je n'en sais rien. J'espère qu'il réfléchit là où il est. J'ai appelé la police pour vérifier qu'il n'avait pas eu d'accident. Je suppose qu'il est parti en France, dans la maudite maison de ses parents.

— Et eux ? Ils savent peut-être quelque chose…

— Ils ne sont plus là. Sa mère est décédée l'an dernier. Après sa mort, il a voulu avoir un enfant, tout à coup. Nous n'étions qu'un couple solitaire, disait-il. » Elle se dirigea vers les enfants, affalés comme des zombies devant la télévision.

« Ça vous plaît ? » demanda-t-elle. Wolf retira son pouce de sa bouche et répondit : « Oui, "Dragon Ball Z", c'est vraiment cool. Lui, c'est Sangoku. Il a tous les pouvoirs ! » Merel, elle, déclara qu'elle n'aimait pas.

« Vous savez ? J'ai une excellente idée. Je m'habille et ensuite nous allons sur la plage voir la tempête et manger des frites. Qu'en pensez-vous ? Votre mère pourra défaire les bagages et se reposer un peu… »

Ans se tourna vers moi. Je n'y voyais pas d'inconvénient. Au contraire, c'était parfait. J'allais peut-être faire un petit somme, j'étais épuisée. Merel préféra rester avec moi, mais Wolf s'empressa de suivre ma sœur.

15

La salle de bains d'Ans semblait n'avoir jamais servi, la baignoire encore moins. Pas le moindre tube de crème, pas le moindre flacon de mousse pour le bain, pas une seule serviette usagée, pas un gant, pas même une brosse à dents.

« Wouah ! murmura Merel, en passant son doigt sur le rebord de la baignoire ronde. Dis donc, ça c'est une belle salle de bains ! Tante Ans doit être très riche !

— Tante Ans est surtout très soignée », répondis-je, en cherchant les serviettes et la mousse pour le bain. Derrière un miroir coulissant, nous dénichâmes des draps de bain moelleux dans des couleurs pastel. Les petits pots et les tubes y étaient rangés également, tous de la même marque. Elle doit en passer du temps à s'occuper de ces niaiseries, me disais-je, en saisissant une petite boîte argentée qui avait été ouverte. Je plongeai le nez dans un pot-pourri à l'odeur de lavande. Merel ouvrit le robinet de la baignoire. L'espace turquoise s'emplit de buée. Chacune de nous se déshabilla en silence. Merel, impressionnée par l'ordre ambiant, plia soigneusement ses vêtements. Les miroirs se couvrirent de buée, je dessinai un grand cœur percé d'une flèche. J'écrivis mon nom d'un côté et celui de Merel et de Wolf de l'autre. « À toi, maintenant », dis-je à ma fille, qui dessina une fleur en s'appliquant.

« Voilà, maman, elle est pour toi », dit-elle en riant. Avant de pénétrer dans l'eau chaude et réconfortante, nous nous étions assurées que le bain était à la bonne température.

Merel rassemblait la mousse, se la collait sur le visage et la poitrine, elle s'en fit des seins et une barbe, puis elle me montra jusqu'où elle pouvait compter en restant sous l'eau. Je me rendis compte que nous n'avions encore jamais pris un bain ensemble. En toute tranquillité. Nous ne nous étions octroyé qu'une seule fois des vacances en famille. J'étais toujours accaparée par les autres. Le groupe, Geert, des petits travaux dans la maison. Je passais mon temps à me demander où j'allais bien pouvoir caser les enfants.

Je les aimais, plus que je n'avais jamais aimé aucun homme, et pourtant je n'arrivais pas à réellement m'intéresser à eux. J'étais trop agitée, trop occupée par moi-même. Mes enfants m'avaient servi d'excuse pour justifier l'échec de ma carrière. Je n'avais jamais vu les choses sous cet angle, mais à l'instant même, en prenant un bain avec ma fille, je le comprenais. Au café, je me vantais d'avoir tout ce que je désirais : un travail passionnant, deux enfants, je n'en demandais pas plus. Ma famille passait avant tout. En réalité, c'était faux. C'était la musique qui passait avant tout. Lorsqu'ils étaient malades, je les confiais à Rini. Il était hors de question d'annuler un concert, car j'espérais encore que quelqu'un dans la salle me remarquerait et ferait de moi une vedette. Cela n'arrivait jamais et au fur et à mesure que les années passaient, mes chances de percer un jour s'amenuisaient. Le fait que je sois mère n'y changeait rien. Je manquais de talent, tout simplement. Et tandis que, soir après soir, je me donnais corps et âme à mon public, espérant la gloire et la reconnaissance, un fou dangereux m'avait remarquée. En réalité, je m'étais livrée à lui. Si j'avais fait d'autres choix, tout cela ne serait pas arrivé.

« Maman, dis, pourquoi on est ici ? » me demanda Merel. Elle essayait d'attraper un amas de mousse avec ses orteils.

Je ne savais pas quoi répondre. Fallait-il lui dire la vérité et lui imposer mes angoisses ? Je ne voulais pas qu'elle se fasse du souci pour moi, je savais par expérience le poids que cela représentait. Mais je ne voulais pas lui mentir non plus. Elle était assez fine pour comprendre et risquait de saisir des bribes de conversation. Et puis, je voulais qu'elle aussi elle soit sur le qui-vive. J'attirai contre moi son petit corps maigre et glissant. Elle posa sa tête contre mon épaule et, de ses longs doigts dorés, ridés par l'eau, elle me caressa le bras.

« Il faut que maman quitte la ville pour un certain temps. Quelqu'un est en colère contre moi. La police recherche cette personne et quand elle l'aura arrêtée, nous pourrons rentrer à la maison. »

Merel me regarda, l'air choqué. « Pour quelle raison est-il en colère contre toi ? C'est le vilain monsieur de ce matin ?

— Non, lui, il avait fait une erreur. Mais il y a un autre homme qui n'aime pas que je chante et que je danse sur scène.

— Mon Dieu, il est bête, dis ! Il est peut-être tout simplement jaloux que tu en sois capable et pas lui. Tu te souviens quand Zoé s'était moquée de mes cheveux bouclés ? Tu m'avais dit qu'elle était jalouse parce qu'elle aurait bien aimé avoir les mêmes. Je crois que c'est pareil pour cet homme. »

Je l'embrassai sur le front. « Oui, tu as peut-être raison.

— Mais pourquoi il faut que la police l'arrête ? C'est un malfaiteur ?

— Eh bien, c'est en quelque sorte un malfaiteur, oui. Il envoie de méchantes lettres à maman. Mais la police va nous protéger. Tu n'as pas à t'inquiéter. Simplement, il ne faut pas parler à des étrangers.

— Je ne parle jamais à des étrangers.

— Et veiller sur ton petit frère.

— C'est ce que je fais.

— Et ne rien lui dire de tout cela. Inutile de lui faire peur. Il est encore petit. »

Merel, de son air le plus sérieux, hocha la tête. « Tu veux que je te montre encore une fois combien de temps je peux rester sous l'eau ? Toi, tu comptes ! » Elle prit son souffle, se pinça le nez et disparut sous la mousse.

Engourdies par la chaleur, enveloppées dans nos draps de bain, nous nous rendîmes au troisième étage, dans la partie « réservée aux hôtes ». Nos chambres s'y trouvaient jadis. Deux cellules spartiates, où il était interdit d'accrocher ou de coller quoi que ce soit sur les murs, car l'été des estivants y dormaient. Ils avaient droit à une couette recouverte de jolies housses à carreaux rouges et blancs, et à un napperon sur la table. Nous devions nous contenter de couvertures poussiéreuses qui provoquaient des allergies. Tout l'hiver, j'avais le nez qui coulait.

Ans faisait pipi au lit, au grand dam de maman. Une alèse protégeait son matelas. Ma mère pensait que si elle ne changeait pas ses draps, cela lui passerait. Ma sœur venait souvent se réfugier dans mon lit, au milieu de la nuit. Elle sanglotait et sentait l'urine. Nous restions éveillées pendant des heures, craignant le lendemain matin, lorsque maman découvrirait les draps souillés. « Je vais les suspendre dehors, hurlait-elle, tout le monde verra qu'une grande fille de douze ans fait encore dans son lit ! »

Ans avait transformé nos chambres exiguës en une vaste pièce lumineuse avec des portes-fenêtres qui ouvraient sur le balcon, un grand lit à baldaquin antique et des fauteuils près de la fenêtre. Le lit était recouvert d'une couette à fleurs lilas, assortie aux rideaux et à la nappe. Les broderies que nous avions confectionnées à l'époque étaient suspendues au mur. Je montrai à Merel les petites violettes et les roses que j'avais brodées, elle trouva cela « ringard ». « Comment tu faisais pour aimer ça ! » s'exclama-t-elle. Je lui expliquai que nous n'avions pas le droit de regarder la télévision, ce qu'elle ne pouvait imaginer. Nous nous sommes affalées sur le lit. Je sentis le sang battre dans tout mon corps, mes yeux se fermaient. Nous nous sommes blotties sous la couette avant de nous endormir.

16

Lorsque je me réveillai, je ne savais plus où j'étais. Dehors, la nuit tombait et la tempête continuait à faire rage. Autour de la maison, le vent rugissait. Un silence religieux régnait à l'intérieur. Merel n'était plus auprès de moi.

Je me redressai, la tête douloureuse comme si j'avais reçu un coup de massue. Je ressentais derrière les orbites une douleur diffuse, sourde. Mes yeux refusaient de s'ouvrir complètement. J'avais dormi pendant au moins quatre heures. Que s'était-il passé ? J'étais chez ma sœur. À la villa Duinzicht. À Bergen aan Zee. On me menaçait. J'aurais dû être à Utrecht en ce moment, avec mon groupe.

Je me levai en titubant, mes pieds touchèrent le sol froid et glissant. Je tressaillis. Où se trouvait l'interrupteur au juste ? Je tâtonnais le long du mur avant de le trouver. Un bouquet de fleurs ornait la table, nos vêtements étaient soigneusement pliés dans l'armoire. Visiblement, ma sœur avait rangé le placard sans que je ne m'en aperçoive. J'avais dû plonger dans une sorte de coma.

J'enfilai une paire de chaussettes de sport, mon

vieux pantalon de jogging gris et mon sweater à l'effigie des Healers, puis je quittai la chambre. Du rez-de-chaussée me parvinrent les voix excitées des enfants.

Wolf était juché sur un tabouret dans la cuisine, les manches retroussées et les mains plongées dans un grand saladier blanc. Il était couvert de farine et il affichait un sourire radieux. Merel, un torchon noué autour de la tête, coupait un poivron sur une planche à découper, un petit bout de sa langue apparaissait au coin de ses lèvres. Ans, devant son immense cuisinière en fonte, remuait le contenu d'une casserole.

La cuisine aussi était impeccable, comme si elle ne servait jamais, pas même pour se faire un œuf. Excepté la machine à espresso, rien ne traînait sur le plan de travail de granit noir.

« Maman, s'écria Wolf, tu es réveillée. On fait des pizzas, pour toi. Tante Ans a dit que je pouvais faire la pâte et Merel a le droit de se servir du couteau !

— Un petit verre ? me demanda Ans. Installe-toi. J'ai un délicieux pinot grigio. »

Elle posa le verre devant moi, m'avança un cendrier et me tendit un petit bol d'olives.

« On est allés sur la plage, il y avait un gros tas d'écume. J'avais le droit de marcher dedans ! Tante Ans a lavé mon pantalon. Après, on est allés manger des frites. Avec du poisson. Comment ça s'appelle déjà ? demanda Wolf en regardant ma sœur.

— Du cabillaud.

— Oui, du cabillaud. Avec de la sauce. Et du Coca. »

Merel avait fini de couper le poivron et continua avec les champignons. Elle les nettoyait et les détaillait en tranches avec application. « Et moi, je me suis réveillée, mais toi tu dormais encore. Alors je suis descendue. Tante Ans m'a préparé un croque-monsieur.

— Bon, la sauce tomate est prête. Nous allons attendre un peu que la pâte lève et nous pourrons garnir les pizzas. » Ans s'essuya les mains sur son tablier, prit la bouteille de vin blanc et se servit un verre.

« Vous pouvez aller regarder la télévision. »

Les enfants partirent en courant. Ans vint s'asseoir en face de moi.

« Bien dormi ? »

Je hochai la tête.

« Tu as remarqué. J'ai fait de la place dans le placard, mais tu ne t'es rendu compte de rien. »

Je piquai dans une olive à l'aide d'un bâtonnet couronné d'un petit coquillage. « C'est bizarre, dormir aussi profondément en plein jour. Je n'y arrive pas d'habitude. Je ressasse des pensées et je culpabilise.

— Tu dois en avoir besoin, après tant de stress. Maintenant que tu te sens en sécurité, ton corps récupère. Ne te gêne pas. Ça me fait plaisir de m'occuper des enfants. Je n'ai encore jamais eu l'occasion de vraiment apprendre à les connaître.

— Ils t'obéissent au doigt et à l'œil, on dirait.

— Ah, c'est toujours plus facile pour les autres que pour les parents.

— À la maison, ils ne veulent jamais rien faire. Si je leur demande de débarrasser la table ou de m'aider à faire la vaisselle, ils se mettent immédiatement à hurler et à se disputer.

— Tu as des enfants adorables. Tu peux être fière d'eux. »

Je me sentis rougir et refrénai l'envie de lui parler de leurs côtés moins positifs.

« Merel est un peu angoissée. Mais c'est logique.

— Comment ça, logique ?

— Elle a vécu beaucoup de choses, non ? Deux pères qui ont disparu de sa vie. Et je ne sais pas si tu as bien fait de lui parler des lettres...

— Il le fallait bien, Ans. Elle a huit ans. Elle m'a demandé pourquoi nous avions brusquement quitté Amsterdam. Je ne veux pas lui mentir. Et puis, je veux qu'elle soit sur ses gardes...

— Je ne sais pas si un enfant de huit ans est capable d'assumer tant de choses. Elle se sent très responsable. De toi et de son petit frère. Tu lui as fait peur avec tes histoires. Elle m'a dit qu'elle n'osait pas te laisser seule. »

Est-ce qu'une fois encore j'avais tout faux ?

« Mais que dois-je faire alors ? Merel n'est pas folle, elle comprend pertinemment que nous ne partons pas, comme ça, pour le plaisir.

— En tout cas, il est important qu'elle se sente de nouveau en sécurité. Dis-lui que tu n'as plus peur. Tu ne devrais pas montrer tes angoisses à tes enfants.

— Je le sais bien. »

J'inspirai profondément et commençai sérieusement à douter de moi.

« Maria... » Elle posa sa main sur la mienne. « Ce n'est pas si grave ! Je comprends très bien pourquoi tu le lui as dit. Et puis, pour moi, c'est facile. Ce ne sont pas mes enfants… »

Je retirai ma main. « Exactement ! Alors laisse-moi les élever comme je l'entends. Je fais de mon mieux, d'accord ? Les beaux discours pédagogiques… C'est peut-être ton métier, mais si tu devais les élever, tu ne parlerais pas comme tu le fais. Ce n'est pas aussi facile que dans tes bouquins. Les enfants posent des questions auxquelles nous n'avons pas de réponses. Ce n'est plus comme avant, au temps où maman n'avait qu'à froncer les sourcils pour se faire obéir. Mes enfants remettent toujours tout en question. Ils refusent de faire ce que je dis. Ils sont insolents, ils se disputent à longueur de journée. J'en ai par-dessus la tête parfois !

— Allons, ne nous fâchons pas. Tout va s'arranger. Ne t'en fais pas. Viens. On va préparer les pizzas. »

Ans appela les enfants. Je voulais me lever moi aussi, mais je tremblais tellement que mes jambes ne répondaient plus. On ne pouvait vraiment rien me dire. Je sentis mon estomac se soulever et j'atteignis les toilettes juste à temps. Je vomis tripes et boyaux dans la cuvette des W.-C. qui sentait l'eucalyptus. Je venais de cracher les dernières forces qui me restaient. L'aigreur du vin blanc me brûlait l'œsophage.

Ans avait raison, bien évidemment. Je devais laisser mes enfants en dehors de tout cela. Et pourquoi lui avouer que leur éducation me pesait tant ? Qu'espérais-je obtenir ainsi ? Elle m'énervait, tout simplement. À jouer les tatas gâteaux dans la cuisine, avec son air enjoué et ses bonnes manières ! J'avais mal de voir combien ils étaient heureux. Heureux de l'attention qu'elle leur donnait. C'était à moi qu'il incombait de le faire.

17

Nous mangions nos pizzas au son du babillage de Wolf qui se montrait intarissable sur « Dragon Ball Z ». J'aimais l'écouter, même si son histoire n'avait ni queue ni tête. J'aimais entendre sa petite voix haut perchée et observer ses mimiques. Wolf avait encore le corps dodu d'un bébé, ces rondeurs ravissantes qui disparaîtraient bientôt. Son visage s'affinerait, il perdrait ses dents de lait. Mais pour l'instant, il avait encore de bonnes joues dans lesquelles j'avais envie de croquer : rondes, tendres et roses. Ses oreilles étaient rouges d'excitation car nous semblions captivées par ce qu'il nous racontait. Puis ses bavardages commencèrent à irriter Merel qui se boucha les oreilles et entonna une chanson, de plus en plus fort pour se faire entendre. Cela le rendit furieux. Il se mit à bégayer et à frapper à la ronde. J'empêchai *in extremis* Merel de le frapper à son tour et je l'envoyai dans la chambre. Je pris Wolf sur mes genoux et lui dis qu'il n'avait pas le droit de taper les autres, même lorsqu'il était en colère. Dans ces cas-là, il valait mieux taper sur un coussin, ou aller faire un tour.

Pendant toute la scène, Ans se taisait. Elle avait manifestement décidé de ne plus se mêler de mes déboires en matière d'éducation. Pourtant, la présence de cette grande sœur en arrière-plan ne me mettait pas à l'aise. Le prêche que je tenais à Wolf s'adressait plus à elle qu'à lui. C'était comme si je passais un oral en vue de prouver mes capacités en matière de pédagogie face à mon enfant en proie à la colère. Chez moi, je me serais tout simplement mise à hurler avec lui.

J'allai coucher les enfants. Lorsqu'ils furent au lit, propres comme un sou neuf, je leur racontai une histoire et accomplis tout notre rituel du coucher : je leur fis chacun un câlin et frottai mon nez contre le leur, tandis que nous murmurions « *I love you*, mon p'tit chou ». Puis vint le concours de bisous — celui qui pouvait faire le plus de bisous sans respirer avait gagné. Après cela, j'éprouvai le besoin de sortir. Je n'avais aucune envie d'aller m'asseoir avec Ans au salon. Elle avait beau faire de son mieux pour que je me sente à l'aise, l'atmosphère restait crispée. Il y avait entre nous une tension que nous ne parviendrions jamais à briser, qui avait toujours existé.

Après la naissance d'Ans, pendant cinq ans, ma mère avait tout fait pour avoir un deuxième enfant. Après deux fausses couches et de nombreux traitements à base d'hormones, elle avait fini par être enceinte. Je m'étais nichée dans son utérus, et elle dut rester alitée pendant sept mois. Ans grandit dans l'idée que sa présence n'avait pas suffi à combler mes parents. Elle aidait à mettre la table, à plier le linge, cueillait des pâquerettes… mais en dépit de ses nombreux efforts, toute l'attention de ma mère allait à l'enfant qu'elle portait. Rien ne parviendrait jamais à répondre à ses attentes. Ma naissance ne lui apporta pas non plus le bonheur ni la sérénité auxquels elle aspirait. Elle voulait un fils et elle finit par l'avoir, trois ans après moi. « À présent, ma famille est au complet », dit-elle dans un soupir en rentrant de l'hôpital, portant un petit paquet enveloppé dans une couverture en tricot bleue. Stephan mourut quatre mois plus tard. Mort subite du nourrisson. Ma mère devint littéralement folle de douleur. Un an après son décès, elle fit son premier séjour en psychiatrie — elle avait tenté de s'asphyxier en se mettant la tête dans le four.

« Je vais faire un tour », dis-je à Ans, blottie dans son fauteuil noir près de la cheminée. « Crois-tu que ce soit bien raisonnable ? » me lança-t-elle. Mais j'avais déjà enfilé mon manteau. Il fallait que je sorte.

« Je reviens tout de suite. Je ne risque rien ici. J'ai besoin de prendre un peu l'air. »

Je sortis mon téléphone de mon sac et l'allumai. Il se mit immédiatement à vibrer. Je lus sur l'écran : « Vous avez cinq messages. »

La vie m'appelle, murmurai-je avant de sortir.

Le vent chargé de sable me griffait au visage et traversait mes vêtements. La mer, vorace, s'en prenait aux dunes sombres, des nuages noirs se bousculaient dans le ciel, voilant le quartier de lune. Mon Dieu, comme ce lieu m'était familier et me semblait menaçant à la fois ! Les émotions de la jeune fille de seize ans que j'avais été me revenaient. L'hiver, dans ce coin perdu, je me sentais fébrile, bouillonnante d'une vitalité frustrée. Les blocs de béton lugubres, les immeubles aux appartements habités uniquement pendant l'été, la place déserte en partie recouverte de sable et d'eau qu'apportait le vent, les places de parking vides. Dans la cuvette que formaient les dunes derrière notre pension poussaient jadis des ronces et des églantiers. À présent, des villas nouvellement construites et des résidences secondaires pour citadins fortunés s'y agglutinaient. Des toits de chaume sur des murs de brique rouge entre les roseaux. Ces bicoques de luxe restaient inhabitées.

Je me dirigeai vers la place, longeai le Neptunus, un bâtiment hexagonal en béton ressemblant à un immense ovni. Au rez-de-chaussée, il y avait un restaurant. Et si j'allais prendre un verre ? J'inspirai profondément l'air froid et humide et je me souvins des paroles de mon père : « Le vent marin chasse les soucis. » Pour ma mère, ça n'avait pas été le cas.

Le Neptunus était encore ouvert. L'endroit était bien éclairé. Il y faisait bon et, à l'exception de quelques couples de seniors silencieux, il n'y avait personne. Il était aménagé comme se doit de l'être un bar en bord de mer : les murs recouverts de photos et de tableaux d'épaves de bateaux échoués, de filets de pêcheurs et de bouées de sauvetage, des lampes à huile au-dessus des tables, du sable sur le plancher, un palmier en plastique ici ou là pour donner l'illusion d'une plage paradisiaque et, près de la sortie, un sympathique perroquet.

Je m'installai à une petite table près de la fenêtre sur laquelle se trouvaient quatre couverts. J'écartai l'un des sets de table sur lesquels figurait Bergen aan Zee dans les années vingt. Je posai mon manteau sur la chaise à côté de moi. Je plongeai ensuite ma main dans mon sac pour en tirer mon portable et interroger ma boîte vocale.

Geert avait appelé trois fois. La première fois d'une voix douce, s'excusant d'être parti brusquement. « *Maria, je suis inquiet, donne de tes nouvelles S.T.P.* »

Son deuxième message se faisait plus insistant. « *T'es où ? Pourquoi tu n'es pas chez toi ? Pourquoi tu viens pas chanter ce soir ? Appelle-moi, bon sang !* »

Dans son troisième message, il était carrément furieux. « *J'ai le droit de savoir où tu es, où sont mes enfants, merde !* »

Ce fut ensuite la voix râpeuse de Steve.

« *Hello, c'est moi, Steve. C'était vraiment formidable de te revoir, t'sais. Quand est-ce qu'on se voit avec Merel ? Rappelle-moi, je voudrais qu'on discute de quelque chose.* »

La dernière personne qui avait appelé n'avait pas laissé de message. J'entendais le bruit de fond d'un bar, le brouhaha des clients et un craquement bizarre. J'éteignis mon téléphone. J'hésitais à appeler Geert. Bien sûr, il avait le droit de savoir où étaient ses enfants, mais quelque chose me retenait. Je n'osais pas lui faire confiance et cette pensée me plongea soudain dans une profonde tristesse.

« Maria ? » Une serveuse blonde, rondelette, m'observait. « Tu es bien Maria Vos ? De Duinzicht ? » Elle me souriait. Je finis par la reconnaître.

« Daphné ? Daphné Wijker ?

— Wouaouh, Maria ! C'est sympa de te revoir ! » Des taches rouges provoquées par l'excitation apparurent sur son cou. « Ça fait combien de temps ? Voyons... treize ans au moins ! Qu'est-ce que tu deviens ? Attends, je vais d'abord te chercher à boire. Qu'est-ce que tu veux ?

— Je prendrai un demi. »

Elle se précipita vers le bar en sautillant presque tellement elle était contente qu'il se passe quelque chose d'inattendu par cette soirée morne et froide, parmi ces quelques couples discrets qui n'avaient plus rien à se dire.

Daphné était la fille du marchand de poissons local. Elle avait mon âge. Enfants, nous jouions sur la place et nous faisions ensemble le trajet à bicyclette pour aller à l'école à Bergen. Adolescente, le samedi soir, nous nous rendions toutes les deux au centre du village et une fois arrivées, nous partions chacune de notre côté. Daphné faisait partie des « discos » que les « altos », les alternatifs dont je faisais partie, détestaient. Nous fumions du haschich et buvions des Southern Comfort. Eux fumaient des Marlboro et buvaient des Pisang Ambon orange. La blonde permanentée fréquentait la discothèque 't Heertje. Moi, j'étais une habituée du bar musical De Cel, un endroit un peu louche. J'attendais avec impatience le jour où je pourrais enfin partir loin d'ici. Elle rêvait de devenir coiffeuse dans ce trou perdu.

Daphné revint, un verre de bière dans une main, un verre d'eau dans l'autre. Elle s'installa en face de moi.

« J'ai demandé une petite pause. Il n'y a personne. Je fais un remplacement. Alors, raconte, qu'est-ce que tu deviens ?

— J'habite à Amsterdam, avec ma fille et mon petit garçon, et je chante dans un groupe... »

Elle ouvrit la bouche et laissa échapper un petit cri de surprise.

« C'est vrai ? Tu as des enfants ? Tu me surprends ! Et tu chantes dans un groupe... C'est ce que tu as toujours voulu, n'est-ce pas ? C'est formidable. Quel genre de groupe ?

— Un groupe de *soul*. The Healers. De la vraie *soul*, avec des cuivres. On joue surtout des reprises.

— Oh, c'est génial, dis donc ! Et vous vous produisez où ?

— Partout où on nous demande. Pour la fête de la Reine, des fêtes en général, des mariages, des congrès, des festivals. Et toi ? Qu'est-ce que tu fais ?

— Moi, oh, eh bien... Nous habitons ici, de l'autre côté du nouveau quartier. Je viens d'avoir un enfant, il y a un mois, un petit garçon. Il s'appelle Sam. Je me suis mariée avec Chris. Tu te souviens ? Chris Van Buuren ?

— Chris, le surfeur ?

— Oui ! » Daphné poussa un petit ricanement et rougit. « Il est paveur. Avec Loek, tu te souviens de lui, ils ont monté une petite entreprise. Les paveurs du bord de mer. C'est drôle, non ? En fait, je suis encore en congé maternité, mais mon père a racheté ce café et il manque de personnel. » Elle se leva. « Je suis contente de t'avoir revue. Comment va ta sœur ?

— Tu dois le savoir mieux que moi. Vous êtes presque voisines.

— Je ne la vois presque jamais. Chris, lui, il bricole pour eux de temps en temps. Son mari, Martin, je le vois passer parfois. Il leur est arrivé quelque chose pour que tu sois ici ?

— Non, pas du tout. J'ai pris des vacances, avec les enfants.

— Ils ne vont pas à l'école ?

— Si, mais on avait besoin de prendre l'air. Le plus jeune souffre d'asthme.

— Ah. » Elle hocha la tête, compatissante. Elle lançait des regards dans la salle de restaurant tout en restant à piétiner près de ma table. « Il est un peu bizarre, tu ne trouves pas, ce Martin ?

— Comment ça ?

— Eh bien… Il est spécial. Renfermé. Il t'ignore, comme s'il se sentait supérieur. Et dernièrement, une nuit, j'étais en train de donner le sein à Sam, je regardais par la petite fenêtre qui donne sur sa chambre quand tout à coup je l'ai vu courir. Du moins, je voyais quelqu'un courir. Je me suis approchée de la fenêtre pour mieux voir et là, je l'ai reconnu. Il était en slip ! Je me suis dit : cette maison renferme des ondes néfastes. On dirait qu'elle a une influence sur tous ceux qui l'habitent. »

Puis, comme si elle comprenait tout à coup à qui elle s'adressait, son cou s'enflamma de nouveau.

« Je ne pensais pas à toi. Ni à ta sœur…

— Tu pensais à ma mère…

— Dernièrement, mon père a dit : tous ceux qui viennent de l'extérieur et s'installent dans cette maison deviennent fous. Ta mère ne supportait pas cet endroit, Martin non plus, à mon avis.

— Ce qui ne veut pas dire "tout le monde". Le problème, d'après moi, c'est que les gens se surveillent d'un peu trop près ici, parce qu'ils s'ennuient. Il s'était peut-être disputé avec ma sœur, tout simplement. Ou bien ils avaient trop bu. Ou alors ils se poursuivaient pour s'amuser, j'en sais rien, moi…

— Sous la pluie ? » Daphné me lança un regard moqueur, suspicieux, elle battit ostensiblement de ses cils trop maquillés, plissa les yeux jusqu'à ce qu'ils ne forment plus que deux fentes étroites et se pencha vers moi. « Je dis ça pour ton bien. Il ne serait pas le premier… Les gens venus de l'extérieur ne supportent pas le vent, ni la sensation de vide qui règne ici. Bon, ma grande, je retourne au travail. Attends, je te donne mon numéro de téléphone, si tu as envie de venir prendre un verre. »

Elle nota son numéro de téléphone sur un rond de bière, s'éloigna en se dandinant, puis disparut dans la cuisine. À peine vingt-quatre heures dans ce trou arriéré et j'avais déjà exactement la même sensation qu'il y a treize ans. Comment Ans pouvait-elle supporter ces gens bornés, méfiants, qui continuaient à se gausser de nous et de ce qui nous était arrivé ? La bière me fut offerte par la maison et le père de Daphné sortit de la cuisine pour venir me serrer chaleureusement la main. Quand je partis, elle me fit des signes enthousiastes. J'étais sûre qu'ils se demandaient pourquoi j'étais revenue.

18

Ans était toujours installée au coin de la cheminée, dans son fauteuil, jambes repliées, lorsque j'entrai, essoufflée et trempée. Je m'approchai du feu pour me réchauffer les mains et, juste au moment où j'allais me lancer dans une tirade sur le temps qu'il faisait, je m'aperçus qu'elle pleurait. Son menton tremblait, ainsi que ses lèvres, des larmes perlaient au bout de son nez. J'avais conscience que je me devais de la consoler, mais j'étais incapable de la toucher.

« Il m'a appelée », dit-elle dans un sanglot, en me tendant la main. Je la pris dans la mienne et la serrai dans un geste de compassion hésitant. Elle glissa ses doigts entre les miens, qui étaient froids et humides.

« Quel salaud ! Quel con ! » Elle secouait nerveusement la tête. « Je ne sais plus. Je ne sais plus ce que je dois faire. »

Je m'assis près d'elle sur le carrelage, tenant toujours sa main dans la mienne, et bizarrement, j'en ressentis une certaine satisfaction. Ans avait besoin de moi à présent. Pour une fois, j'étais la plus forte, et elle la victime.

« Qu'est-ce qu'il t'a dit ?

— Il est en Espagne. À Madrid. Il est allé à l'aéroport et il a acheté un billet au hasard. Il fallait qu'il parte. Pour mettre de l'ordre dans ses pensées. Je lui ai demandé combien de temps il lui faudrait. Il ne savait pas. Il appelait seulement pour me dire de ne pas m'inquiéter. Il a dit : "Peut-être que je ne reviendrai pas." J'ai demandé : "Et tes clients ?" Ils pouvaient aller se faire voir. Il m'a demandé d'apporter ses archives au ZHV, l'agence pour laquelle il travaillait avant. »

Elle se remit à pleurer, et se laissa glisser près de moi en sanglotant. Soudain, elle s'accrocha à moi, la tête agitée de secousses contre mon cou, ses larmes sur ma joue. Je lui caressai maladroitement les cheveux et passai mon bras autour de ses maigres épaules. Je ne me souvenais pas m'être jamais trouvée dans une telle situation avec elle.

« Je l'aime, sanglotait-elle. Il me manque. Il est le seul qui m'ait jamais aimée, le seul qui me comprenne. Comment est-ce possible ? »

Je ne savais pas quoi lui répondre.

Ans essuya ses larmes du revers de sa manche en reniflant. « Assez pleurniché... Mince. Je ne lui suffisais pas, il désirait autre chose dans la vie. C'est du passé. » Elle eut un mouvement brusque du bras et se releva, puis elle se dirigea vers la porte. « Tu prends un verre de vin avec moi ? »

Je fis oui de la tête tout en gardant les yeux fixés sur les flammes.

J'étais une vraie gourde. Pour la première fois

de sa vie, Ans avait réellement besoin de moi et je restais plantée devant elle, maladroite et renfermée, ne sachant que dire. Pourquoi sa douleur me laissait-elle de glace ?

J'aurais voulu la prendre dans mes bras et la consoler, l'aimer comme il se devait. J'aspirais vivement à me réconcilier avec elle, à gagner sa confiance, à me sentir véritablement proche de ma sœur, la seule personne à me connaître depuis toujours.

En silence, nous sirotions notre vin en écoutant le crépitement des flammes. La confiance qui s'était soudainement établie entre nous disparut aussi vite. L'alcool me montait aux joues, me réchauffait le cœur et me remplissait d'émotions. Au sommet de la dune, deux femmes, abandonnées de tous, veillaient l'une sur l'autre et sur deux magnifiques enfants.

« Je dois poursuivre ma route, dit Ans, en levant son verre.

— Nous ne sommes pas douées pour l'amour », déclarai-je en trébuchant sur les mots. Je zézayais comme si j'avais trop bu.

« Nous avons été comme ces bébés singes, poursuivit Ans, qui sont soumis à une expérience médicale, élevés par une mère de substitution, sans amour. Une fois adultes, ils sont incapables de donner de l'affection. Ils rejettent leurs propres enfants. Toi et moi, nous ne savons pas comment aimer. Nous n'avons jamais appris. »

J'étais prise de vertige, je ne parvenais plus à m'exprimer. J'aurais voulu lui dire que je n'étais pas d'accord avec elle. Moi, j'étais capable d'aimer.

Je n'étais peut-être pas une mère idéale, mais j'aimais inconditionnellement Merel et Wolf. Et je leur manifestais mon amour. J'avais aimé Geert et je m'étais occupée de lui. Pour lui, j'avais été capable de m'oublier. Mais les mots refusaient de sortir de ma bouche. J'avais la langue gourde et les lèvres comme paralysées. La pièce se mit à vaciller autour de moi, puis tout devint noir. J'entendais les cris furieux et angoissés de ma mère, je l'entendais frapper, le bruit sourd et répugnant du fer sur la chair, les plaintes étouffées de mon père. J'essayais de toutes mes forces d'ouvrir les yeux, mais j'en étais incapable.

19

Ma mère était le fruit d'une brève liaison entre un résistant qui se cachait et ma grand-mère qui, à l'époque, était serveuse dans un bar du Pijp, un quartier populaire d'Amsterdam. Maman vit le jour en 1943, dans la petite pièce sans fenêtre au-dessus du bistrot où habitait grand-mère. Elle survécut au froid et à la faim grâce à une voisine attentionnée et, après la Libération, elle grandit parmi les piliers de bar jusqu'à ce qu'elle soit en âge d'aller à l'école et cesse enfin de traîner dans les jupes de sa mère.

À l'école, elle obtenait de très bons résultats, à la grande surprise de ma grand-mère qui ne comprenait rien à cette enfant malingre, studieuse et renfermée. Elle faisait les courses, la cuisine et le ménage dans la petite pièce aveugle. Quand elle avait fini, elle allait se coucher pour lire. Elle ne jouait pas avec les enfants de la rue, et fuyait le bar car elle ne supportait pas de voir sa mère en compagnie de pauvres types. Cette gamine trop sérieuse, au regard dédaigneux et critique, tapait sur les nerfs de sa mère, surtout pendant les vacances. Lorsqu'elle attrapa sa énième bronchite et que le médecin parla à ma grand-mère d'une colonie sanitaire, celle-ci sauta sur l'occasion. Il enverrait sa fille passer l'été dans un centre de vacances au bord de la mer, à Bergen aan Zee où, avec d'autres petits citadins chétifs, elle profiterait de l'air pur pour reprendre des forces.

Le centre de vacances Bio n'était pas une colonie de vacances à proprement parler, mais plutôt un camp disciplinaire où régnait un régime spartiate. On frottait les pieds et les mains de maman jusqu'au sang pour les récurer, on lui passait les cheveux à la térébenthine pour en chasser les poux, on lui astiquait les oreilles à la brosse. Elle qui avait vécu seule dans son cocon pendant quinze ans, entourée de ses livres, dans une petite pièce sombre, qui avait appris à être autonome, devait soudain partager un dortoir avec cinquante autres filles, prendre ses repas avec deux cents enfants et obéir à des monitrices, de vraies teignes, qui la forçaient à finir son assiette de porridge. Elles lui resservaient ce qu'elle vomissait et, tous les soirs, on la pesait. Les enfants qui prenaient du poids étaient récompensés, ceux qui ne grossissaient pas devaient rester une semaine de plus.

Les randonnées interminables, les activités sur la plage pendant lesquelles elle était la risée de ses camarades car le sport n'était pas son fort, les ricanements et les ragots dans le dortoir, le manque d'espace et de calme, tout cela représentait pour elle un véritable calvaire.

Elle avait la chance d'être de ces enfants qui passent inaperçus. Elle se fondait parmi ses camarades, et, un jour où elle était à la traîne lors d'une promenade dans la forêt, elle se rendit compte que personne ne s'en inquiétait.

Elle entreprit, de plus en plus souvent, de se soustraire aux activités de groupe sans que personne ne le remarque. Elle allait s'asseoir dans les dunes ou sur la plage, observait le vol des mouettes ou les passants, et à cinq heures, elle se faufilait comme une ombre parmi les autres enfants chétifs pour se mettre à table où les attendaient des légumes trop cuits et de la viande hachée.

Son endroit préféré était un petit banc sur la dune, avec vue sur la mer, près de l'accès à la plage. Toute la journée, il y avait de l'animation. Le matin, les familles arrivaient. Les parents, les bras chargés de sacs, de sièges pliants et de parasols, soupiraient et pestaient contre leurs enfants qui couraient vers la plage en poussant des cris de joie. L'après-midi, à cinq heures pile, la foule des vacanciers se remettait en mouvement. Tout le monde partait en même temps, le visage rougi par le soleil. Les parents pestaient et soupiraient de nouveau, les bras chargés de tout ce qu'ils avaient apporté. Cette fois, les enfants, fatigués, pleurnichaient et rechignaient à partir.

Le meilleur moment, c'était le soir après huit heures, lorsqu'elle avait réussi à se soustraire au programme de la soirée, que la plage était vide, encore brûlante sous le soleil qui déclinait. C'est alors qu'il apparaissait, dans son T-shirt bleu clair, en short, décontracté, les bras musclés, ses boucles blondes en bataille. Il n'avait pas, comme elle, la peau rougie par le soleil, mais d'un brun doré. Cigarette aux lèvres, pieds nus dans le sable, il traînait des chaises longues, il les alignait, ramassait les déchets qu'avaient laissés les touristes, puis, une bouteille de bière à la main, il s'affalait dans l'une des chaises, le regard fixé sur la mer. Pour maman, il était alors grand temps de regagner le centre Bio, tout en rêvant qu'elle admirait le coucher de soleil à ses côtés et qu'elle n'avait pas à partir.

L'homme aux chaises longues allait devenir mon père. Il avait dix-huit ans, il était le fils unique de Piet et Annie Vos, les patrons de la pension « Duinzicht ». Piet et Annie avaient en bail une partie de la plage où, durant l'été, ils faisaient des frites et louaient des chaises longues. Pendant ses vacances, Cor, mon père, se chargeait de la location et de l'entretien. Pour le reste, l'intérêt qu'il portait aux filles des touristes allemands séjournant à la pension l'accaparait entièrement. Cor était dans son élément sur la plage : il ne craignait ni le sable, ni le sel, et ne passait pas inaperçu avec son beau corps bronzé lorsqu'il dévalait la dune pour se jeter dans les vagues.

Cet été-là, il avait déjà repéré ma mère depuis un certain temps. La jeune fille blonde, malingre, silencieuse, au regard vide, qui brusquement lui était apparue, assise sur un banc, puis avait disparu peu après, qui se contentait de rester ainsi, les yeux dans le vague, avait quelque chose de tragique. Elle était là à attendre, les bras serrés autour du ventre, mystérieuse et solitaire. Elle l'intriguait. Il voulait la faire rire, la voir courir sur le sable, voir ses bras maigres bronzer au soleil et ses yeux bleus s'illuminer. Il eut envie de venir à son secours.

Que ne s'était-il gardé de l'approcher ! Que n'avait-il tout simplement épousé Gisela, la fille d'un riche brasseur allemand ! Pourquoi avait-il décidé, par une soirée particulièrement chaude, de venir s'asseoir près d'elle ? Pourquoi lui avait-il parlé de la luminosité de la mer, de ses feux de camp nocturnes ? Tout cela n'était pas pour elle. C'était justement le sable, le bruit du vent et des vagues qui allaient la rendre folle, elle finirait par haïr tout ce qu'il aimait tant. Pourquoi était-il tombé amoureux de cet échalas, aux jambes comme des allumettes ? Pourquoi avait-il plongé son regard dans ses yeux bleus suppliants ? Pourquoi avait-il cru lire dans ce regard vide un signe de détresse ?

Pourquoi ma mère n'avait-elle pas eu davantage confiance en elle ? Elle n'aurait pas choisi un homme de la côte. Elle ne se serait pas laissée séduire par le premier garçon venu, le premier qui s'intéressait à elle, elle serait restée seule avec ses livres, dans un appartement bien tenu en ville, elle aurait peut-être été seule, mais elle n'aurait pas été aussi malheureuse qu'elle le fut en épousant mon père.

Pourtant, mes parents tombèrent amoureux, et crurent que leur amour leur suffirait. Ma mère quitta sa petite pièce aveugle et ses livres pour le bord de mer et, les premiers temps, elle fut heureuse de se voir idolâtrée par mon père. Personne ne l'avait jamais vraiment aimée et voilà qu'on lui donnait de l'amour sans compter. Elle se révéla être un puits sans fond. Elle en demandait toujours davantage, mais elle était incapable de rien donner en retour.

Mon père ne cessa de l'aimer. Même lorsqu'elle devint psychotique, qu'elle se jeta sur lui avec un couteau et le frappa à la tête avec un cendrier, il l'aimait encore. Au point qu'il préféra cacher le plus longtemps possible sa maladie au monde extérieur, de peur qu'on ne la lui enlève.

20

Combien de verres de vin avais-je bus ? Pas plus de quatre et pourtant, j'avais l'impression d'avoir ingurgité toute une bouteille de whisky et d'être passée sous un tram. J'étais fourbue, les yeux me brûlaient, j'avais une sensation de sécheresse et un goût amer dans la bouche. Mon estomac contracté formait une boule dure et douloureuse cognant contre le diaphragme.

Ma sœur s'était mise à parler de l'amour. Ensuite, je ne me souvenais de rien, si ce n'est d'un vague cauchemar sur maman qui se jetait sur papa. J'entendis une sonnerie sourde, au loin, je cherchai à tâtons le réveil pour l'éteindre. Je regardai l'heure. Mince, dix heures et demie ! Si tard déjà ? Les enfants n'étaient plus là. Je me levai et, d'un pas mal assuré, je partis à la recherche de la sonnerie qui s'interrompit subitement. Mon portable.

Il se trouvait dans la poche intérieure de ma veste en jean. L'écran affichait : « Trois appels en absence. » Juste au moment où je tentais de savoir qui avait essayé de me joindre, il se mit à vibrer, je décrochai immédiatement.

« Oui ?

— Oui, madame Vos, ici Johan Wittebrood, du commissariat Surinameplein. Décidément, difficile de vous joindre… Je suis soulagé de vous avoir enfin au bout du fil…

— Il s'est passé quelque chose ? » Je me raclai la gorge, incapable de trouver une question plus pertinente.

« Eh bien, il y a un problème… Vous n'êtes manifestement pas au courant, mais, euh… votre maison a brûlé cette nuit.

— Quoi ? »

J'avais du mal à respirer, je tombai à genoux sur le lit.

« Oui… la cuisine a été entièrement détruite, tout le rez-de-chaussée. Les chambres ont été endommagées par les eaux et la fumée… Nous cherchons l'origine de l'incendie.

— Mon Dieu…

— Les pompiers ont tenté de vous secourir, au risque de leur propre vie, finalement, ils se sont aperçus que vous n'étiez pas chez vous. Votre voisine était persuadée que vous et vos enfants, vous étiez couchés… Puis-je vous demander où vous vous trouvez en ce moment ?

— Chez ma sœur… »

Je me laissai tomber à la renverse et je fus prise de vertige. Je ne pouvais le croire. C'était lui, cela ne faisait aucun doute. Il s'était vengé de mon départ. Il m'avait presque tout pris.

« Madame Vos ?

— Je t'en prie, appelle-moi Maria, tout simplement.

— Je suis vraiment désolé. Pour votre, heu, ta maison. Tu as une bonne assurance ?

— Oui, je crois. Tout cela a été réglé quand je l'ai achetée. »

Je pensais à ma collection de CD, j'avais du mal à respirer. Mes albums de photos. Les photos de Merel et Wolf bébés. Les miennes, mon premier concert. Avec Steve. Geert, dans son sommeil. Moi, sur les genoux de mon père. Les dessins des enfants. Le gentil poème que Merel m'avait écrit pour la fête des Mères. Mes cassettes de promotion. Mes cahiers de musique. Ma guitare. Les vêtements de foot de Wolf. Le film de nos premières et uniques vacances en Crète, Wolf, Merel bronzés, le sourire radieux de Geert, les petites fesses rebondies de Wolf, un seau de sable à la main. Ce tableau de moi allongée, un nu, signé par un petit ami de l'époque, un peintre reconnu aujourd'hui. Comment l'assurance pourrait-elle me dédommager ? Mes souvenirs, les souvenirs de mes enfants, de leurs premières années, les bibelots, les petites peluches auxquelles je tenais, tout avait disparu. J'avais pris soin de photographier mes enfants, à table ou dans leur bain, dans le parc ou lorsqu'ils dormaient, afin qu'ils sachent plus tard combien je les aimais.

Pour ma part, je ne possédais qu'une seule photo de moi enfant, sur les genoux de mon père près du sapin de Noël. Elle avait été prise par grand-mère Annie qui mourut trois semaines plus tard. Par la suite, plus personne ne fit l'effort de fixer notre image.

Pourquoi ce salaud voulait-il détruire mon passé ? Pourquoi m'avait-il choisie moi, pour m'anéantir ? Je ne comprenais pas, et cela me rendait furieuse. J'avais pourtant eu ma part de malheur. Je ne méritais pas cela.

Il était en colère contre moi. En colère parce que j'avais disparu du jour au lendemain, furieux parce qu'il ignorait où je me cachais. C'est pourquoi il avait mis le feu. Quoique, c'était la version la moins effrayante. Peut-être avait-il eu l'intention de nous tuer tous les trois. Peut-être avions-nous échappé de justesse au bûcher.

« Maria, un de mes collègues voudrait te parler. Au sujet de l'incendie, et de l'incident avec la société des pompes funèbres. Et des menaces à ton encontre évidemment. Pourrais-tu venir au commissariat ?

— Non. Pas question de mettre les pieds en ville avant que ce type n'ait été arrêté. Ton collègue ne peut-il pas venir ici ?

— Soit. Donne-moi l'adresse, il y sera dès cet après-midi.

— Je peux savoir pourquoi tu ne viens pas toi-même ?

— Maintenant qu'il est question d'incendie, un autre service va se charger de l'affaire. Un collègue de la police criminelle va s'en occuper. Tu pourrais peut-être lui remettre les lettres de menaces… »

Les lettres. Je les avais laissées à la maison. Dans le tiroir de mon bureau. Dans la cuisine. Elles avaient disparu. La seule preuve dont je disposais était partie en fumée.

Installés à la grande table de la cuisine, Wolf et Merel dessinaient. Ans leur avait préparé une pleine assiette de sandwiches et elle avait fait des tresses à Merel. Il y avait un mot sur l'évier : « Partie au travail. Je reprends ma vie en main. Fais comme chez toi, à ce soir, bise, ta sœur. » Cela signifiait que j'étais seule pour affronter la situation. Je me préparai un double espresso. Pour l'instant j'étais incapable de manger quoi que ce soit. Il fallait que j'apprenne aux enfants que nous n'avions plus de maison.

J'allumai une cigarette, inspirai et expirai vigoureusement la fumée, puis je fis passer le goût prononcé de la nicotine en avalant immédiatement une gorgée de café brûlant et amer. Merel chassa la fumée de la main avec irritation. « Pfff ! Maman, quand vas-tu arrêter de fumer, c'est dégoûtant ! Tu l'avais promis !

— Bientôt, ma chérie. Mais pas pour l'instant. » Je m'assis près des enfants.

« On peut en mourir, tu sais ! » bougonna Wolf, tout en gribouillant sa feuille avec un feutre rose. « Des feutres tout neufs. C'est tante Ans qui nous les a donnés. Et du papier.

— Si tu fumes, nous, on a le droit de manger des bonbons », déclara Merel et elle traîna sa chaise jusqu'au placard de la cuisine, elle monta dessus et attrapa un sac de petits cochons roses dans un bocal rempli de toutes sortes de réglisses. Je n'avais pas la force de protester.

« Écoutez-moi, commençai-je.

— Oh, non, on va pas avoir droit à ton “il faut qu'on en parle” ? »

Merel se mit goulûment un bonbon rose dans la bouche et me regarda en prenant un air exténué.

« Non, j'ai quelque chose de grave à vous dire. » Mes yeux se remplirent de larmes en croisant leurs regards.

« Qu'est-ce qu'il y a, maman ? » Merel posa sa main sur la mienne et se planta les dents dans la lèvre. Wolf posa son feutre, fit le tour de la table en courant pour venir se blottir sur mes genoux et sucer son pouce.

« Cette nuit, il est arrivé quelque chose d'affreux. Notre maison à Amsterdam a brûlé.

— C'est vrai ? Tout a brûlé ? » Wolf resta bouche bée, laissant glisser de ses lèvres son pouce humide. Merel me regarda avec de grands yeux effarés.

« Mes Lego aussi ? Et ma pâte à modeler ? Et mon poster de "Dragon Ball" ?

— Wolf, ce n'est pas le plus grave ! Tu ne penses qu'à toi ! Nous n'avons plus de maison. Plus de cuisine, ni de salle de bains, plus de lit, et plus d'argent ! Tout a brûlé ! » Merel se redressa dans une telle colère qu'elle renversa sa chaise. Elle aurait voulu se sauver, mais elle ne savait où aller. Ici, elle n'avait pas de chambre à elle, pas d'endroit sous l'escalier où se réfugier, comme elle aimait à le faire lorsqu'elle avait de la peine.

« De l'argent, nous en avons. Il est en sécurité à la banque et l'assurance va nous en donner encore plus pour que nous puissions reconstruire la maison. Mais nos affaires ont disparu. Et puis, pour l'instant, nous ne pouvons pas rentrer chez nous. »

Merel lança un coup de pied dans la chaise. « Cette vie est nulle ! Ici, c'est nul ! La plage est nulle, la maison est nulle ! Et ces feutres, ils sont nuls ! » D'un geste de la main, elle balaya les feutres qui se trouvaient sur la table. Je la pris contre moi et la serrai fermement. « Et toi aussi, tu es nulle ! » hurlait-elle, en tentant de se dégager. Je tenais bon, tandis que les larmes coulaient sur mes joues et que Wolf continuait à énumérer tout ce qui avait brûlé. Ses cartes Pokémon. Le jeu de l'oie. Les vidéos de *Star Wars* que Geert lui avait offertes et qu'ils devaient regarder ensemble pour ses six ans. Son sac à dos. Son livre sur les dinosaures. Ses rollers. Son nouveau vélo.

Merel lâcha prise et se mit à pleurer elle aussi. « C'est ce nul qui a fait ça, ce sale type qui est en colère contre toi… Et maintenant, on est des S.-D.-F. »

Wolf se dégagea de notre étreinte pour ramasser les feutres. « Je vais faire un dessin. De notre maison. Pour toi, maman. Pour que tu n'oublies pas comment elle était. » Le bout de la langue pointant entre ses lèvres, il se mit à dessiner.

21

Rini était bouleversée et pendant les cinq premières minutes au téléphone, elle ne fit que pleurer.

« Ooooh, ma grande… Nous avons eu si peur. C'est moi qui l'ai senti la première… J'ai dit à Guus : on dirait que quelque chose est en train de cramer ! Alors, il est descendu pour vérifier que le gaz était bien éteint, il est allé jeter un coup d'œil au compteur. Moi, je suis allée dans la chambre des filles pour voir si l'une d'elles n'était pas en train de jouer avec un briquet. Rien d'anormal. Je suis retournée me coucher. Je sentais toujours cette odeur. J'ai même demandé à Guus s'il ne s'en était pas grillé une en douce. Il est ressorti encore une fois. Il est revenu en hurlant que ta cuisine était en feu. Les flammes sortaient par les fenêtres ! J'ai fait lever les filles et on s'est tous précipités dans la rue en pyjama. J'ai appelé les urgences. Guus tenait à aller voir dans ta maison, on croyait que toi et les enfants, vous étiez en train de dormir. Dieu merci, les pompiers sont arrivés en cinq minutes. Tout le monde était dans la rue.

Les gosses pris de panique… Les pompiers sont rentrés chez toi avec une échelle grande comme ça, ils ont cassé les vitres… Doux Jésus, qu'est-ce que j'ai eu peur ! Tu vas voir qu'ils vont ressortir avec trois cadavres, je t'assure, c'est ce que je me suis dit. J'ai dit à Guus et aux enfants de ne pas rester là, car j'ai pensé : ils ne le supporteront pas. Mais les pompiers sont ressortis et ils ont crié qu'il n'y avait personne dans les lits. Ma pauvre, tu peux pas savoir comme j'ai été soulagée quand j'ai appris que tu étais partie. Et dire que… »

Son récit me donna la chair de poule. J'imaginais l'hystérie, les petits corps sans vie de Wolf et de Merel dans les bras des pompiers. Comment ils se réveillaient, cherchaient à respirer, et mouraient lentement asphyxiés. Je ressentais ma propre panique et l'angoisse devant la mort, ma lente agonie sans même pouvoir arriver jusqu'à mes enfants. Nous aurions été dévorés par les flammes. J'entendais presque leurs cris.

Je ne savais pas quoi dire à Rini. Je ne lui avais pas fait confiance. Elle s'était inquiétée pour moi, des pompiers avaient risqué leur vie pour mes enfants et pour moi, pendant que je dormais tout mon soûl, à quarante kilomètres de là. Et Rini n'était même pas en colère.

« Je suis désolée de ne pas t'avoir prévenue que je partais. Mais j'ai pensé qu'il valait mieux que personne ne le sache…

— Je comprends, ma grande. Ce n'est pas de ta faute, c'est ce détraqué, c'est lui qui est coupable, pas toi. Tu vois maintenant à qui tu as affaire ? C'est du sérieux. C'est ce que j'ai dit au policier qui était là. Qu'il était temps qu'ils fassent quelque chose. Que c'est un scandale d'attendre qu'il y ait des victimes avant que les menaces ne soient prises au sérieux.

— Et qu'est-ce qu'il a répondu ?

— Qu'il se pourrait que l'incendie soit accidentel, rien n'était sûr. J'ai dit : eh bien, moi je vous le dis. Maria n'était même pas chez elle. Qu'est-ce qui aurait bien pu le provoquer ?

— Je crois que c'est lui qui l'a allumé, parce que je n'étais pas chez moi justement. De colère. Je l'ai devancé et ça, il ne peut pas le supporter.

— Hum ! Et maintenant ? Il va essayer de te retrouver. Je ne crois pas qu'il ait l'intention d'abandonner. »

Je ne le croyais pas non plus. Si c'était quelqu'un de mon entourage, il lui serait facile de me retrouver.

Dehors, le soleil perçait à travers les nuages gris et le vent froid venu du Nord s'était calmé. Les mouettes, encore hésitantes, recommencèrent à pousser leurs cris. Wolf et Merel attendaient près de la porte, enveloppés dans leurs manteaux d'hiver, chaussés de leurs bottes de caoutchouc, le visage enfoui dans de grosses écharpes. J'enfilai les bottes de ma sœur et sa peau de mouton, car je n'avais rien d'assez chaud pour me protéger du froid marin. À vrai dire, j'avais peur de sortir, de m'exposer à tous les dangers dans l'immensité de la plage, mais les enfants trépignaient d'impatience, ils voulaient courir, crier, donner du pain aux lamas galeux du Parnassiapark. Ici, nous ne risquions rien. Il ne savait pas où nous étions. Pas encore. Je refusais de céder à mes propres angoisses, je voulais l'affronter, lui montrer que je poursuivrais ma route, à ma manière, que je saurais me relever, en dépit de ce qu'il tenterait de me prendre.

Wolf, qui aurait voulu courir plus vite que ses petites jambes, dévala la dune en direction de la mer grise et de l'écume verdâtre qui frémissait au vent. Merel, derrière lui, courait à petits pas, les mains dans les poches. Tout à fait consciente de sa personne. L'an dernier encore, elle débordait de l'énergie propre à l'enfance, capable de se laisser aller à courir, à sautiller. Mais maintenant que son corps avait poussé d'un coup, elle ne savait plus quoi faire de ses membres longs, maigres et embarrassants. Je fus émue de constater que soudain ses genoux la gênaient, je me revoyais à son âge, doutant de moi, ne sachant comment devenir une vraie jeune fille. Vingt ans plus tôt, j'avais sautillé avec la même maladresse contenue, aujourd'hui, ma propre fille trottait elle aussi sur cette même plage, le long de cette même côte. J'espérais qu'elle ne se sentait pas aussi seule que moi à l'époque quand j'errais ici tous les jours, fuyant mes parents. J'avais si souvent marché dans ces dunes, sous la pluie et dans la tempête ou dans la chaleur estivale. Chaque fois, j'avais conscience de me trouver à la limite du pays.

Merel et Wolf se moquaient du froid. Les joues rouges, le nez qui coulait, ils avaient rassemblé des jerricans échoués sur la plage, une palette, un épais morceau de corde orange, une toile crasseuse et un gros tonneau. Ils construisaient un radeau. Wolf s'y installa et, la main au-dessus des yeux, il scruta la mer. Merel faisait tourner un bout de bois dans un récipient de plastique bleu qu'elle saupoudrait de sable pour préparer une soupe. Entièrement emportée par son imagination, elle se croyait un vrai pirate. Plusieurs heures pouvaient s'écouler ainsi, avant qu'ils ne se plaignent du froid ou ne commencent à réclamer une glace ou des frites.

J'allai me lover contre la dune. Le froid qui émanait du sable humide provoqua des crampes douloureuses dans mon ventre, ce qui me rappela l'enfant dont j'étais privée et tout ce que je venais de perdre en quelques semaines. Ma maison, mon couple, ma sécurité, tout. Était-ce le hasard, la malchance tout bonnement, ou était-ce moi qui avais provoqué tout cela ?

J'observais mes enfants. Wolf qui, bras écartés, courait contre le vent. Merel, qui faisait mine de manger une poignée d'algues comme s'il s'agissait d'un fruit tropical. Peu leur importait. Quoi qu'il arrive, ils continueraient à jouer. Les enfants savent vivre, ils se cognent la tête, ils hurlent un bon coup, puis ils poursuivent leur chemin, forts et souples à la fois. Ils n'ont besoin de rien, si ce n'est d'affection.

Peu après leur naissance, je m'étais promis de leur donner tout l'amour dont j'étais capable. Je débordais d'affection. Rien qu'à admirer l'ongle de leur petit orteil, j'en avais les larmes aux yeux. Je les avais portés pendant des mois contre mon cœur en ne me lassant pas de leur odeur suave. Je plongeais mon nez au creux de leur petit ventre doux. Leur façon de se détendre pendant que je leur donnais le sein, leurs petits poings qui s'ouvraient tandis que leurs paupières se fermaient, tout cela m'attendrissait, au point que je ne pouvais presque plus chanter tant j'avais la gorge serrée. Il fallait que je prenne du recul avant de disparaître, de me laisser engloutir par la maternité. Je devais remonter sur scène, retrouver le studio, car je ne pouvais me permettre de devenir dépendante de Steve, et plus tard de Geert. Heureusement, j'étais restée lucide. J'avais eu du mal à me détacher, à laisser mon enfant en pleurs dans les bras d'une baby-sitter et à remonter sur les planches comme se devait de le faire la femme forte et courageuse que j'étais, les seins douloureux et mon ventre mou de jeune maman dissimulé par une gaine serrée. Mais dès que j'eus franchi le pas, plus aisément la deuxième fois que la première, lorsque je me rendis compte que je pouvais encore chauffer toute une salle, lorsque je sentis de nouveau bouillonner en moi l'énergie que ravivaient les riffs de la basse, je cessai petit à petit de m'attendrir. Je n'avais plus le temps de m'émouvoir, la musique relégua mes enfants au second plan. Il m'arrivait même parfois de les trouver pesants, un handicap supplémentaire sur mon chemin. Je voulais percer, devenir célèbre, mais la gloire n'arrivant pas, quoi de plus facile que de leur en attribuer la responsabilité ? Il était moins douloureux de penser que la maternité entravait ma carrière, plutôt que d'accepter l'idée que je manquais de talent.

Ici, sur la plage, tandis que le froid me transperçait, je fus de nouveau profondément touchée par mes enfants. Je les trouvais si beaux et si forts, adorables et fragiles à la fois. Je n'avais pas tout perdu. Je possédais l'essentiel.

22

Le commissaire Van Dijk était le genre d'homme à qui l'on s'adresse en disant « Monsieur ». La quarantaine à peine, cheveux courts en brosse, le teint pâle et le regard soucieux, il faisait plus que son âge. Il me serra vigoureusement la main, me soulevant le bras et faisant craquer le métacarpe. Non, il n'avait pas eu de mal à trouver la maison. Il y était arrivé directement à vrai dire — ce n'était pas difficile, Duinzicht trônait au-dessus du village. C'était tout de même autre chose qu'Amsterdam. Calme, certes, mais aussi très isolé et désertique. Pas son truc. Il aimait l'agitation de la ville. Bien sûr, l'été, on devait être très bien ici, au bord de la mer. Pendant que je préparais le thé, il comblait le silence par des banalités. Il avait dû s'entraîner pendant sa formation : mettez la victime à l'aise et continuez à bavarder jusqu'à ce que la personne en question se montre prête à être entendue.

Wolf et Merel étaient affalés devant la télévision, béats de fatigue, trop épuisés pour lever la tête et saluer Van Dijk. Il fit une tentative pour échanger quelques mots avec eux, mais ne reçut que des regards exaspérés en échange. Quand Merel lui demanda de se pousser parce qu'il leur cachait la télévision, il renonça et prit place dans le fauteuil face à celui d'Ans, où moi-même je m'installai. J'envoyai les enfants à l'étage, je leur promis un paquet de bonbons. Ils partirent en traînant des pieds et en rechignant.

Je versai le thé et en tendis une tasse à Van Dijk qui la posa près de lui. Il sortit un calepin de sa poche intérieure, tira sur les jambes de son pantalon pour être plus à l'aise et se pencha vers moi.

« Eh bien, madame Vos, cela a dû être affreux pour vous d'apprendre que votre maison avait brûlé…

— Oui, vous pouvez le dire. » Je pris une cigarette, il s'empressa de me tendre son briquet. Je me penchai en avant, posai le bout de ma cigarette sur la flamme et inspirai profondément. En me redressant, je m'aperçus qu'il lorgnait mon décolleté.

« Il a été décidé que je reprendrais l'enquête de mon collègue Wittebrood. Il m'a parlé de votre entretien au commissariat et de votre conversation téléphonique après l'incident avec De Korte, l'entrepreneur des pompes funèbres. Mais mon collègue n'a pas noté vos déclarations sur les harcèlements dont vous êtes victime. Par conséquent, il serait bon que vous me racontiez encore une fois tout depuis le début. »

Je lui parlai des lettres de menaces, du rat, des photos de fœtus avortés. Je lui racontai toute l'histoire du corbillard devant ma porte et lui dis que j'avais fini par avoir si peur que j'étais partie en catastrophe, avec mes enfants. Van Dijk notait tout ce que je disais, levant les yeux de temps en temps, et hochant la tête en signe de compassion.

« Curieux. Je crains qu'il ne s'agisse d'une affaire complexe. Vous dites ignorer qui est l'auteur de ces agissements... »

Je secouai la tête. « Tout cela me rend complètement paranoïaque. J'ai l'impression que je ne peux plus faire confiance à personne. Ça pourrait être n'importe qui. Mais je me dis : personne dans mon entourage n'a de raison de me haïr à ce point.

— Vous ne vivez plus avec le père de vos enfants ?

— Non. Le père de Wolf et moi, nous venons de mettre un terme à notre liaison, quant au père de Merel, je ne le vois plus depuis longtemps. Bien que, depuis peu, il habite de nouveau à Amsterdam...

— C'est vous qui avez rompu avec le père de Wolf ?

— Oui. Mais ce n'est pas lui. Il a maintes raisons d'être furieux contre moi, mais c'est un poltron. Il est incapable de commettre un acte de violence, ni même de menacer qui que ce soit.

— Pour quelles raisons, si je peux me permettre, avez-vous rompu ? »

Je regardai les bûches noircies dans l'âtre. Le tambourinement de la pluie contre les vitres reprit, avant de se transformer en un martèlement furieux de grêlons. Je compris que tout ce que j'allais dire sur Geert plaiderait contre lui. Mon cher Geert, filiforme, un peu fou. Je revoyais soudain ses mains, ses longs doigts noueux enserrant mes fesses et mes seins, l'avidité avec laquelle il se raccrochait à mon corps.

« Il était dépressif. Je ne le supportais plus. Il refusait de se faire soigner et buvait de plus en plus. À la fin, la cohabitation était devenue impossible. J'avais l'impression qu'il me prenait toute mon énergie. Je me suis sentie obligée de mettre fin à notre liaison, avant qu'il ne nous entraîne dans sa chute, moi et les enfants avec nous.

— Vous dites donc que votre ancien compagnon était psychiquement instable. Qu'il buvait. Vous avez subi un avortement… Je suppose que l'enfant était de lui ? » J'acquiesçai. « Aviez-vous pris cette décision ensemble ?

— Non. Je l'ai mis devant le fait accompli. Je savais qu'il désirait cet enfant… Il est devenu furieux. Il a jeté tout ce qui lui tombait sous la main.

— Vous venez de me dire qu'il était incapable de se montrer violent.

— Ce n'était pas de la violence. Il se sentait impuissant. Il l'a fait par frustration.

— Et vous avez reçu la première lettre…

— Quatre jours plus tard.

— Pouvez-vous me remettre les lettres en question ? »

Je me sentis rougir. « Eh bien, le problème c'est que… je crains qu'elles n'aient brûlé. Elles étaient restées chez moi, à Amsterdam. Je les avais cachées pour que les enfants ne les trouvent pas et lorsque nous sommes partis, je n'ai pas pensé à les emporter. »

Van Dijk fronça les sourcils. Je vis à son expression qu'il me trouvait bizarre. « C'est vraiment dommage en effet, madame Vos, car ces lettres étaient les seules preuves. Vous les avez bien montrées à M. Wittebrood ?

— Oui. »

Il prit note, puis feuilleta son calepin.

« Je vais être franc avec vous. Nous ne disposons d'aucun élément qui nous permette d'intervenir. J'ai reçu ce matin la liste de tous les appels adressés à De Korte ; il s'avère que l'annonce de votre décès a été faite à partir d'un téléphone mobile étant à votre nom. L'incendie de votre maison dans la Vondelkerkstraat n'a pas été allumé intentionnellement, mais il a sûrement été provoqué par des lampes dans la cuisine installées par un amateur, elles auront chauffé et auront mis le feu aux placards. Par ailleurs, il est fort probable que le gaz soit resté ouvert, ce qui aura provoqué l'explosion. De plus, les seules preuves tangibles ont été détruites. Conclusion, nous n'avons rien. Si ce n'est une plainte de De Korte contre vous. »

23

Après le départ de Van Dijk, les idées se bousculaient dans ma tête à une vitesse vertigineuse. L'incendie. Les placards de la cuisine. La lumière allumée. Avais-je laissé la lumière allumée ? J'étais convaincue du contraire. En même temps, je n'étais plus sûre de rien. Quelqu'un s'était introduit dans ma maison. Avait téléphoné avec mon téléphone mobile. La nuit où je n'avais osé m'aventurer dans le couloir, où Merel et Wolf étaient dans mon lit, il était au rez-de-chaussée. Il avait appelé la société des pompes funèbres. Non seulement il voulait ma mort, mais il voulait aussi que tout le monde me prenne pour une folle. Tel était son but.

Un frisson me parcourut le dos ; le thé que je venais de boire ne passait pas. J'enfonçai mes poings dans mon ventre et me penchai en avant, m'efforçant de retrouver le contrôle de moi-même. Tous ceux du groupe avaient vu le rat. Geert avait lu les lettres. Wittebrood les avait lues aussi. Je n'étais pas folle. J'avais vu dans les yeux de Van Dijk qu'il ne me croyait pas, j'y avais lu de l'apitoiement. Il doutait de ma santé mentale et pensait que je m'étais inventé un harceleur pour attirer l'attention. Il avait vraisemblablement mis la main sur mon lourd dossier et avait découvert que ma mère souffrait de schizophrénie paranoïde. Elle pensait que nous voulions l'empoisonner et c'est pour cette raison qu'elle avait tenté d'assassiner mon père.

Si seulement je savais quoi faire. Si je savais pourquoi on m'en voulait à ce point. Si seulement je savais qui était l'auteur de ce harcèlement. C'était quelqu'un qui me connaissait. Tout portait à croire que c'était Geert. Il avait les clés de ma maison. Il connaissait l'histoire de ma mère. Il avait installé les lampes dans la cuisine.

Soudain, je pensai à Martin et à son désir d'enfant. Martin, qui s'était occupé de l'héritage. Lui aussi, il savait tout sur moi et ma sœur. Il avait investi une part de mon héritage dans des placements, pour mes enfants. Il était en difficulté. S'il me supprimait, ma sœur hériterait de ma maison, de toutes mes affaires, et elle obtiendrait la garde de Wolf et de Merel. Geert ferait appel, mais avec son style de vie, il n'aurait aucune chance.

Ou Steve. Tout avait commencé au moment où il avait resurgi dans ma vie. Mais pourquoi Steve ferait-il une chose pareille ? Non, je pouvais le barrer tout de suite de ma liste de suspects. Steve était trop paresseux et trop égocentrique pour ce genre de pratiques.

Il fallait que je cesse de penser en ces termes. C'était sans doute exactement le but recherché par mon harceleur : il voulait que je me détourne des êtres qui m'étaient chers, que je m'enferme dans l'isolement. C'était lui le fou. Pas moi. Il voulait me montrer jusqu'où il était capable d'aller. Me prouver qu'il tenait les rênes, que je ne pouvais lui échapper, que personne ne me croirait, que même la police ne pouvait me protéger.

Ans arriva en jurant et en soupirant. Elle lança ses chaussures dans l'entrée, suspendit son manteau mouillé, enfila ses chaussons et entra en maugréant.

« Ces maudits bouchons. Il y a de quoi devenir fou. Et ce temps de chien par-dessus le marché ! » Elle bondit dans son fauteuil, tourna sur elle-même et ferma les yeux. « Je n'en peux plus. » De longues mèches de cheveux lui collaient au visage. En l'observant, calée au fond de son fauteuil, je m'aperçus qu'elle ressemblait à papa. La ligne des mâchoires était plus prononcée que chez moi, le nez plus effilé. Elle avait la peau lisse et diaphane de notre mère. J'étais beaucoup plus ronde.

« Tu me passes une cigarette ? » me demanda-t-elle, toujours les yeux fermés. J'aurais voulu lui parler, lui raconter le malheur qui m'était arrivé aujourd'hui. Mais je ressentis une fois encore l'abîme qui nous séparait. J'étais la petite sœur qui lui cassait les pieds. Et puis, j'avais peur qu'en entendant mon récit, elle pense que Van Dijk avait raison. Que cela lui rappelle ce qui était arrivé à notre mère.

Ans se dirigea vers la fenêtre, bras croisés autour de la taille, le regard fixé sur les dunes.

« C'est incroyable ce que j'entends comme horreurs, parfois ! commença-t-elle. Aujourd'hui, en consultation, trois mères avec leurs enfants. L'une se drogue et se défoule sur sa petite fille de quatre ans, l'autre a laissé son ami abuser de sa fille de treize ans, la troisième, complètement ivre, a provoqué un accident mortel avec trois enfants sur la banquette arrière. Et chacune d'elles prétend adorer ses enfants. Elles supplient qu'on les leur rende. Et en plus, elles empestent l'alcool ! Tous ces gosses en perdition. Quand on observe leurs mines insolentes, leurs regards absents, on ne voit rien, pas de vie, aucune émotion. »

Je m'approchai d'elle.

« Quelle misère ! C'est incroyable que tu parviennes à trouver encore la force de t'occuper des autres. Enfant, tu le faisais déjà… Tu n'as pas bientôt fini ? »

Ans haussa les épaules. « Non, certainement pas. Si quelqu'un connaît la souffrance de ces mômes, c'est bien moi. Je sais ce qu'ils ressentent. Je sais combien les mères manipulent et se servent de leurs enfants. C'est pourquoi je suis la personne tout indiquée pour les aider. Non pas que je puisse faire grand-chose pour eux, ils sont déjà trop conditionnés par le manque de soins et les mauvais traitements. Mais si j'arrive à leur donner un semblant de sécurité, le sentiment que quelqu'un s'intéresse à eux, j'aurai atteint mon but. »

Nous observions les oyats que le vent fouettait et les nuages qu'il chassait au-dessus de la mer. Je ne comprenais pas pourquoi Ans, en restant ici et en travaillant avec des enfants meurtris, persistait à s'enfermer dans les affres de l'enfance.

« Bref, soupira-t-elle. Comment ça va, ici ? Tu as eu de la visite ? J'ai vu les tasses de thé dans la cuisine…

— C'était quelqu'un de la police. »

Elle me lança un regard interrogateur. « Ils l'ont... ?

— Non. Au contraire. Ça ne fait qu'empirer. Ma maison a brûlé cette nuit. »

Je prononçais ces mots d'une voix tremblante. Ans porta sa main à la bouche.

« Mais ma chérie, murmura-t-elle. Quelle histoire ! C'est affreux ! Comment est-ce possible... »

Je m'installai sur le canapé.

« J'ai peur », dis-je en me versant un grand verre de vin blanc. Ans vint se planter devant moi, posa un doigt sous mon menton et me regarda droit dans les yeux d'un air sévère. « Tu n'as pas à avoir peur. Tu es chez moi, je prends soin de toi. Je vais demander une semaine de congés et je m'occupe de tout. Laisse-moi faire. Toi, tu te reposes. »

Wolf grimpa sur mes genoux et m'embrassa plusieurs fois.

« Ne sois plus triste, maman », dit-il de sa voix la plus douce. Je ris et le serrai contre moi.

« Non. Tu as raison. Allons, amusons-nous. » Je chatouillai son ventre rond, il ronronna de plaisir.

« L'incendie était-il accidentel ? demanda Ans, en ramassant les jouets des enfants éparpillés dans la pièce.

— Ils ne le savent pas encore. D'après la police, les ampoules que Geert avait installées sous les placards de la cuisine en seraient la cause, elles ont brûlé le contreplaqué. Et puis le gaz dans le four était resté ouvert. Alors tout a explosé. Pourtant je suis certaine d'avoir éteint la lumière avant de partir. D'ailleurs, dans la journée, je ne laisse jamais les lampes de la cuisine allumées. Il a dû s'introduire dans la maison, il savait que les ampoules des petits placards pouvaient provoquer un incendie. C'est sûrement cela.

— Mais, mon Dieu, comment Geert a-t-il eu l'idée de fixer ce genre d'ampoules sous les placards ? Quel idiot ! Tout le monde sait que c'est dangereux !

— La lumière blafarde des néons le gênait le soir dans la cuisine. Un dimanche, il a remplacé les tubes par des douilles et des ampoules teintées.

— Il y a combien de temps de cela ?

— Je ne sais pas exactement… Un mois à peine, je crois.

— Juste avant votre séparation ?

— Oui.

— Tu n'as tout de même pas fait mettre la maison à vos deux noms ?

— Non. Je ne voulais pas. Il a reconnu Wolf, mais à part cela, il n'y a rien d'officiel entre nous.

— Mais il aurait bien voulu ?

— Il pensait que je ne lui faisais pas confiance. Il aurait voulu tout partager. Le compte en banque, la maison, il souhaitait même le mariage.

— Et toi, pourquoi tu ne voulais pas ?

— Cette maison m'appartient. C'est la seule chose que papa et maman m'aient laissée. Je ne sais pas, c'est ce que je ressentais… »

J'aurais préféré ne pas lui parler des dépressions de Geert. Je ne voulais pas qu'elle me considère comme un « cas », la femme qui choisit systématiquement l'homme qu'il ne faut pas. Pendant des années, j'avais pris la défense de Geert, à présent, elle pouvait dire : « Tu vois, je t'avais prévenue ! » Mais je ne pus m'en empêcher. Je tenais à me montrer sincère. Ma situation n'était pas brillante, mais le point positif, c'était que nous nous soyons retrouvées. Par conséquent, je lui racontai les insomnies de Geert, ses crises d'angoisse, son abus d'alcool. Il n'avait pas toujours été ainsi, au contraire, au début de notre liaison, il était gentil et attentionné. Je ne comprenais pas pourquoi les choses avaient mal tourné, pourquoi il était si déprimé et angoissé. Pendant longtemps j'avais culpabilisé et j'avais tout fait pour lui prouver mon amour. Excepté partager ma maison avec lui.

Ans se taisait. Lorsque j'eus terminé, elle se contenta de dire que Geert avait raison : je ne lui avais pas suffisamment prouvé mon amour. Si je l'avais vraiment aimé, je l'aurais épousé et j'aurais même partagé ma maison avec lui.

Je l'aidai à préparer le dîner. Ans hachait l'ail et le persil, pendant que je coupais les tomates et les feuilles de salade ; je mélangeai l'huile d'olive, le sel et le jus de citron pour la vinaigrette, elle fit revenir des lardons et des champignons, ajouta du fromage et des œufs et versa le tout sur les pâtes. J'avais mis un CD de Billie Holiday sur lequel je chantonnais à voix basse.

Merel déboula dans la cuisine et se mit à critiquer cette musique de « vieilles ». Pendant que nous posions les plats sur la table, elle tournait nerveusement le bouton de la radio à la recherche de quelque chose de plus moderne. Je lui dis d'arrêter ce boucan. Nous voulions manger dans le calme. Mais elle n'avait pas envie de calme, elle sautillait autour de la table, faisant la démonstration de ses pas de danse, et comme personne ne s'intéressait à elle, elle entreprit de tirer Wolf de sa chaise. Il se retrouva par terre, en pleurs. Je me mis à crier après Merel, qui hurla qu'elle n'y était pour rien, jusqu'à ce qu'Ans débranche la prise de la chaîne stéréo et nous invite gentiment à passer à table. Les enfants s'assirent en maugréant, bras croisés, fermement décidés à ne pas avaler une bouchée. Je bouillais intérieurement.

« Les enfants, votre maman est un peu fatiguée et elle est triste. Essayez donc d'être gentils avec elle », déclara Ans avant de servir les pâtes fumantes. Merel me lança un regard noir, fronçant exagérément ses sourcils bruns.

« Et moi alors ? Comme si je n'étais pas triste. Elle ne pense qu'à elle, comme d'habitude. Et maintenant on est ici, je n'ai pas d'amies, et je ne peux pas écouter ma musique. On n'a même plus de maison. On va être obligés d'habiter ici. Si tu crois que je vais rester !

— Non ! Et moi non plus ! » ajouta Wolf pour montrer qu'il existait aussi. Je ne savais plus que dire ou que faire pour sortir de ce drame. Du moins pour que mes enfants en souffrent le moins possible. J'étais à bout de forces. Ma tête n'était plus que larmes.

Ans me serra doucement la main. « Vous n'êtes pas obligés d'habiter ici. Ce n'est que provisoire, jusqu'à ce que votre maison soit reconstruite. Considérez votre séjour comme des vacances.

— Et saint Nicolas alors ? demanda Wolf. Il va venir chez nous et nous ne serons pas là. Et la maison non plus. Comment il va faire pour nous donner des cadeaux ?

— Je pense que saint Nicolas saura vous trouver. D'ailleurs, ta maman et moi nous l'avons déjà prévenu que vous étiez ici. »

Merel se mit à pleurer.

« J'en ai marre, c'est nul ! Je rate la fête de Zoé… » Elle se précipita dans mes bras en sanglotant. Je caressai ses boucles et lui promis que tout allait s'arranger. C'est alors que mon téléphone sonna. Le nom de Geert s'afficha sur l'écran.

« Maria, bon Dieu, dis-moi ce qui se passe ! Pourquoi tu ne réponds pas ! Où es-tu ? »

Je perçus un tremblement dans sa voix.

« Je suis désolée Geert, j'aurais dû t'appeler…

— M'appeler ? Notre maison a entièrement cramé ! Pourquoi tu crois que je laisse des messages ? Putain, je m'inquiète, mais tu t'en contrefous !

— Je suis désolée…

— Comment ça se fait que tout ait pris feu ?

— C'est à cause des lampes que tu avais remplacées, tu te souviens ?

— Arrête, c'est absolument impossible.

— Et le gaz était ouvert…

— Ce n'est pas possible ! Comment ça se fait… Tu avais oublié de fermer le gaz ?

— Non. Avant de partir, j'ai éteint la lumière et j'ai fermé le gaz, j'en suis certaine.

— Qui prétend que les choses se sont passées comme ça ?

— La police. Ils sont venus cet après-midi.

— Merde. » Je l'entendis soupirer, se racler la

gorge, renifler. Il se tut. J'imaginais comment il se tenait. Dos courbé, tête penchée en avant, les yeux fermés, le mégot dans la main droite, le combiné dans la main gauche, le coude sur le genou. La voix de Nick Cave résonnait en arrière-fond — je devinais qu'il n'allait pas bien.

« Tu penses que c'est lui ?

— Oui.

— Il faut que je te parle. Je veux te voir. Et Wolf et Merel aussi. Il le faut. Tu n'as pas le droit de me tenir à l'écart plus longtemps, Maria. »

Je fus émue par sa voix suppliante, je n'avais pas la force de le repousser.

« Je ne sais pas, Geert, si c'est une bonne idée.

— Tu ne penses tout de même pas que je suis mêlé à ça ?

— La police le pense.

— La seule personne qui ait pu les mettre sur cette voie, c'est toi. »

Moi aussi, je voulais lui parler, tout en sachant que ça n'était pas raisonnable. Ans secoua la tête et me regarda comme si j'allais me jeter dans la gueule du loup.

« On pourrait se donner rendez-vous quelque part.

— Où es-tu ?

— C'est sans importance. Retrouvons-nous à la gare centrale.

— D'accord, d'accord. J'y serai demain. Au restaurant Eerste Klas. Vers midi. Je peux parler à Wolf deux minutes ? »

Je refusai à contrecœur, mais je savais qu'en un rien de temps, Wolf aurait vendu la mèche.

Je raccrochai, me retournai vers Ans qui me lança un regard exaspéré et fit un signe de tête en direction du couloir. Je la suivis, comme une enfant désobéissante attendant une remontrance.

Elle s'immobilisa dans l'entrée, les bras croisés.

« Tu es devenue complètement folle ?! siffla-t-elle. Comment peux-tu lui donner rendez-vous ? Bon sang, tu viens de me raconter il y a une heure à peine combien il était débile ! C'est le suspect numéro un ! Il se joue de toi, je ne te laisserai pas faire.

— Qu'est-ce que tu veux dire ? »

Elle poussa un soupir et mit ses mains sur ses hanches. « Si tu vas le voir, ce n'est pas la peine de revenir. Tu te débrouilleras seule. »

Je fus sur le point d'exploser et ressentis une très forte envie de lui donner une gifle pour lui faire passer son air narquois. « Ça suffit, Ans ! Je suis adulte ! Tu n'as pas à me dire ce que je dois faire. Tu n'en as pas le droit !

— Non, je ne peux pas te dire ce que tu as à faire, mais j'ai mes limites. Et tu les outrepasses. Je t'aide, tu peux te réfugier chez moi et te reposer, mais pas si tu vas tout bonnement te rabibocher avec celui qui est à l'origine de tout cela. Pense à tes enfants pour une fois !

— Geert ne ferait pas cela ! Il n'en est pas capable. J'en suis certaine.

— Maria… ne sois pas aussi naïve. »

Elle regagna nerveusement la cuisine et tapa dans ses mains.

« Bon, les enfants. Tante Ans va vous coucher. Je connais une très belle histoire et je vais vous la raconter, à condition que vous enfiliez immédiatement vos pyjamas. »

Elle ne redescendit pas. Je débarrassai la table, fis la vaisselle, préparai le café, allumai les bougies, mis du bois dans le feu, puis je l'attendis afin de lui parler, afin de lui expliquer pourquoi je faisais confiance à Geert. Mais elle me laissa seule.

Je finis par allumer la télévision et regarder au hasard une émission stupide sur six jeunes gens dans une villa de luxe en Espagne qui faisaient l'amour comme si ça ne voulait rien dire et tenaient à le faire savoir au monde entier. « *It's all just a game* », disait un jeune homme exaspérant, sûr de lui, sourire aux lèvres. Il me mit hors de moi. Tout me mettait hors de moi. Ce garçon qui prenait part à des jeux douteux devant la caméra, au détriment de ses camarades. Les gens qui regardaient ce genre d'émissions. La vulgarité qui envahissait tout. Le fait que, manifestement, les jeux pseudo-psychologiques soient promus au rang de divertissement populaire. Ma sœur, cette donneuse de leçons invétérée, avec son air dépité. Mais j'étais avant tout furieuse contre moi-même.

24

Je ne pouvais pas dormir. Mes muscles refusaient de se détendre tant j'étais énervée. Je décidai de fumer une cigarette sur le balcon, enveloppée dans ma couette. Le vent s'était calmé, le ciel était criblé d'étoiles. Enfant, je voyais de ce balcon au moins une étoile filante par semaine. Ans, elle, n'en voyait jamais, ce qui la mettait en rogne. Moi j'avais la patience de fixer ces petites lumières des heures durant, en rêvant à ce qu'elles représentaient : l'infini. Elle était trop occupée à ranger ses chaussures, à aligner ses poupées.

Ma maison me manquait. Mon salon, avec son vieux fauteuil rouge, dans lequel je m'allongeais de préférence les jambes posées sur l'accoudoir usé. Ma musique. Ann Peebles. Je fredonnai *Steal Away. I have to see you, somehow, wooh, not tomorrow, but right now.*

Ces pensées ne faisaient qu'accentuer ma tristesse. Ma vie à Amsterdam me manquait. Les balades à bicyclette dans la ville, les courses au marché Albert Cuyp, les répétitions avec le groupe et les prises de bec avec Martin. Le pot, ensuite, au café ‘t Loosje. Les frites que je préparais pour les enfants dans ma propre cuisine. Finalement, j’avais une vie plutôt agréable. Comme il était bon de se produire plusieurs fois par semaine, de gagner de l’argent en chantant dans le chœur et de me consacrer aux enfants le reste du temps ! Je menais ma vie sans me poser trop de questions. Et brusquement, on m’avait tout pris. Je n’avais même pas eu le temps de faire mon deuil ni de l’enfant, ni de l’amour que je venais de perdre. Que me voulait-il ? Pourquoi ? Ans avait-elle raison, devais-je avoir peur de Geert ? Avais-je jamais eu peur de lui ?

Oui, une fois, et il n’y avait pas si longtemps de cela. Dans un accès de jalousie, il avait balayé de la main la théière qui se trouvait sur la table et m’avait lancé une assiette à la figure. Il avait trop bu et lorsqu’il était rentré à la maison, j’étais au téléphone avec Martin.

Nous étions en train de rire d’une futilité et il avait pensé que nous nous moquions de lui. À cet instant précis, j’avais eu peur. Ç’avait été la goutte d’eau. À partir de ce moment-là, j’avais su que nous ne pouvions continuer ainsi. Il fallait faire un choix.

Tremblant de froid, malgré la couette, je rentrai. Merel et Wolf dormaient côte à côte, calmes et confiants. J’allai m’asseoir sur leur lit, je caressai la joue douce et chaude de Wolf. Ils étaient si vulnérables, si fragiles, si innocents. Ans avait peut-être raison : sans doute valait-il mieux en effet éviter tout contact avec Geert.

Il était déjà deux heures et demie. Depuis une heure, j'hésitais. Mais il le fallait. Je ne pourrais pas dormir avant de lui avoir parlé. Je ne pouvais supporter qu'elle soit en colère contre moi. Elle comprendrait sûrement que je la réveille.

Mon corps était entièrement paralysé par l'angoisse, je devais me débarrasser de cette sensation, parler à quelqu'un. Je voulais avoir la certitude que je n'étais pas seule, qu'elle ne me tournait pas le dos définitivement.

Je descendis l'escalier, pieds nus. Je ne les sentais presque plus tant ils étaient glacés. Je m'arrêtai devant la porte de sa chambre. À quoi cela rimait-il ? J'étais adulte, et voilà que je me raccrochais à ma grande sœur comme un petit enfant apeuré. Que m'arrivait-il ? Je me mis à trembler, à sangloter et je tombai à genoux en me laissant glisser le long du mur. Je n'osais pas frapper à sa porte, ni reconnaître combien j'avais peur, ni lui demander de me consoler.

Son lit craqua, j'entendis des pas sur le plancher. La porte s'ouvrit. Je compris en voyant son visage qu'elle ne dormait pas non plus.

« Maria, qu'y a-t-il ?

— Désolée de te réveiller. Mais je ne pouvais pas fermer l'œil. Je ne veux pas que nous nous disputions.

— Viens t'asseoir. Ça ne fait rien. Tu ne me réveilles pas. »

Je m'assis à côté d'elle sur le lit.

« Tiens, bois. »

Elle me tendit un verre d'eau et me couvrit les épaules de son peignoir. J'observai les photos sur sa table de nuit. Sur l'une d'elles, ils étaient tout les deux à la plage par une journée ensoleillée. Ans, dans un maillot de bain rouge, s'appuyait contre le corps bronzé de Martin. Elle souriait, lui avait l'air sérieux. Ses cheveux blonds coiffés en arrière, il fronçait les sourcils et plissait les yeux pour se protéger du soleil, ne laissant que deux petites fentes. Il avait un je-ne-sais-quoi de diabolique. Je ne l'avais jamais remarqué auparavant, mais, sur cette photo, il y avait quelque chose dans ses traits qui lui donnait un air de vautour. Le nez effilé, les sourcils épais et de profondes rides aux commissures des lèvres.

L'autre photo était un portrait de famille. Mon père, fier et rayonnant derrière ma mère, qui affichait un vague sourire absent et qui serrait contre elle un bébé endormi. Notre petit frère. Nous nous tenions de chaque côté d'elle, Ans et moi. Elle, une dizaine d'années, empruntée dans son grand corps maigre et son affreuse robe rose, fixait l'appareil d'un air triste. Moi, de l'autre côté, une petite fille potelée, affublée d'une robe blanche trop voyante ; je souriais timidement en tenant la main de mon père. Cette photo avait dû être prise vingt-cinq ans plus tôt environ, en 1976. L'époque des jeans à pattes d'éléphant, du marron et de l'orange, des chaussures à plateaux et des favoris. Mais pas chez nous. Nous portions les robes kitsch que ma mère confectionnait à la machine en un tournemain, dans des tissus synthétiques bon marché.

« Je n'aurais pas dû me mettre dans une telle colère. Excuse-moi. »

Ans posa sa main sur mon genou, qui tressaillit

à son contact. « Comme tu es tendue », me fit-elle remarquer, puis elle se plaça derrière moi. Elle dénuda mes épaules et commença à me masser doucement.

« Tu es complètement nouée. Détends-moi ces bras. Et cette nuque. C'est vrai que tu as beaucoup de choses à encaisser. »

De ses pouces, elle dessinait des petits cercles sur ma nuque, sur les omoplates, puis elle descendit énergiquement le long de la colonne vertébrale. Je me contractai davantage.

J'avais horreur de ce genre d'intimité entre femmes, même s'il s'agissait de ma sœur. Pourtant je n'osais pas lui demander d'arrêter.

« Je pensais que tu redescendrais pour que nous puissions parler, commençai-je.

— J'en avais assez. Reconnais-le, Maria, ce n'est pas raisonnable de prendre rendez-vous avec Geert. »

De ses doigts, elle me tiraillait la peau, elle me faisait mal. Je me dégageai et je repassai le peignoir sur mes épaules.

« Je peux fumer ?

— Pour cette fois. Mais près de la porte. » Elle se leva pour ouvrir la porte-fenêtre du balcon et me fit signe qu'elle voulait elle aussi une cigarette.

« Ce n'est pas Geert. Je ne sais pas d'où me vient cette certitude, mais je ne crois pas que ce soit quelqu'un que je connais personnellement. Il s'agit d'un psychopathe que cela excite de faire peur aux femmes… J'ai lu dernièrement dans le journal que l'une des Spice Girls est elle aussi harcelée par ce genre de débile mental. Ça doit être ça. Un pauvre type qui pense que lui et moi nous avons une relation “particulière”. Qui fantasme sur moi… »

Ans me regarda d’un air apitoyé. « C’est ce que tu as envie de croire. Mais soyons franches, tu n’es pas une Spice Girl. Tu ne passes pas à la télévision, ta vie privée n’est pas étalée dans tous les journaux. C’est affreux bien sûr de penser que quelqu’un que tu as aimé, en qui tu as eu confiance, te menace à présent, mais il faut rester lucide… Je vois tous les jours des femmes maltraitées, menacées par leur ex. Des hommes qui craquent lorsque leur femme cherche à les quitter. Même des hommes intelligents, qui ont réussi, des dentistes, des artistes, des P.-D.G., toutes sortes d’hommes qui ne supportent pas que leur femme ait envie de continuer sans eux, ou avec un autre. L’explication la plus logique reste que Geert est derrière tout cela…

— Mais dans ce cas, pourquoi m’appelle-t-il ? Pourquoi est-il si profondément chamboulé ?

— Il a peut-être des remords. C’est souvent le cas avec ce genre de types. Ils rouent de coups leurs compagnes, et ensuite ils pleurent parce qu’ils ont des remords. Puis le lendemain ils recommencent. Ce sont des hommes qui ont deux visages, qui ne contrôlent pas leurs émotions. D’un côté ils haïssent leur femme, de l’autre ils l’adorent. Ils veulent à la fois l’aimer et la tuer. »

Je repensais à nos disputes de ces six derniers mois. La nuit, quand nous rentrions après un tour de chant et qu’il me reprochait d’avoir flirté avec un spectateur ou un membre du groupe. Une fois, un garçon avec qui je parlais avait posé sa main sur mes fesses. Geert était tellement furieux qu’il avait donné un coup de poing dans l'armoire et s'était cassé le poignet. Il n'avait pas pu jouer pendant six semaines.

Mais il ne m'avait jamais frappée. Il ne s'en prenait qu'à lui-même.

J'avais froid aux pieds. Je me dirigeai vers le lit et m'accroupis de façon à les réchauffer sous mes cuisses. Des petits points argentés apparurent devant mes yeux. Je secouai la tête, d'autres apparurent en grand nombre, comme des flocons de neige.

« Tu es fatiguée, n'est-ce pas ? » Ans posa deux oreillers dans mon dos. « Tu es très fatiguée, Maria. Laisse-toi aller. Tu es en sécurité ici. Je reste près de toi. »

Je me renversai dans les oreillers, j'eus l'impression de tomber dans un gros tas de plumes, je poursuivais ma chute tandis que du duvet blanc tourbillonnait autour de moi et qu'Ans, de loin, me parlait.

« Dors ! »

Les enfants. Je ne voulais pas laisser les enfants seuls. Je tentais de me relever, mais je n'avais pas de prise. Je planais, sans force. Merel et Wolf planaient eux aussi dans le duvet. Puis je nageais, dans une eau sombre, glaciale. J'entendais mes enfants crier, se débattre — ils ne savaient pas nager —, mais je ne les voyais pas car l'eau devenait noire.

25

Le lit était trempé. Des mèches de cheveux me collaient au visage et je me réveillai dans un peignoir de bain humide et froid. J'avais quelque chose à la tête. Je ressentis une douleur lancinante dans la tempe gauche. Je portai ma main à mon front et sentis quelque chose de visqueux sous mes doigts. Du sang. Il y avait du sang partout. Pas seulement sur ma tête, mais aussi sur mes mains, sur l'oreiller, dans mes cheveux. J'aurais voulu crier, mais ma gorge était à vif, comme si j'avais hurlé pendant des heures. En regardant mes mains, je m'aperçus que mes ongles étaient cassés. Le bout de mes doigts était rouge et écorché.

Un désordre indescriptible régnait dans la chambre d'Ans. Ses rideaux de lin rose clair étaient par endroits détachés de la tringle, une carafe de cristal gisait en morceaux sur le sol, les lampes de chevet de chaque côté du lit étaient renversées et ses vêtements éparpillés dans la chambre. À la tête du lit, le mur de crépi blanc était marqué de traces de sang.

Que s'était-il donc passé, au nom du Ciel ? Je me souvenais seulement que je m'étais endormie et que, toute la nuit, j'avais fait des cauchemars épouvantables. Pour le reste, je ne me souvenais de rien. Mon cœur battait si fort dans ma poitrine que je pris peur. C'était comme si un train passait à grande vitesse dans mon corps. Un train de panique. Je voulais quitter cette chambre, cette maison, partir le plus loin possible. Je me précipitai sur la porte, elle était fermée à clé, je me mis à tirer et à cogner, proche de l'hystérie. J'appelai Ans, il fallait qu'elle vienne à mon secours, du moins si elle était toujours là.

Personne ne venait. J'étais enfermée. La douleur lancinante dans ma tête redoubla, je me laissai glisser contre le chambranle de la porte. Je portai de nouveau mes doigts à la plaie de ma tempe. Elle était tuméfiée et je ressentais une douleur aiguë dès que je la touchais. Je me relevai péniblement en me cramponnant au lavabo près de la porte, puis je me regardai dans le miroir. Je fus effrayée à la vue des blessures que je portais au visage et de l'expression de panique dans mes yeux. Une grande plaie couverte de sang séché s'ouvrait à gauche de mon front. L'œil était rouge et enflé. Mon visage était maculé de taches de sang qui collait à mes cheveux. Dans le miroir, je découvris le visage d'une folle. Je remarquai des traces d'écume séchées autour de ma bouche.

Tremblante, je m'emparai d'un gant qui pendait d'un côté de l'étagère de bambou, puis j'ouvris le robinet. Une eau fraîche, claire. Je la laissai couler sur mes poignets et sur mes mains. Je me rinçai la bouche pour en éliminer le goût du sang et je nettoyai les traces sur mon visage. Entre-temps, je respirais profondément, et expirais avec force pour retrouver le contrôle de moi-même.

Les enfants, c'était eux dont il fallait se préoccuper à présent. Je devais me concentrer et élaborer un plan pour sortir d'ici. Où étaient-ils ? Un silence inquiétant régnait dans la maison. Ils avaient peut-être disparu. Il les avait peut-être enlevés. Et Ans ? Où était Ans ? Elle était près de moi lorsque je m'étais endormie. Je me trouvais dans sa chambre. Je n'osais imaginer ce qui avait pu lui arriver.

Mon regard se posa sur la porte et je vis une touffe de cheveux blonds collée à une grosse tache de sang sur le montant. Mes cheveux. Ou ceux d'Ans ? Les miens probablement. J'avais dû me cogner contre le bois. J'essayai encore une fois avec précaution d'ouvrir la porte. Elle céda immédiatement.

Des voix résonnaient dans le salon. Des voix feutrées. Celles d'un homme et d'une femme. Ans et une autre personne. Je descendis furtivement. Quelle heure pouvait-il bien être ? Sur la pointe des pieds, je me faufilai dans la cuisine et jetai un coup d'œil à la pendule. Deux heures dix. Avais-je dormi aussi longtemps ? Je prêtai l'oreille, espérant entendre les enfants, mais rien. Pas de bottes en caoutchouc sous le portemanteau, pas de crayons de couleur sur la table de la cuisine. Tout était méticuleusement rangé. La table en bois reluisait comme dans une publicité, les placards de la cuisine étincelaient comme si Monsieur Propre était passé par là. Le plancher brillait et sentait la cire. Qui était la personne à qui s'adressait ma sœur ? Martin ?

Ans, installée dans son fauteuil, faisait face à un homme d'allure négligée, la quarantaine, dans une veste de daim brun. Ils sursautèrent en me voyant. Ma sœur se leva d'un bond, se précipita vers moi comme une infirmière. Elle me caressa le dos d'un air soucieux.

« Comment te sens-tu ? Viens donc t'asseoir. Je te présente Victor. Victor, tu as déjà vu Maria... »

Il me tendit une main molle et sèche. Des cernes prononcés se dessinaient sous ses yeux et il ne s'était pas rasé depuis au moins trois jours. Ses cheveux gris et pelucheux étaient ébouriffés, ce qui lui donnait un air de professeur Tournesol.

« Bonjour, Maria. Comment vous sentez-vous à présent ? »

Je regardai tour à tour ma sœur et Victor. Leur comportement avait quelque chose d'étrange. Ils étaient sur le qui-vive.

« Où sont les enfants ?

— Ils jouent dans leur chambre. Nous sommes allés acheter quelques jouets. Wolf réclamait ses Lego...

— Je vais les voir. » Je tournai les talons, mais Ans me retint.

« Maria, fais-moi donc confiance, ils sont en haut, ils ne risquent rien. Viens donc t'asseoir. S'ils te voient dans cet état... »

Je baissai les yeux sur mon peignoir taché de sang et mes doigts écorchés.

« Que s'est-il passé ? Qu'est-il arrivé ? »

Ce que je lus dans les yeux de ma sœur me remplit d'angoisse. Elle me regardait comme si je n'étais pas tout à fait normale. Elle m'entraîna vers le canapé et, doucement mais fermement, me fit asseoir.

« Vous ne vous souvenez plus de rien ? » demanda Victor. Il m'examinait en plissant les yeux. Je me sentais menacée, il me faisait peur à me regarder comme une bête curieuse.

« Qui est-ce ? Que fait-il ici ?

— Vous avez raison. Excusez-moi. J'aurais dû me présenter. Je suis psychiatre au Centre de santé publique, un collègue d'Ans. Nous travaillons beaucoup ensemble. Ans s'occupe de familles en difficulté ; pour ma part, je suis chargé de me prononcer sur la santé mentale des parents. Votre sœur m'a appelé cette nuit, ou plutôt ce matin tôt, pour me demander de venir. »

Ans me prit la main et me caressa nerveusement la paume.

« Tu as complètement perdu la tête. Tu es venue dans ma chambre, il devait être deux heures et demie, tu étais en pleurs. D'accord, je n'aurais pas dû me fâcher comme je l'ai fait. Mais bon, nous avons bavardé un peu, parlé de Geert et de tout ce qui s'était passé ces derniers temps, tu semblais te calmer, mais brusquement tu as voulu réveiller les enfants. J'ai essayé de te retenir, mais tu t'es mise en colère. Tu t'es transformée en vraie furie. Physiquement, je veux dire. Tu t'es mise à tout casser. Tu t'es jetée sur moi. Je me suis dépêchée de sortir de la chambre et j'ai fermé la porte à clé. Ensuite, j'ai appelé Victor. Lorsqu'il est arrivé, tu étais en train de te cogner la tête contre le chambranle de la porte. Tu t'étais ouvert les mains. Merel et Wolf pleuraient dans le couloir. Victor t'a administré un médicament pour te calmer. »

J'essayai d'allumer une cigarette, mais je tremblais tellement que je laissai échapper le briquet. Victor le ramassa et me tendit du feu.

Je commençais à comprendre. La situation était claire. Il fallait que je garde le contrôle de moi-même, c'était une question de vie ou de mort. Chaque mot, chaque geste allait être enregistré. J'aurais voulu que le brouillard dans ma tête se dissipe, que mes pensées soient limpides.

« J'ai besoin de manger un peu » fut la seule chose que je parvins à exprimer.

« Je vais te préparer quelque chose. Une tartine de pain complet avec du fromage, sans beurre. Ça te va ? »

J'acquiesçai.

« Vous ne vous souvenez vraiment de rien ? » Victor souleva la jambe gauche, la posa sur la droite et passa ses doigts sur son pantalon de velours côtelé élimé. Il portait des chaussettes jaunes. Sa semelle gauche était trouée.

« Non. J'ai rêvé. De mes enfants. Je les entendais hurler comme s'ils se noyaient. Je ne les trouvais pas. Il faisait trop sombre.

— Hum ! » Il se pencha sur la table, saisit son cigare à moitié entamé et il l'alluma avec son Zippo. L'odeur d'essence me chatouilla le nez.

« Votre sœur est très inquiète à votre sujet. Elle m'a un peu parlé de votre situation et j'ai bien peur que ses inquiétudes ne soient justifiées. Vous avez vécu tant de choses ces dernières semaines… À vrai dire, je ne sais pas très bien ce que je dois faire. En principe, je fais interner les patients qui manifestent des tendances psychotiques. Mais Ans s'y oppose fermement.

— Je ne suis pas psychotique.

— Peut-être pas. Il m'est difficile d'en juger ainsi, de but en blanc. Mais cette nuit, vous représentiez un danger pour vos proches…

— Je ne sais pas si Ans vous l'a dit, mais je suis ici parce qu'on me menace.

— Avez-vous une idée de la personne qui pourrait être à l'origine de ces menaces ?

— Non. Mais c'est quelqu'un qui sait beaucoup de choses sur moi. Qui me hait profondément et me considère comme une putain. Je pense qu'il m'a inoculé un produit quelconque…

— Et comment aurait-il fait ?

— Je n'en sais rien. C'est à la police de mener l'enquête. Qu'on me fasse une prise de sang, des prélèvements pour savoir ce que j'ai mangé et bu.

— Oui, bon. Je crains que la police n'ait pas le temps de s'occuper de ce genre de choses.

— Si, ils ont le temps, mais ils me prennent pour une folle, comme vous d'ailleurs.

— Je ne vous prends pas du tout pour une folle. Je pense simplement que vous êtes au bout du rouleau. Que vous avez besoin de parler à quelqu'un et peut-être de prendre des médicaments pour retrouver votre calme. C'est tout. »

Je me levai. Je me sentais soudain extrêmement fatiguée.

« Comment quelqu'un, ici, dans cette maison, aurait-il pu vous faire prendre des médicaments, à votre avis ? »

Victor croisa les mains derrière sa tête et se renversa dans son fauteuil, ses lèvres spongieuses enserrant son cigare humide. Je l'observais en me disant que jamais de la vie je ne voudrais m'installer près de lui sur un divan. Il était le type d'homme que je haïssais. Le genre de thérapeute content de lui, qui aide les autres pour la satisfaction qu'il en retire. Je voulais qu'il parte et ne remette plus les pieds ici. Cependant, il me mit sur la voie. Sa question, à laquelle je me gardai bien de répondre car il m'aurait trouvée encore plus folle, me mit la puce à l'oreille. Une seule personne avait accès à cette maison. Un homme qui savait tout de mon passé. Tout cela était parfaitement logique.

J'écoutais sagement son laïus psychologique, lui promis de prendre mes médicaments et acquiesçai avec une feinte reconnaissance lorsqu'il me répéta que je pouvais l'appeler jour et nuit. Il repasserait dans trois jours pour voir si je me sentais mieux et si les médicaments agissaient.

Ans dit à Victor qu'elle veillerait sur moi. Il me serra la main et me donna une petite tape amicale dans le dos. Ans me prit dans ses bras, je lui promis de me reposer. Pour la première fois depuis des semaines, je savais ce qu'il me restait à faire.

26

« Ça va mieux, maman ? » Wolf grimpa sur mes genoux, il me regardait, les yeux écarquillés.

« Mon chéri. Maman a fait un mauvais rêve, c'est tout. Maman a eu très peur à cause de l'incendie…

— Moi aussi. J'en ai rêvé. J'ai rêvé que les flammes me poursuivaient. Et puis Merel m'a réveillé et elle m'a dit que quelqu'un était en train de t'assassiner. Que tu n'étais plus à côté de nous. Alors nous t'avons entendue pleurer et nous appeler. Et alors je me suis mis à pleurer et Merel aussi. Tante Ans est venue nous chercher et elle nous a emmenés dans le salon, là où était le monsieur. »

Merel, stoïque, gardait les yeux fixés sur la télévision.

« Je regrette terriblement ce qui s'est passé. Mais tout va s'arranger. Maman vous aime. Énormément. » De mon nez, je caressais sa joue qui sentait le lait et le beurre de cacahuète.

« Moi aussi je t'aime, maman. Et j'aime papa aussi. » Il écrasa ses lèvres sur les miennes, se dégagea de mes bras et alla s'installer sur le canapé, à côté de Merel.

Dans la salle de bains, j'examinai mon corps. Mes bras étaient couverts d'égratignures et de traces rouges. Sur un côté de la tête, j'avais un hématome virant au mauve qui me fermait l'œil et me faisait ressembler à un personnage de *Star Trek*.

J'étais comme ma mère. Le regard apeuré, les mains qui tremblaient. J'avais eu de l'écume autour de la bouche. Comme elle, juste avant qu'elle ne soit internée pour la première fois.

En cette soirée d'août étouffante, mon père était en train de bricoler sur la plage. Le soleil diffusait encore une lumière orange. Il était déjà bas au-dessus de la mer. Les dunes flamboyaient, les derniers baigneurs vidaient des bouteilles de vin sur la plage en attendant un magnifique coucher de soleil. J'avais cinq ans, Ans m'avait dit d'aller chercher papa et de me dépêcher. Elle restait près de maman, qui s'était réfugiée toute la journée dans l'arrière-cuisine. Juchée sur un tabouret, elle passait son temps à astiquer des pleines caisses d'argenterie en bougonnant. Je l'évitais depuis plusieurs mois déjà car elle me faisait peur. Il lui arrivait de m'attraper brusquement et, en me tirant par les nattes, de m'entraîner dans la cuisine où je recevais une raclée pour avoir taché ma robe ou sous prétexte que j'avais les ongles sales. D'autres fois, elle m'attirait sur ses genoux, me caressait tendrement la tête, me disait que j'étais très jolie et que c'était dommage, vraiment dommage que papa fasse tout pour nous détruire. Dans ces moments-là, je courais me réfugier près de lui, sur la plage.

Près de lui, je me sentais en sécurité. Il était grand, fort et gentil.

Du moins, c'est ce que je pensais à l'époque. Depuis, j'avais compris qu'en réalité, c'était un pauvre type qui refusait de voir que sa femme était malade et laissait à sa fille aînée le soin de résoudre les problèmes. À l'époque, je l'adorais, j'aimais ses bras bronzés et musclés, sa façon de tenir une chaise longue en équilibre au-dessus de sa tête. Il plongeait sans hésiter dans l'eau glacée, construisait des pavillons sur la plage, sauvait des vagues des Allemands têtus. Il était mon idole.

J'avais entendu un grand coup, un tintement, puis des cris épouvantables. Ans était accourue, écarlate, le regard affolé.

« Va chercher papa. Tout de suite.

— Pourquoi ? Que se passe-t-il ?

— Rien. Va. Cours ! »

Je me hâtai sur les caillebotis, à l'encontre du flot lent des touristes brûlés par le soleil. Je l'appelai. Je traversai la plage en courant, en direction du pavillon bleu où il était en train de boire une bière et de s'esclaffer en compagnie d'un homme corpulent.

« Papa, papa, viens vite ! Il y a eu un grand coup. Je crois que c'est maman. »

Il partit en courant, en maillot de bain. Je lui emboîtai le pas. Le soleil avait déjà à moitié disparu dans la mer. Le sable était chaud.

À la pension, on ferma la porte de l'arrière-cuisine. On me renvoya. J'entendais ma mère hurler, renverser toutes sortes de choses et mon père qui tentait de la calmer. Ans sortit, grimpa l'escalier quatre à quatre et revint un verre d'eau et une petite boîte blanche à la main. Muette. Je lui demandai ce qui se passait. Pour seule réponse, elle me cria : « Va-t'en. »

Mon père monta ma mère à l'étage. On aurait dit qu'il portait une poupée de chiffon. Elle avait le visage marbré et bouffi. Elle tremblait. Elle avait quelque chose de blanc autour de la bouche. De l'écume. Elle me regarda sans me voir. Elle semblait porter un masque.

On nous envoya acheter des frites, Ans et moi. Assises sur l'un des bancs de la place, nous les avons mangées en silence.

« Que s'est-il passé ?

— Rien. Maman est fatiguée. Elle va dormir. »

Pendant la nuit, je fus réveillée par des voix à l'extérieur. Quelqu'un hurlait. Ans et moi, nous nous précipitâmes vers le rideau. Des hôtes en pyjama et en chaussettes s'affairaient. Papa arriva en trombe et nous dit de nous dépêcher de sortir. Les hôtes nous entraînèrent avec eux, hystériques. Ils s'éloignaient de la pension en courant. De loin, nous regardions Duinzicht. Une ambulance, les pompiers, la police arrivaient, toutes sirènes hurlantes. « Que se passe-t-il ? » demandai-je à une femme qui avait passé son bras autour de mes épaules. « Le gaz, dit-elle. Il y a une fuite de gaz. Il s'en est fallu de peu pour que nous explosions avec le reste. »

Maman fut internée à l'hôpital psychiatrique de Santpoort. Connie, une jeune femme adorable, vint habiter chez nous pour aider papa à tenir la pension. L'ambiance était détendue. Nous parlions pendant les repas. Les hôtes l'adoraient. Papa et moi aussi. Le dimanche, nous rendions visite à maman. Comme un zombie, dans un fauteuil de velours côtelé d'un vert douteux, elle restait assise à tripoter sa jupe. C'est à l'hôpital qu'elle se mit à fumer. Cigarette sur cigarette. Elle les fumait jusqu'au filtre. Six mois plus tard, elle rentra à la maison et, en pleurs, nous prîmes congé de Connie.

Sous la douche, l'eau chaude provoquait une brûlure dans mes plaies, mais la sensation était agréable. La douleur me réveillait, je reprenais mes esprits. Il n'allait pas me rendre folle, moi. Je me lavai les cheveux avec le shampoing à la noix de coco d'Ans, l'odeur de Steve se répandit dans la salle de bains ; il avait l'habitude de s'enduire de cette huile des pieds à la tête. Il s'asseyait sur un tabouret de plastique blanc, nu, après un tour d'inspection poussé avec ses ciseaux à ongles, il se massait avec soin les orteils de cette huile à l'odeur suave, puis les mollets, les cuisses, toutes les parties du corps jusqu'à ce qu'il brille entièrement. Il se plantait ensuite devant le miroir, nu, afin de s'admirer.

Des souvenirs. Ma mère me lave, me frotte, le savon me pique les yeux tandis que je me mords les lèvres pour ne pas pleurer. Ces images passaient comme des bulles de savon, elles éclataient et disparaissaient aussi vite.

J'enfilai mon jean qui ne me moulait plus les fesses, mais godait autour des cuisses, je passai mon sweater noir et me brossai les cheveux avec précaution. Ma mère n'avait jamais compris ce qui lui arrivait. Elle repoussait toute aide, toute thérapie, refusait de prendre ses médicaments et s'obstinait à affirmer que nous voulions nous débarrasser d'elle, que mon père en aimait une autre. Que nous complotions contre elle, de concert avec lui. Que personne ne voulait l'écouter. Je regardais par la fenêtre une mouette qui plongeait, et brusquement, je compris qu'elle avait peut-être raison. Je n'avais jamais fait le moindre effort pour la comprendre. Je refoulai immédiatement cette pensée. Elle était paranoïaque, indéniablement. Elle avait tenté de tuer mon père en l'assommant. Je ne gardais d'elle que des mauvais souvenirs.

27

Je ne dirais pas à Ans que je suspectais son mari. Cela la conforterait dans l'idée que je n'avais pas toute ma raison.

Elle jouait au jeu de l'oie avec les enfants, dans le salon.

« Oh, regardez qui est là. Tu veux un thé ?

— Je m'en occupe, merci. »

Je me servis, puis allai m'asseoir à côté d'eux. « Je suis désolée. Cette nuit. C'est étrange… Je ne me souviens absolument de rien. »

Ans me fit face. Elle me lança un regard furibond en secouant la tête. Elle posa un doigt sur ses lèvres et fit un signe de tête en direction des enfants. Elle se leva, caressa les cheveux de Merel et de Wolf en disant qu'elle allait refaire du thé. Je la suivis.

« Il ne faut pas parler de ces choses-là en leur présence, lança-t-elle. Ils sont encore sous le choc de ce qui s'est passé cette nuit. Parle-leur des petites choses de la vie quotidienne pour les rassurer.

— Comme toi, qui ne me disais jamais rien, c'est ça ? Et qui d'ailleurs ne me dis toujours rien ?

Mieux vaut taire les problèmes pour faire comme s'ils n'existaient pas ?

— Inutile de m'agresser, Maria. Ce n'est pas moi qui suis malade ici, siffla-t-elle entre ses dents.

— Je ne t'agresse pas. Je refuse simplement que tu te mêles de l'éducation de mes enfants. Nos relations sont basées sur la confiance. Lorsqu'ils me demandent quelque chose, je leur donne toujours une réponse. C'est pourquoi, à leur tour, ils ont confiance en moi.

— Tu te raccroches à eux. C'est trop lourd. Ils se sentent responsables de toi. Ils ont peur. Je suis obligée d'intervenir. » Elle pinça les lèvres.

Elle prit la bouilloire et la tint sous le robinet. Puis elle alluma le gaz et la posa d'un geste brusque. J'allumai une cigarette. Intervenir. Pas question. Je me retins — il était inutile de provoquer une dispute. Elle se renfermerait et m'ignorerait, ce que je ne pouvais supporter.

« Dis-moi franchement : tu crois vraiment que j'ai inventé tout ce qui m'est arrivé ?

— Ce que tu vis et ressens, c'est ta vérité. Je ne crois pas que tu inventes à proprement parler. »

Elle tira une chaise et s'installa à la table en soupirant.

« Avec du repos et une aide professionnelle… Je vais t'aider, Maria. Victor peut t'aider. Tout cela peut rester entre nous…

— Tu ne crois pas que j'ai reçu ces lettres…

— Je crois ce que je vois. Cette nuit, je t'ai vue te conduire comme une possédée. Tu n'étais pas la Maria que je connais…

— Je ne suis pas comme maman. »

Ans posa la théière sur le plateau.

« Non, bien sûr que non. Et nous vivons une autre époque. Nous avons beaucoup plus de connaissances. Il existe de meilleurs remèdes. Les thérapies actuelles sont plus efficaces. Tu as vécu beaucoup de choses, Maria. N'importe qui à ta place serait déstabilisé. Fais confiance à Victor.

— Ans, je suis ta sœur, pas une patiente.

— Cliente.

— Ne prends pas ce ton d'assistante sociale avec moi. Je vais prendre ces maudits médicaments, je parlerai avec Victor, mais je refuse que toi, tu me traites comme l'une de tes "clientes".

— Ne te fâche pas. Je vais aller à la pharmacie chercher tes médicaments. J'emmène les enfants avec moi, tu pourras te reposer. »

Chacune de nous but son thé dans un silence tendu. J'entendais le tintement de ma cuillère, les tasses de porcelaine qui s'entrechoquaient, Ans qui déglutissait avec retenue. Tous ces petits bruits m'exaspéraient. Je fus soulagée lorsqu'elle se leva pour partir. Elle me conseilla fermement d'aller m'allonger. Du repos, du repos et encore du repos, c'était ce qu'il me fallait. C'était ce qui me permettrait de me rétablir. Je lui promis d'aller dormir.

Je les regardais partir, dans sa Golf noire, et ressentis une pointe de douleur en constatant que mes enfants la suivaient en toute confiance, combien, en l'espace de quelques jours, ils s'étaient attachés à elle.

28

Son bureau était situé à l'avant de la maison, à côté de la cuisine. Elle avait vue sur les dunes. Même ses stylos étaient soigneusement rangés sur sa table de noyer. Une gomme, un taille-crayon et quatre feutres y faisaient figure de nature morte à côté d'une pile de dossiers en couleur. Pour le reste, elle était vide.

La paroi de droite était occupée par une énorme bibliothèque remplie de littérature professionnelle. Des milliers de livres classés par thèmes. Quatre étagères sur les enfants et la pédagogie. Un rayon d'ouvrages de médecine et de psychiatrie. Des rangées de littérature féministe à n'en plus finir. Marilyn French, Anja Meulenbelt, *Le Complexe de Cendrillon* — toutes les foutaises des années soixante-dix dont les autres femmes s'étaient débarrassées depuis longtemps en les revendant aux puces. Ce qu'il pouvait arriver de malheur à un être humain était rassemblé sur ces planches.

Sur la paroi près de la fenêtre était accrochée une photo de Martin, bronzé et souriant dans une veste de sauvetage orange. Je décrochai la photo et observai son visage. Ce visage que je pensais connaître, avec ses sourcils en bataille et son curieux nez de faucon. Je me souvins que la nuit dernière déjà, j'avais examiné sa photo et que je lui avais trouvé un air diabolique. Je ne le retrouvais pas sur celle-ci. C'était tout simplement Martin, souriant après une journée ensoleillée sur un bateau à voile, le Martin en qui j'avais confiance, qui gérait mes économies, qui se chargeait de ma déclaration d'impôts sans jamais rien demander en échange.

À première vue, ma sœur et lui formaient un couple mal assorti. On s'attendait plutôt à voir à ses côtés une femme gaie, ouverte, aimant la voile, le golf, les décapotables. Ans ne s'intéressait pas à ces choses-là. Son passe-temps favori consistait à faire le ménage. Ranger. Trier les objets. Mettre de l'ordre systématiquement. Dans sa propre maison et dans la vie des autres. Enfant déjà, le soir avant de se coucher, elle posait ses chaussures près de son lit et vérifiait à l'aide d'une règle qu'elles étaient bien alignées. Sinon elle ne pouvait pas dormir.

Où pouvait-elle bien ranger les clés ? Pas comme moi, dans une vieille timbale cabossée. Peut-être ne possédait-elle même pas la clé du bureau de Martin. Peut-être avait-il mis en sécurité ses secrets, sachant que, pendant son absence, Ans irait mettre son nez dans ses affaires. Je me rendis compte, tout à coup, qu'il était étrange qu'Ans réagisse aussi paisiblement à sa disparition. Comme si elle trouvait normal qu'il s'éclipse du jour au lendemain. Que s'était-il réellement passé entre eux ? Elle ne m'avait pas tout dit, j'en étais certaine. Car Ans ne faisait pas dans la confidence. Dès le berceau, elle avait appris à se taire.

« *Qu'est-ce qu'elle a maman ?*

— *Rien.*

— *Pourquoi elle est toujours en colère ?*

— *Je n'en sais rien.*

— *Où est papa ?*

— *Dehors.*

— *Qu'est-ce que tu vas faire ?*

— *Ça ne te regarde pas.* »

Il était logique, par conséquent, qu'elle se ferme à double tour. La clé du tiroir de son bureau devait faire partie du trousseau qu'elle avait sur elle. Et si elle le perdait ? C'était fort peu probable, Ans ne perdait jamais rien. En revanche, on pouvait le lui voler. Elle aurait alors besoin d'une clé de réserve. Il devait y en avoir une quelque part dans cette immense maison.

Je passai le doigt sous son bureau et sous sa chaise pour m'assurer qu'elle n'avait pas collé les clés dessous avec de l'adhésif, comme papa avait l'habitude de le faire. Rien.

Tandis que j'étais accroupie, la tête sous le bureau, j'entendis des pas. Quelqu'un faisait le tour de la maison et j'étais seule. Je me recroquevillai plus avant sous le bureau. Je me fis toute petite, la tête entre les genoux, les pieds sous les fesses, et m'efforçais de respirer sans bruit.

Mon Dieu, que faisais-je donc ici ? C'était peut-être Ans qui rentrait et allait me trouver dans son bureau, cachée sous la table. Elle se verrait encore une fois confortée dans l'idée que j'étais complètement folle. Ou bien, c'était le facteur. Ou un témoin de Jéhovah. J'avais des crampes dans la nuque, la tête coincée sous le bureau, pendant que les pas hésitants se rapprochaient. Je devenais paranoïaque. La sonnette retentit. Deux fois. Brièvement, puis plus longuement. À ce bruit perçant, mon cœur s'emballa, je me couvris de sueur. Je me souvins de mes cours de chant avec Mme Hupke. *Détendez vos muscles, un par un, évacuez toutes les tensions. Inspirez, bloquez votre souffle, relâchez le ventre, contractez, pfffff, chassez le stress. Faites de la place. De la place dans l'abdomen, dans les creux, dans la tête. Redressez le dos, avancez le bassin, relâchez les épaules.*

Je m'extirpai de sous le bureau, quittai la pièce et me dirigeai vers la fenêtre du couloir afin de jeter un coup d'œil par l'entrebâillement du rideau pour voir qui se trouvait devant la porte.

Un homme regagnait déjà son Audi gris métallisé garée dans l'allée. Mon âge environ. De dos, il semblait plutôt séduisant. Mince, cheveux bruns mi-longs, jeans, blouson de cuir marron foncé. Il se retourna, jeta un coup d'œil en direction de la porte et des fenêtres de l'étage comme s'il cherchait quelqu'un, comme s'il était certain que, même si elle n'ouvrait pas, cette personne se trouvait dans la maison.

Ma curiosité l'emporta sur mes craintes et je me précipitai vers la porte d'entrée pour le rappeler. Ma voix porta malgré le bruit du vent et il se retourna.

« Ah, il y a tout de même quelqu'un dans cette maison ! » Il revint sur ses pas, en me tendant la main.

Agent immobilier, représentant de commerce, agent d'assurance, comptable… Ces associations me traversèrent l'esprit. De sa personne émanaient une bonne dose de confiance en soi et un optimisme à toute épreuve.

« Bonjour, Harry Menninga. »

Je lui montrai mes doigts bandés, il retira sa main et tressaillit. Il lança un regard furtif sur mon œil au beurre noir et l'impressionnant pansement que je portais juste au-dessus.

« Dites-moi, Martin est-il chez lui ? »

Ma réponse négative ébranla quelque peu sa belle assurance. Il tira une paire de lunettes noires de ses cheveux, l'air embarrassé, la fit tourner en tenant la branche droite, puis la serra entre ses dents. Le vent marin traversait mon pull, je tentais de me protéger du froid et de Harry en serrant fermement mon col.

« Hum. Et vous êtes…

— La sœur d'Ans. J'habite ici provisoirement. Puis-je lui faire une commission ?

— Eh bien… J'aimerais parler à Martin. Mais je n'arrive pas à le joindre. Ni sur son téléphone mobile, ni par courriel. Ans m'a dit à plusieurs reprises qu'il était parti pour quelques jours en voyage d'affaires. Dans ce cas, je devrais pouvoir le joindre sur son portable… »

Je lui proposai un café. J'avais envie de lui faire confiance. Il connaissait Martin. Il était inoffensif. Je décidai de ne pas avoir peur, mais lorsque j'entrai dans le salon en tenant les deux tasses de café, mes mains tremblaient au point que j'en renversai sur la nappe beige. Harry me prit les tasses des mains. Je m'empressai d'aller chercher un torchon.

« Du savon noir, me cria-t-il. Surtout pas de nettoyant multi-usage. Ça ne ferait qu'aggraver les choses. »

Pendant que je frottais les taches, Harry, assis sur le bord du canapé, reversait dans les tasses le café tombé dans les soucoupes.

« Puis-je me permettre de vous demander ce qui vous est arrivé ? »

Je portais ma main à l'ecchymose qui marquait mon visage. J'avais déjà oublié que j'étais affreuse.

« Un petit accident ! Vous pouvez me tutoyer. »

Harry fronça les sourcils, mais fort heureusement, il n'insista pas.

« Tu es un ami de Martin ?

— Oui. Si l'on veut. Ami et collègue. Je suis agent immobilier. J'ai connu Martin à l'agence ZHV. On y a travaillé ensemble. Depuis, je me suis mis à mon compte. Maintenant, on se passe des clients. Martin s'occupe de mes finances. Et on fait de la voile. Il y a deux semaines, on devait aller voir un match de foot Ajax-Feyenoord, mais il n'est pas venu. Ans m'a dit qu'il était malade. Quelques jours plus tard, on devait aller voir un client ensemble, il m'a fait faux bond encore une fois. Il m'a envoyé un pauvre type de la ZHV à qui il avait confié provisoirement ses affaires… Sans m'en parler ! J'étais furieux. Mais maintenant…

Je me pose des questions. C'est comme s'il s'était volatilisé. »

Je bus une gorgée de mon café tiède et lui offris une cigarette qu'il accepta avec reconnaissance.

« J'ai arrêté, dit-il en souriant. Mais tant que je n'en achète pas moi-même…

— Tu n'es pas le seul. Vous allez finir par me ruiner tous autant que vous êtes. »

Il me tendit du feu avec son briquet marqué du nom de son agence et chacun de nous inhala la fumée comme si sa vie en dépendait.

« Bon, je suppose qu'Ans est au travail ? Elle sait où il est ?

— Je me demande si je peux en parler… Il est très perturbé. Il est parti. Il était surmené, il est allé en Espagne. Il a appelé Ans de Madrid et lui a dit de confier son travail à la ZHV.

— Surmené ? Ça ne ressemble pas à Martin… Ça alors, il nous a mis dans de beaux draps. »

Une tension étrange passa sur le visage d'Harry. Il était en colère et faisait de son mieux pour me le cacher. Son pied s'agitait nerveusement.

« Écoute, il faut absolument que je le retrouve. C'est extrêmement important. Quand Ans rentre-t-elle ?

— Je ne sais pas. Elle peut arriver d'un moment à l'autre, comme dans une petite heure. »

Il poussa un soupir.

« Et il a pris son portable ? Laissé une adresse, ou un numéro de téléphone ?

— Non, pas que je sache. Tu devrais demander à Ans.

— Inutile. Et donc, il a appelé ? Nous pouvons peut-être retrouver le numéro... »

Il écrasa sa cigarette. Il me sembla que sa main tremblait. Il était aussi névrosé que moi ! Harry savait quelque chose sur Martin, je le sentais. Mais comment soutirer la vérité au menteur professionnel qu'il était. N'étais-ce pas le propre de tout agent immobilier ?

« Je pourrais essayer de retrouver le numéro. Je te le communiquerai par téléphone dès que j'aurais mis la main dessus...

— Cherchons-le tout de suite.

— Mais je ne l'ai pas sous la main. Il se trouve peut-être dans l'agenda d'Ans. Elle l'a peut-être noté quelque part. Tu es bien pressé, dis-moi. Que se passe-t-il exactement ? »

Je lui resservis du café. La tête dans les mains, il se massait les tempes. « Les affaires. Si je ne parviens pas à le joindre rapidement, c'est la catastrophe. Il est peut-être déjà trop tard.

— Je croyais qu'il avait confié ses affaires à la ZHV. Ils ne peuvent rien faire pour toi ? »

Des gouttes de sueur perlaient sur sa lèvre supérieure. Sa nervosité et sa colère ne faisaient qu'amplifier. « Quel con ! Non, la ZHV n'est pas au courant. Ce sont des affaires privées. Merde. J'y comprends rien... »

Il était hors de lui. À chaque instant, il comprenait un peu mieux combien sa situation était critique. Il passa nerveusement son doigt sur ses sourcils.

« Surmené, je regrette ! » Il eut un rire nerveux.

« O.K., O.K., Martin et moi, on a magouillé avec

des actions. On a chacun investi une petite somme d'argent disponible, on en a tiré un bon profit. Martin se débrouillait mieux que moi sur le marché électronique d'actions, genre Nasdaq. Finalement, je lui ai confié mon argent pour qu'il l'investisse. Et voilà qu'il disparaît. Quel con ! » Il s'apprêtait à taper sur la table, mais il eut juste le temps de se rendre compte que ce n'était pas très poli. Sa main s'immobilisa à quelques centimètres, et il se contenta de se frapper la cuisse de son poing.

« Il m'a dit qu'il fallait qu'on emprunte de l'argent. On disposait d'un bon portefeuille. Ça allait tellement vite ! En empruntant, on pouvait acheter encore plus d'actions — on allait faire un carton. Et je lui ai fait confiance. J'ai versé l'argent sur un compte, il y a deux semaines environ... Et le lendemain, je ne l'ai pas revu. Il s'est barré, tout simplement ! Dieu sait combien de personnes lui ont confié leurs économies. »

Ses mots me donnèrent des frissons dans le dos. Martin avait manifestement besoin d'argent. Ma maison à Amsterdam lui rapporterait beaucoup.

Harry se leva.

« Je dois partir. Sauver ce qui peut encore l'être. Parler avec la banque. Ils appellent tous les jours.

— Tu devrais peut-être prévenir la police...

— Tu es folle ? Ils mettraient leur nez partout. Ce ne serait pas très bon pour ma réputation, je crois. Non, il faut que je le retrouve moi-même. Il est arrivé quelque chose. C'est sûr. Je ne peux pas imaginer qu'il ait cherché à m'arnaquer...

— Ans est au courant ? Je veux dire, de vos

magouilles avec de l'argent qui lui appartient aussi ?

— Non, je crains que non. Ce qui m'étonne, c'est qu'il m'ait demandé juste avant sa disparition de faire une estimation de cette maison. Mais il ne fallait pas qu'Ans le sache, il ne voulait pas semer la panique… Martin est un ami, il faut d'abord qu'on sache ce qui est réellement arrivé. Il faut lui laisser une chance… »

Harry s'adressait plus à lui-même qu'à moi.

Je l'accompagnai jusqu'à la porte, il me tendit sa carte. Il me tapota maladroitement l'épaule, fronça les sourcils. « Tout cela reste entre nous pour l'instant. »

Il leva la tête vers les taches de salpêtre qui couvraient les murs de Duinzicht, lança un dernier regard appréciateur sur la citadelle de mon misérable passé. « Tu m'appelles pour ce numéro, d'accord ? »

Il me fit signe de la main en tenant ses clés de voiture, puis chaussa ses lunettes de soleil alors que le ciel était gris et qu'il menaçait de pleuvoir. « Ciao. »

Pressé, il se hâta de regagner son Audi. Les feux clignotèrent, un clignotement nerveux comme lui. Il s'installa au volant, il était déjà ailleurs. Il démarra dans un crissement de pneus.

29

L'argent. Existait-il un mobile plus banal pour pousser quelqu'un à la folie ou le faire disparaître ?

L'argent ne m'intéressait absolument pas. La situation confortable dans laquelle je me trouvais me donnait le privilège de ne pas m'en préoccuper. J'avais reçu un héritage. Mes parents avaient travaillé d'arrache-pied. Ils avaient toujours économisé, et nous avaient laissé un petit capital, ce qui me permettait d'être propriétaire et de vivre de ma musique. Je me contentais des petits revenus que me rapportaient mes tours de chant.

Je ne pouvais concevoir que l'argent représente un motif suffisant pour nuire à autrui ou pour tuer. L'amour, la jalousie, la passion obsessive, la colère destructive, d'accord, mais l'argent ? Vivre pour de l'argent, travailler pour de l'argent, cela me semblait terriblement ennuyeux.

J'avais demandé à Harry ce qu'il y avait d'excitant à investir dans des actions. C'était un jeu exaltant, comme les jeux de hasard, et le but, c'était de gagner, de voir les cours grimper, de revendre juste au bon moment et de réinvestir ce qu'on venait de gagner, de faire encore plus de profits, de jouer comme des gamins avec les multinationales, m'avait-il répondu. Il en retirait une sensation de pouvoir, le sentiment d'être quelqu'un. Il était difficile de s'arrêter.

Il s'y était résolu parce qu'il n'était pas assez sûr de lui. Il attendait trop longtemps ou, au contraire, pas assez. Il avait manqué de témérité, par conséquent, il avait beaucoup perdu. Mais Martin... Martin avait de l'audace, lui. Il osait prendre des risques.

Et voilà qu'il avait disparu. Avec l'argent de son ami, et peut-être celui d'Ans. Devais-je lui en parler ? Non, pas encore. Je voulais d'abord rassembler des preuves. Harry était la personne tout indiquée pour m'aider.

Ans et les enfants arrivèrent les bras chargés de sacs de provisions. Ans me tendit une poche blanche pleine de médicaments. « Tu ne dois pas boire d'alcool », ajouta-t-elle en se dirigeant vers la cuisine, un sachet de fruits sous le bras. Wolf et Merel la suivaient, excités. « On va préparer un chocolat chaud ? On va faire des gâteaux ? Maman, tu viens aussi ? On va faire des spéculos ! Allez viens, maman. » Wolf me prit par la main et m'entraîna. Je le suivis tout en me sentant un peu inutile. J'avais le sentiment d'être enfermée sous une cloche de verre, coupée du reste du monde. Je les voyais, ils me voyaient eux aussi, mais il n'y avait pas de réel contact entre nous.

Ans posa son trousseau de clés sur la table, près des sacs à provisions. Merel et Wolf fouillaient dedans, débordants d'enthousiasme. Ils agitaient sous mes yeux toutes les bonnes choses qu'ils avaient eu le droit d'acheter.

« Regarde, maman, de la crème au chocolat ! Et des mini-Twix ! Mais regarde, maman ! »

Je ne regardais pas. Je surveillais les clés, un énorme trousseau d'où pendait une petite bouée orange. Ans s'en empara, se dirigea vers une petite peinture accrochée au mur et l'ouvrit. Elle suspendit les clés à côté des autres, chacune munie d'une bouée de couleur différente. Le petit tableau servait visiblement de placard à clés.

« Il est drôle ce petit placard », remarquai-je, en observant la peinture de style naïf, un peu niaise : une petite ferme, de grandes portes d'étable, devant, un couple de paysans assis sur un banc. Les portes de l'écurie s'ouvraient à l'aide d'une petite poignée en bois. Il n'y avait qu'Ans pour accrocher quelque chose d'aussi kitch et, qui plus est, s'en servir.

« C'est Martin qui me l'a rapporté de Suisse. Il l'avait vu dans une petite pension où il logeait, il l'avait trouvé si drôle qu'il avait demandé s'il était à vendre. La patronne les fabriquait elle-même, avec son mari.

— Oh, comme c'est gentil. Il faisait quoi, en Suisse, Martin ?

— Du ski. Tiens. Va donc dans ta chambre, je m'occupe des enfants. »

Elle me tendit une tasse de thé chaud qui sentait le pipi.

« Du millepertuis. Pour le calme intérieur et contre la dépression !

— Ah bon. » J'avalai une gorgée de la tisane brûlante. Elle était insipide. Je savais à présent où elle cachait ses clés. J'en étais toute excitée, presque euphorique. Dans le bureau de Martin, je trouverais des réponses à mes questions, j'en étais convaincue.

Rini avait vu les flammes la première. J'étais dans sa cuisine en train de boire un verre de vin lorsqu'elle s'était mise à hurler que ma maison brûlait. Nous nous étions précipitées dehors en hurlant tandis que des flammes jaillissaient de ma cuisine. Je criais : « Les enfants, mes enfants dorment en haut ! » Je voulais pénétrer dans la maison et monter à l'étage, mais j'étais entièrement paralysée. Je me retournais. Rini avait disparu, j'étais seule à regarder ma maison en feu. J'avais envie de pleurer, mais les larmes ne venaient pas. Ma tristesse était trop grande, ma peur trop intense. Je ressentais une douleur fulgurante dans le ventre comme si j'étais en train d'accoucher, comme si les enfants qui étaient sortis de mes entrailles tentaient de s'y introduire de nouveau. Je baissais les yeux et voyais que j'étais enceinte, mon ventre tendu formait une grosse boule. Ma mère apparaissait brusquement devant moi. Elle me jetait un regard plein de mépris. « Voilà ce qui arrive, me lançait-elle, tu l'as bien mérité ! Tu ne peux pas désirer un enfant et en refuser un autre. »

Elle poursuivait son chemin. Je voulais lui courir après, mais mes jambes se dérobaient sous moi.

Le bébé glissait de mon ventre. Je ne le sentais pas, il tombait à terre et se mettait à pleurer. Je levais les yeux et m'apercevais qu'il n'y avait pas d'incendie. Merel et Wolf sortaient de la maison et accouraient, heureux d'accueillir leur petit frère. Merel le prenait dans ses bras et le couvrait de baisers.

Je me réveillai à ce moment-là. Je transpirais et j'avais la bouche sèche et poisseuse. La profonde tristesse que j'avais ressentie dans mon rêve m'habitait encore. Comme si je me trouvais dans une eau profonde. Le flux lent de mon sang dans mes veines ressemblait au bruit de la mer. Je glissai de nouveau, retournai à mon cauchemar tout en sachant que c'était un rêve, mais je ne parvenais pas à me réveiller.

Quelqu'un me secouait les épaules. Me caressait le front.

« Hé, fit Ans doucement. Ça va ? »

Je secouai la tête et sentis mon cerveau cogner contre mon crâne. Je tentai de me redresser, mais mes muscles ne répondaient pas.

« Reste allongée », dit-elle en posant sur moi une couverture de laine.

Étendue sur le canapé, je devinais l'odeur du feu dans la cheminée. Il devait être tard, car je n'entendais plus les enfants.

Un doux air de piano retentissait dans le salon. Je revenais de loin. Je fermai les yeux, les notes parcimonieuses plongeaient le salon dans une ambiance de funérarium.

J'avais l'impression d'être déjà morte. La vie me quittait doucement. Chaque jour, je perdais un peu plus de ma vitalité. Je m'affaiblissais. Que m'arrivait-t-il ? Je demandai à Ans un peu d'eau, elle m'en apporta, puis m'en donna encore. Je bus comme si mes jours en dépendaient. Près de moi, les mains sur les genoux, elle me regardait comme elle aurait regardé une attardée mentale.

« Qu'est-ce qui m'arrive ? » lui demandai-je. Elle me répondit que la tempête qui sévissait dans ma tête se calmerait si je prenais du repos. Selon elle, la fatigue et la perte d'énergie venaient des médicaments. Je ne me souvenais pas avoir pris de médicaments. « Je veux sortir. »

Ce n'était pas une bonne idée, selon Ans. Elle me trouvait trop instable pour sortir seule.

« Je ne vais nulle part, seulement prendre un peu l'air. Je n'ai pas mis le nez dehors de toute la journée. »

Je ne pouvais rester une minute de plus dans cette maison. Les tapotements sur le piano résonnaient comme des couvercles que l'on aurait entrechoqués près de mes oreilles. Ans proposa que nous fassions un petit tour ensemble, mais je ne voulais pas que les enfants restent seuls. Je voulais réfléchir, je n'avais pas besoin d'elle.

30

Les jambes flageolantes, j'avançais contre le vent en titubant et j'essayais d'allumer une cigarette. Mes pensées se collaient, s'agglutinaient, s'enchevêtraient, puis elles se dissipaient. Je ne savais plus ce que je faisais dehors, dans la nuit, ni ce qui m'était arrivé aujourd'hui. Je respirai profondément et posai le doigt sur ma plaie. La vive douleur que je ressentis me fut presque agréable. J'étais encore capable d'éprouver des sensations.

Ma Golf d'un blanc sale se trouvait sur le parking à côté de celle d'Ans, noire et reluisante. Ma petite voiture, vaillante, robuste. Le dernier de mes biens ici-bas. Demain, je l'astiquerais. J'avais le temps de m'occuper de ce genre de choses à présent. Je frotterais la laque devenue terne, je traiterais les points de rouille et les peindrais, je gratterais les fientes d'oiseaux. Je jetterais tous les gobelets de Coca-Cola, les chaussettes sales et les restes de sandwichs. Je passerais l'aspirateur pour retirer des sièges le sable et les miettes. Demain, ma fidèle Golf brillerait autant que celle d'Ans.

Je tenais à ma voiture, même si parfois ce n'était

qu'un vieux tas de ferraille capricieux qui aux moments les plus inopportuns refusait catégoriquement d'avancer.

La portière était ouverte. J'avais visiblement oublié de la fermer. Je m'assis derrière le volant et respirai l'odeur d'humidité et de renfermé. J'allumai la radio et tirai de sa pochette un CD des Red Hot Chili Peppers qui se trouvait toujours dans le vide-poches. Il faisait froid et je ressentis une douleur au bout des doigts en l'introduisant dans le lecteur. Des chiffres verts lumineux apparurent sur l'écran. L'heure : 03.30. Il allait bientôt faire jour. Avais-je dormi aussi longtemps sur le canapé ? Je tâtai la poche de mon manteau pour vérifier l'heure sur mon portable, mais j'avais dû le laisser à l'intérieur. Mince ! Quelle heure était-il quand je m'étais sentie mal et que je m'étais allongée ? Cinq heures et demie environ. Je venais donc de passer presque dix heures dans une sorte de coma.

Ans ne dormait pas lorsque j'avais repris mes esprits. Ça aussi, c'était curieux. Était-elle restée à côté de moi jusqu'à trois heures et demie ? Je plantai mes dents dans la partie charnue de ma main. J'avais perdu toute notion de temps. Je ne faisais plus partie de ce monde. J'évoluais dans une zone floue. Pour la première fois, je me mis à douter de moi-même. Et s'ils avaient raison, si je perdais vraiment la tête ?

Je me précipitai dans la maison, haletante. Je suspendis mon manteau dans le vestibule et entrai dans le salon où Ans était en train de lire.

« Quelle heure est-il ?

— Tard. Trop tard. Allons nous coucher. » Ans posa son livre, s'étira de tout son long.

« Quelle heure ? » J'étais à bout de souffle, je n'avais pourtant pas fait d'effort. Ans se leva.

« Au moins trois heures et demie. Tu as dormi tellement longtemps…

— Et toi, pourquoi tu n'es pas couchée ?

— Je n'ose pas te laisser seule ma chérie. Victor m'a dit de rester près de toi. Pour savoir si les médicaments agissent. Pour m'assurer que tu n'es pas trop abrutie, ni trop agitée. Viens, je t'accompagne à l'étage. »

Elle me passa d'autorité la main autour de la taille et me dirigea en douceur vers l'escalier. Je me dégageai.

« Je peux aller me coucher toute seule », lui lançai-je sèchement.

Ans afficha son sourire bienveillant. « D'accord. Pourvu que tu prennes tes médicaments. Ils se trouvent sur ta table de nuit. »

Je m'engageai dans l'escalier, mais à mi-chemin, je me sentis incapable d'aller plus loin. Je n'avais pas la force de gravir une marche de plus. J'étais tout à coup si épuisée que j'aurais pu m'endormir sur place, la tête posée sur la peluche du tapis d'escalier.

Ans me tira par le bras.

« Viens, nous sommes presque arrivées. Tu vas bientôt pouvoir dormir. » Elle me hissa sur mes jambes, me saisit le bras droit, le passa par-dessus son épaule et m'aida à monter péniblement l'escalier. Elle me parlait comme à un enfant qui apprend tout juste à marcher. Arrivée en haut, elle me plaqua contre le mur, ouvrit la porte et appuya sur l'interrupteur.

« Bien, nous y sommes. Allons, déshabille-toi, je vais te chercher un verre d'eau. »

Cette chambre n'était pas celle où j'avais dormi. Les enfants n'étaient pas ici. Je ne les avais plus vus depuis cinq heures et demie. Je regardai dans l'armoire. Mes vêtements étaient suspendus à des cintres. Mes T-shirts, mes culottes et mes chaussettes empilés sur un rayon, soigneusement pliés. Ils sentaient la lavande. Ans avait changé mes affaires de place. Ou était-ce moi qui l'avais fait ? Je ne m'en souvenais pas. Je ne savais plus quel jour nous étions, quel mois, ce que j'avais fait aujourd'hui. Je posai mon regard sur ma main et vis du sang. Dans la chair, sous le pouce, les traces de mes dents. Je m'étais mordue.

Ans nettoya la plaie avec de l'alcool. Elle secoua la tête.

« Qu'est-ce qui t'arrive ? Tu ne vas tout de même pas te mettre à te mordre ? »

Je lui demandai où étaient les enfants. Dans ma chambre, répondit-elle. Ils n'y voyaient pas d'inconvénient. Ils comprenaient que leur mère était malade.

Je voulais les voir.

« Tu ferais mieux de dormir », dit-elle. Puis, de ses dents, elle déchira un morceau de sparadrap.

« Ils ne craignent absolument rien. Mieux vaut ne pas les réveiller maintenant. Cela ne ferait que les inquiéter. »

Elle me tendit un verre d'eau et une capsule jaune.

« Tiens, ça t'aidera à dormir et demain tu auras retrouvé tes esprits. »

Je refusai le comprimé. Je n'avais pas besoin de ces cochonneries pour dormir, j'étais bien assez fatiguée. Je me sentais suffisamment vide et perturbée. Les médicaments ne feraient qu'aggraver les choses.

Elle ne discuta pas.

« Bois au moins un peu d'eau. Ça te fera du bien. »

Je pris le verre, mais il me glissa des mains. Ans me proposa d'aller en chercher un autre. Je répondis que ce n'était pas la peine. De toute façon, je devais aller aux toilettes. Elle hésita et se rétracta, après m'avoir répété que mes médicaments se trouvaient à gauche dans la table de nuit. Au cas où.

Ça faisait à peine six mois que je vivais avec Steve à Amsterdam quand ma mère réussit enfin à se donner la mort. Six jours avant Noël, elle s'était allongée sur son lit, dans sa robe des dimanches, et avait avalé tous les comprimés qu'elle avait pu trouver dans la maison. Il y en avait en quantité. Du Seresta contre l'anxiété, du Lithium contre la dépression, du Tégrétol contre les crises d'épilepsie, de l'Haldol pour traiter la psychose. Dans la salle de bains se trouvait un grand placard blanc en métal rempli de médicaments ayant pour but de maîtriser ma mère. Fermé d'ordinaire, ce dimanche-là, il ne l'était pas. Mon père était en train de bricoler sur la plage. Ans étudiait dans sa chambre. Ils n'avaient rien remarqué de particulier, ni l'un ni l'autre. Ils ignoraient comment maman s'était procuré la clé. Avait-on oublié de la retirer de la serrure ? Savait-elle où elle se trouvait ?

J'en étais malade. Pas tant d'avoir perdu ma mère — je l'avais perdue depuis longtemps — mais plutôt que sa vie n'ait eu aucun sens, pas plus que sa mort. Nous avions fermé les yeux, détourné la tête. Nous l'avions bourrée de médicaments pour qu'elle nous fiche la paix. Un bon psychiatre aurait-il pu faire quelque chose pour elle ? Aurions-nous pu l'aider si nous avions réellement pris la peine de l'écouter ? Nous rejetions tout ce qu'elle disait comme venant d'une folle. Une malade qui nous empoisonnait l'existence, dont nous nous serions volontiers passés. Comment papa avait-il pu la supporter aussi longtemps ?

« Elle a été une bonne épouse, déclara-t-il après l'enterrement. Et à présent, elle repose en paix, libérée de la maladie qui la faisait souffrir. »

Que pouvait-il faire ? Se débarrasser d'elle en demandant son internement ? Divorcer et la laisser errer dans les rues ? Il avait fait ce qu'il pensait être le mieux. Il était resté à ses côtés pour le pire et le meilleur, comme il s'y était engagé. Mais finalement, il s'était conduit comme un lâche. Il n'avait jamais vraiment tenté quoi que ce soit pour elle. Dès qu'il pouvait, il fuyait la maison, lui laissant le soin de s'occuper de la pension. Et lorsqu'elle n'en fut plus capable, le placard blanc rempli de drogues entra en scène et ma mère devint un robot.

Elle n'avait pas laissé de lettre d'adieux. Je ne me souvenais pas qu'elle ait jamais dit qu'elle nous aimait. Le médaillon qu'elle portait lorsque Ans la trouva renfermait une photo de Stephan, notre petit frère décédé. Elle n'avait jamais surmonté sa disparition. Elle était enfin près de lui, à présent, avait dit mon père. Depuis douze ans qu'il était mort, c'était la première fois qu'il évoquait Stephan.

L'enterrement de maman : quelle désolation ! Il faisait chaud pour cette époque de l'année. Nous étouffions dans nos ensembles de laine noire. Nous n'étions qu'un petit groupe. Ans, papa, Steve, quelques voisins et quelques membres du personnel. Une famille peu nombreuse, isolée. Ni grands-pères, ni grands-mères, ni tantes, ni oncles. Maman était une enfant naturelle. Papa, lui, était né d'un couple qui se croyait stérile. La famille de Steve voulait venir, j'avais réussi à l'en dissuader. Cela aurait fait un tel contraste. La sienne, nombreuse, colorée, volubile. La mienne, morne et frileuse.

Ans fit un discours. Maman avait enfin trouvé la sérénité à laquelle elle aspirait depuis tant d'années. Elle allait nous manquer. Tant de questions restaient sans réponses. Nous prendrions soin de papa et nous nous occuperions de la pension. *Moi pas*, me disais-je. Je ressentais plus que jamais le besoin de me délivrer de ce poids, de sortir de ce trou étouffant, de fuir le plus loin possible. Ma vie était sur le point de commencer, rien ne me retiendrait. Je vivrais pleinement. Je jouerais un rôle dans le monde et le jour où je mourrais, mes amis pleureraient et danseraient sur ma tombe. Pour ma mère, personne n'avait pleuré. Moi non plus. J'étais furieuse. Elle avait laissé sa vie lui filer entre les doigts sans opposer la moindre résistance.

Dans la salle de réception, on servit du café et du cake. Ans s'affairait parmi les personnes qui chuchotaient, passait son bras autour d'une épaule, apportait un café à papa, serrait des mains moites. Ses talons martelaient le linoléum, je ne supportais pas la façon dont elle jouait l'ange salvateur, le pilier de la famille.

« Ta sœur, quel courage ! Et gentille avec ça ! Je lui tire mon chapeau. Quelle chance pour ton père qu'elle soit prête à reprendre Duinzicht. »

Personne n'avait adressé la parole à Steve. En costume blanc, dans un fauteuil de plastique noir, il se tenait droit comme un i. Son crâne rasé enduit d'huile de noix de coco reluisait. Je savais que les chuchotements des voisins nous concernaient, des remarques du genre : « Quel calvaire pour cette pauvre femme ! » Après le café, dans la fournaise de la voiture, sur le parking, j'avais ouvert la braguette de Steve, j'avais baissé son short modèle boxer en soie noire et l'avais fait pénétrer en moi sans préliminaires. « *Oh, baby, you are crazy* », avait-il soupiré.

31

J'avais quatre appels sur ma messagerie et deux SMS. Geert avait appelé, furieux que je ne me sois pas rendue à notre rendez-vous. « *Je sais où tu es, Maria. Chez ta sœur, évidemment. J'arrive. Je ne me laisserai pas faire plus longtemps !* »

Ce ton menaçant me fit peur. Et qu'il veuille venir ici encore plus. Avec Ans, la situation serait explosive.

Le deuxième message était de Steve. « *Hello baby, pourquoi tu ne rappelles pas ? J'ai une bonne nouvelle, t'sais. Et j'ai besoin de toi. Rappelle-moi, S.T.P.* »

Et encore une fois : « *Écoute baby, puisque tu ne rappelles pas : je vais participer au festival national de la chanson…* » Il hurlait de rire en le disant. « *Et je te demande de m'accompagner. Pour le chœur… Oui, saisis ta chance, Maria ! C'est maintenant ! Tu as une bonne raison de me rappeler maintenant, j'espère. Bye.* »

Le festival de la chanson. Steve était de retour depuis un mois à peine et il avait déjà des projets à revendre. Cela me fit sourire. J'avais toujours pensé que dans une carrière, le festival de la chanson marquait le début de la fin. Mais vu que la mienne n'avait jamais vraiment commencé... C'était une opportunité. Une petite opportunité, mais tout de même. Je passerais à la télévision. Je rencontrerais des gens du métier. Je pourrais demander davantage pour me produire. Et si notre chanson gagnait et nous permettait de participer à l'Eurovision, nous passerions au plan international. Cela nous ferait une sacrée publicité.

Pour la première fois depuis longtemps, j'entrevis une lueur d'espoir. Il y avait des semaines que je n'avais pas pensé à mon avenir, si ce n'était en termes de fuite et de survie. Je pouvais tout à coup me raccrocher à quelque chose, à l'opportunité que j'attendais depuis mon adolescence. Je pouvais de nouveau faire des projets. J'irais avec Steve au festival de la chanson quoi qu'il arrive.

Le dernier message était de Van Dijk : « *Nous désirons vous poser encore quelques questions dans le cadre de notre enquête sur l'incendie de votre maison. Pourriez-vous nous contacter le plus rapidement possible ?* »

Un SMS de Rini — elle demandait de nos nouvelles. Le deuxième était d'une certaine Petra. C'était le prénom de ma mère. Il en était fort probablement l'auteur.

« *Où que tu ailles, tu ne pourras échapper à ton sort.* »

Expéditeur : Petra

Numéro : (inconnu)

Je tressaillis comme si je venais de recevoir un seau d'eau glacée sur la tête. Mon sort. Quel était mon sort ? De devenir folle, comme ma mère ? Qu'il me trouve et qu'il me tue ? Ah, non ! Pas question. Mon sort, c'était de chanter avec Steve sur la scène du festival de la chanson.

J'avais enfin la preuve que ces menaces n'existaient pas seulement dans mon imagination. Je sauvegardai le message pour le montrer à Ans, à Victor et à Van Dijk. Ce dernier aurait quelque chose à se mettre sous la dent.

Aujourd'hui, j'avais l'intention d'aller à Amsterdam. Je parlerais à Van Dijk et j'irais voir ma maison. J'appellerais peut-être Geert et Steve. J'avais passé assez de temps sur le canapé, à moitié endormie.

Je ne parvenais pas à convaincre Ans que je pourrais me débrouiller seule. Elle insistait pour m'accompagner. Mes médicaments m'interdisaient de conduire et, selon elle, je n'étais psychiquement pas en état de subir un interrogatoire de police.

« Je ne peux pas te laisser partir. Je suis responsable de toi. J'ai dû intervenir pour que Victor ne te fasse pas enfermer. Imagine qu'il se passe quelque chose en route ! Si les questions de la police te perturbent, je ne serai pas là pour te protéger ! Ni pour empêcher qu'ils ne t'internent ! Laisse-moi appeler Van Dijk et lui demander de venir ici…

— Ans, je n'aurai pas de crise. Je veux seulement voir dans quel état est ma maison. J'ai besoin d'agir. Si tu appelles, ou si tu m'accompagnes, ils croiront vraiment que j'ai une araignée au plafond.

Je vais bien, je t'assure. Et j'ai arrêté les médicaments. Ils me transformaient en zombie. J'avais les mains qui tremblaient. Je me sentais fatiguée et je devenais apathique. J'en ai assez de rester passive sur le canapé. J'y vais et ce soir je rentrerai saine et sauve. »

Elle ne put me retenir. J'étais fermement décidée à partir. Ans versa en silence du café dans une petite bouteille Thermos qu'elle me tendit.

« Sois prudente. Appelle-moi quand tu seras arrivée.

— Je t'appellerai. Occupe-toi bien des enfants.

— Évidemment. »

Merel trépignait pour que je l'emmène avec moi. Elle voulait aller en ville elle aussi, voir sa chambre, ses amies. Ans la consola en lui promettant une surprise. J'enfilai mon manteau, pris mon sac, mis mes lunettes de soleil, serrai Wolf contre moi, fis un câlin à ma fille en colère, puis je sortis.

Comme il était bon de conduire, de voir le soleil, même s'il ne brillait que faiblement. D'écouter la musique que j'aimais. *With birds I share this lonely view.*

J'avais l'impression de sortir d'une cave pleine de boue. La peur avait disparu. J'avais la clé de son bureau dans mon sac. Je l'avais dérobée dans le petit placard à un moment où Ans se trouvait dans la cuisine.

Je mis le CD sur lequel je répétais. Des chansons des Supremes, Dusty Springfield, Aretha Franklin, Ann Peebles, Gloria Gaynor. *I Will Survive.* Jeunes ou vieilles, étudiantes ou caissières, le public féminin adorait.

Do you think I'd crumble,
Do you think I lay down and die,
O no not I,
I will survive.

Je chantais. D'abord d'une voix ténue et mal assurée, qui dérailla plusieurs fois, puis elle se fit plus profonde et finit par sortir de mes tripes. En chœur avec Gloria, je hurlais pour me libérer de toutes les tensions accumulées.

Go now go,
Walk out the door,
Just turn around now,
You're not welcome anymore.

Cette chanson, c'était pour moi : « *Comment survivre à Steve !* »

Je volais, je me détachais de l'asphalte. Je chantais dans mon vidéoclip. J'étais bonne. J'étais sacrément bonne.

J'entrai dans Amsterdam. Des passants flânaient dans les rues. Le tintement du tram me fit sursauter ; au fur et à mesure que le quartier me devenait plus familier, mes mains devenaient moites. Je passai devant la boulangerie où le matin j'allais chercher les petits pains aux sept céréales et les croissants, devant le marchand de légumes avec son mélange « spécial wok » et le snack-bar, ouvert vingt-quatre heures sur vingt-quatre, ses frites ketchup, oignons, mayonnaise que nous avions l'habitude de manger après un tour de chant. J'aperçus les mères des camarades de classe de Wolf qui passaient à bicyclette.

Lorsque je m'engageai dans ma rue, mes muscles se tendirent comme pour former une sorte d'armure, mes articulations semblaient craquer à chaque mouvement. Impossible de se garer. À ma place habituelle se trouvait une Saab noire rutilante, flambant neuve.

En sortant de la voiture, je remarquai une grille de sécurité dressée autour de la maison. La fenêtre de la cuisine était fermée par des panneaux de bois. Les briques rouges étaient noircies et le rebord, vert foncé d'ordinaire, était carbonisé. Au premier, la fenêtre de la chambre de Wolf et de Merel était ouverte. Leurs rideaux bleu ciel imprimés de petites lunes flottaient tristement à l'extérieur. La fenêtre de ma chambre, attenante à la leur, était, elle aussi, recouverte de panneaux de bois. La glycine s'était détachée du mur. Triste, elle se balançait mollement dans le vent.

Je poussai un profond soupir et posai la main sur l'acier froid de la grille. Un mot était collé sur la porte d'entrée : « Prière de déposer le courrier au numéro 11. »

Ce devait être Rini. Je battis des paupières pour chasser mes larmes, puis j'allumai une cigarette.

« Ça semble pire que ça ne l'est en réalité », me lança Van Dijk en sortant de la Saab noire. Il venait à ma rencontre en me tendant la main. « Bonjour, madame Vos. Les étages supérieurs sont intacts, si ce n'est de légers dégâts des eaux. »

Je lui montrai mes doigts blessés sans lui serrer la main.

« Oh, excusez-moi, qu'est-ce qui vous est arrivé ?

— Un petit accident, répondis-je en remettant mes lunettes de soleil.

— Eh bien, vous n'avez pas de chance ces derniers temps.

— Je peux entrer ?

— Oui, vous pouvez. Mais vous allez salir vos chaussures. Il y a encore de l'eau dans la cuisine.

— Ça ne fait rien. Je veux voir. »

Il ouvrit la chaîne cadenassée, fit glisser la grille et me précéda pour monter l'escalier conduisant à l'entrée. La porte était fermée par un cadenas dont il avait aussi la clé. Le vestibule était recouvert d'une couche d'eau de trois centimètres au moins. Van Dijk portait des bottes en caoutchouc. Leur taille était impressionnante. Il tira une lampe de la poche intérieure de son pardessus. Je dus retirer mes lunettes de soleil pour voir où je mettais les pieds. Son regard s'arrêta sur mon œil boursouflé et meurtri.

L'escalier n'était plus qu'une structure carbonisée. Les murs étaient noirs de fumée, le plâtre se détachait par endroits. Les photos sous cadre de Geert et moi sur scène avaient disparu, ne laissant que des morceaux de plastique fondus qui pendaient. Plus de portemanteau, ni de rangées de bottes en caoutchouc au-dessous. Des vélos de Wolf et de Merel il ne restait plus que les cadres abandonnés contre le mur. On aurait dit que la maison se trouvait dans un pays en guerre.

Je suivis Van Dijk dans la cuisine. Le chambranle de la porte était soutenu par un poteau d'acier. Ce qui restait des placards au-dessus de l'évier pendait de guingois, les portes avaient été arrachées. La table, les chaises en bois, tout avait disparu, fondu, avait été disloqué, consumé, réduit en une poussière noire qui flottait dans l'eau. La maison de poupées Barbie de Merel n'était plus qu'un amas de plastique rose sale. À la place des portes-fenêtres ouvrant sur le jardin : un grand trou béant. Ma planche à repasser gisait dehors, les pieds en l'air.

J'avais fait du repassage deux jours avant notre départ, préparé le thé. Merel jouait sur la table avec ses Barbies. Wolf regardait la télévision. Pendant ce temps-là, les petites lampes étaient allumées.

Van Dijk indiqua les étagères attaquées par les flammes qui pendaient en biais au-dessus du robinet, seul au milieu des carreaux noirs de fumée. « Nous pensons que c'est ici que l'incendie s'est déclaré. Regardez, la planche du bas s'est entièrement consumée. L'ampoule l'a brûlée de part en part. Au-dessus, vous rangiez les produits de nettoyage. Les bouteilles ont explosé.

— Non, je range les produits de nettoyage dans le placard au-dessous de l'évier. Dans celui du haut, il y avait de l'huile d'olive, du ketchup, du vinaigre, de la sauce de soja. Ce genre de choses. Et sur le rayon supérieur, il y avait des boîtes de sucre, des sachets de pâtes, de riz.

— Peut-être que vous vous trompez. Vous aurez

rangé une bouteille d'alcool à brûler en haut par erreur. Nous avons aussi trouvé les restes d'un bidon d'essence pour briquet.

— C'est celui de Geert. Il s'en sert pour son Zippo. Mais est-ce qu'il ne le rangeait pas toujours dans le tiroir de son bureau ?

— Nous l'avons longuement interrogé. Il a déclaré qu'il se pouvait qu'il ait mis le bidon dans le placard de la cuisine par inadvertance… »

Van Dijk traversa la flaque de boue noirâtre d'un pas décidé et se dirigea là où se trouvaient la cuisinière et le four. Tout avait été arraché. Le mur, le plancher. La hotte d'aération.

« … Nous voilà devant la principale énigme. Le four a explosé comme une bombe en quelque sorte. Pour cela, le gaz était nécessairement ouvert, ou bien il y avait une fuite. Petite ou très brève, car si le gaz s'était échappé longuement et s'il s'était répandu dans toute la cuisine, la maison n'existerait plus. Et celle des voisins non plus sans doute. »

J'éprouvai soudainement un besoin irrésistible d'air pur et ne pus supporter une seconde de plus l'odeur de soufre pénétrante laissée par l'incendie, ni la vue de ma maison dévastée. Je me retournai, trop brusquement, des étoiles apparurent devant mes yeux. Van Dijk me saisit par le coude.

« Ça va, madame Vos ? Nous ferions mieux de sortir. »

Il me guida devant lui avec précaution, m'enserrant la taille de sa main droite, me tenant fermement le bras avec la gauche. J'avalai ma salive au goût amer.

Dehors, la clarté m'aveugla. Van Dijk me soutenait toujours. Il ouvrit la portière de sa Saab côté passager et m'aida à m'asseoir.

« Vous êtes très pâle. Penchez-vous en avant, la tête entre les genoux. Doucement. Je vais fermer. Ça ira ? »

J'acquiesçai, tête en bas, vacillante. Ça allait. Excepté mon œil au beurre noir dans lequel je ressentais des élancements à cause de l'afflux soudain de sang. J'examinai mes bottes. Couvertes de cette bouillasse noire, elles étaient complètement fichues. Van Dijk repoussa la grille dont le grincement me donna la chair de poule.

Il s'installa derrière le volant et proposa que nous nous rendions au commissariat. Je n'étais pas en état de conduire selon lui, je ne pouvais faire autrement que d'approuver en tremblotant. Avant de démarrer, il me tendit une poche en plastique. « Au cas où vous auriez envie de vomir. » La voix de Mariah Carey retentissait dans la voiture. *All I want for Christmas, is you.*

« Pourriez-vous arrêter cette musique ? » demandai-je. Il tourna immédiatement le bouton. *It'll be lonely this Christmas, lonely and cold.*

« Je crains qu'il n'y ait pas moyen d'échapper aux chants de Noël, dit-il en riant d'un air gêné. Je comprends que vous ne soyez pas d'humeur à écouter ça. »

Il éteignit la radio. « Voilà. C'est fini ! C'est mieux comme ça ? »

Je hochai la tête. Van Dijk devait vraiment me trouver à plaindre : mère célibataire sans abri, et cela à la veille de Noël.

Au commissariat, un grand sapin de Noël couvert de rubans, de guirlandes lumineuses et de boules de verre rouges trônait près de la réception. « Oh, on se croirait chez soi ! » bougonnai-je. Pour sa part, il s'en serait bien passé, répliqua-t-il.

Le contraste était trop grand. Les malfaiteurs, les victimes, les fauteuils coquilles en plastique, la machine à café et le sapin de Noël. Le tout rendait l'atmosphère du commissariat encore plus glaciale. J'imaginais très bien qu'un criminel venant juste de se faire arrêter ait une irrésistible envie de balancer ce sapin à travers le hall d'entrée. Moi aussi, je me retenais. Je le suivis dans la pièce réservée aux interrogatoires, terne et grise, sans fenêtre et qui empestait la nicotine et la sueur refroidie.

« Ah, au moins ici, j'ai le droit de fumer », remarquai-je en lançant mon sac sur une chaise. Van Dijk posa sur la table deux tasses de café et un cendrier et prit place en face de moi. Il sortit un dossier de son sac et le posa devant lui.

« Bien, madame Vos. Mes collègues et moi, nous sommes très ennuyés par cette affaire. Vous dites être menacée par un inconnu, ce qui, en effet, a été confirmé par certaines personnes de votre entourage. Mais en dehors de ces déclarations, nous ne disposons d'aucune preuve tangible. Il y a bien le coup de fil à la compagnie Remember, mais il venait de votre propre téléphone mobile. Nous ne pouvons retrouver le jeune homme qui vous a apporté le colis au cercle des étudiants de Leyde. Il était à mobylette, et a gardé son casque quand il vous l'a remis. Les lettres qui vous étaient adressées ont disparu dans l'incendie. Et ce dernier a très vraisemblablement été provoqué par une négligence de votre part. »

La tête dans les mains, j'étais accoudée à la table. « Il est très malin. Il s'arrange pour me faire passer pour folle. Pour faire croire que je suis moi-même l'auteur de ces agissements.

— Vous voulez dire qu'il a téléphoné avec votre portable ?

— Oui. Cette nuit-là, il s'est introduit chez moi et il a appelé la compagnie des pompes funèbres. Je me souviens très bien de m'être réveillée et d'avoir eu très peur. Je sentais une présence dans la maison. Depuis, je suis presque certaine de savoir de qui il s'agit. Je ne peux pas le prouver. Mais je pense que c'est mon beau-frère Martin. Martin Bijlsma. Il possède une clé de la maison. Il a un mobile : il connaît des problèmes d'ordre financier et il sait que s'il me fait disparaître, ma sœur bénéficiera de la totalité de l'héritage. Et que c'est lui qui se chargera de le gérer.

— Oh là ! Une seconde. Votre beau-frère, dites-vous ? Le mari de votre sœur, chez qui vous séjournez actuellement ?

— Oui. Il a disparu sans laisser d'adresse. Ma sœur ne l'a pas revu depuis deux semaines. D'après elle, il est surmené et il est parti en Espagne pour récupérer. Bizarre, vous ne trouvez pas ? Pour moi, il n'est pas en Espagne. Il n'est pas loin et il fait tout pour me rendre folle. Regardez. Ce matin, j'ai reçu ce SMS. »

Je tendis mon portable à Van Dijk. Il lut le texte en fronçant les sourcils.

« Ça ne prouve absolument rien. N'importe qui peut envoyer ce genre de message. Il a été envoyé par Internet. Impossible de remonter sa trace. Qu'est-ce qui vous fait penser que votre beau-frère connaît des problèmes financiers ?

— J'ai parlé à un de ses collègues. Un certain Harry Menninga. Martin a placé son argent, puis il a disparu. »

Van Dijk porta son stylo à sa bouche, le fit tourner entre ses dents.

« Et vous pensez que votre beau-frère serait capable de menacer un membre de sa famille et de provoquer un incendie pour résoudre ses problèmes financiers ?

— Il est le seul dans mon entourage à avoir un mobile. De plus, il a disparu en emportant quelques millions qui appartenaient à son meilleur ami. Cela prouve en tout cas qu'il ne s'embarrasse pas de scrupules ni envers sa femme, ni envers son ami...

— Je ne sais pas, madame Vos. Je ne sais pas quoi penser de tout cela. J'ai parlé avec votre sœur, elle m'a dit que son mari était en voyage d'affaires. Elle m'a également parlé de votre mère... »

Je fis un bond. Ans était venue ici ? Pourquoi cette idiote ne m'avait-elle rien dit ?

« De quoi avez-vous parlé avec ma sœur ?

— Votre sœur n'a rien dit de mal sur vous. J'ai téléphoné et elle n'a pas voulu vous déranger car vous dormiez. Je lui ai demandé de vous dire de me rappeler, elle a répondu qu'elle préférait ne pas vous importuner avec cette affaire. Le lendemain, elle est venue au commissariat. Elle voulait savoir où nous en étions et ce qu'elle pouvait faire pour vous aider.

— Et elle vous a dit que j'avais perdu la raison.

— Non. Que vous vous trouvez dans une mauvaise passe, oui. Et qu'il fallait vous laisser en paix. Je lui ai répondu que je préférais en juger par moi-même.

— Ah, ah. Et c'est ce que vous êtes en train de faire.

— La compagnie Remember a déposé une plainte contre vous. C'est la seule preuve dont nous disposions dans cette affaire. L'incendie aussi semble avoir été provoqué par une négligence de votre part. Votre ancien compagnon affirme avoir lu les lettres de menaces. D'accord, mais je ne les ai pas vues, moi. Maintenant vous prétendez que votre beau-frère cherche à vous faire disparaître par un complot très compliqué. J'aimerais bien vous croire, mais à vrai dire je n'ai aucune raison de le faire. »

Je pris mes cigarettes, avalai le reste de mon café, me levai et me dirigeai vers la porte. « Eh bien, ne me croyez pas. Dans ce cas, je n'ai aucune raison de rester ici plus longtemps…

— Madame Vos, vous devriez comprendre que nous nous trouvons dans une situation délicate. Nous souffrons d'un manque aigu de personnel. C'est le genre d'affaires dans lesquelles nous ne pouvons rien. Nous ne disposons d'aucun élément ! Si ce n'est un incendie, sur lequel vous non plus vous ne pouvez pas m'apprendre grand-chose…

— Monsieur Van Dijk, il y a deux semaines encore je menais une vie normale. Chez moi, avec mes enfants. Aujourd'hui, je n'ai plus rien et tout le monde pense que je suis assez folle pour m'adresser des menaces à moi-même ! Dès lors, tout ce que je vais dire ne fera que vous conforter dans cette idée. Par conséquent, mieux vaut mettre fin à cet entretien. Au revoir. »

Le soleil brillait encore, mais pour une courte durée. De gros nuages noirs annonçaient la neige. Je sortis mon portefeuille de mon sac et en retirai la carte de visite de Harry Menninga. Je composai son numéro de téléphone. Il décrocha immédiatement.

« Menninga.

— Bonjour, ici Maria Vos, tu te souviens, nous nous sommes rencontrés il n'y a pas longtemps, au sujet de Martin ?

— Ah ! J'ai essayé de t'appeler. Une seconde… »

Il marmonna quelque chose à la personne avec laquelle il était en train de parler, puis je l'entendis sortir.

« Tu as le numéro ?

— Non. À vrai dire, je ne sais pas comment me le procurer. Mais je t'appelle pour te demander quelque chose. Demain soir, je vais faire un tour dans le bureau de Martin. Tu viens avec moi ?

— C'est ce qu'on appelle un cambriolage, non ? Ans est au courant ?

— Non. Je ne préfère pas.

— Et qu'est-ce que je dois faire ?

— Essayer de trouver où est passé ton argent, qu'en penses-tu ? Je ne connais rien aux ordinateurs…

— D'accord. Je viens. Tu as besoin de moi à quelle heure ?

— Disons à neuf heures et demie au Neptunus ? Le restaurant sur la place.

— Je trouverai. À demain. Ciao. »

32

Geert m'attendait. Il se tenait au bar ou, plus précisément, il y était affalé. En entrant, je le reconnus immédiatement à son allure : les vertèbres saillantes sous son pull et ses mèches châtain ébouriffées.

Il y avait au moins dix ans que je n'avais pas mis les pieds dans le café De Cel, mais rien n'avait changé. Toujours les mêmes tableaux psychédéliques accrochés au mur, la même odeur de foin. Dans le coin, autour de la table en bois des habitués, quelques adolescents fumaient de l'herbe. Au bar, des hommes seuls devant leur bière. Çà et là, quelques pseudo-artistes au visage rouge et bouffi. Pas le genre de bar qui vous remonte le moral. Ici, on en était resté à Janis Joplin.

Je posai ma main sur le dos fragile de Geert. Il se retourna. Il me regarda de ses grands yeux marron, avec son air de chien battu, me sourit et passa son bras autour de mes épaules. Il m'embrassa avec fougue, dans un élan de désespoir, sa barbe de quelques jours me fit l'effet d'une râpe sur la joue. Puis, il me serra fermement contre lui. Il plongea son nez dans mes cheveux et renifla. « Maria, comme je suis content de te revoir. »

Chacun de nous commanda une bière. Geert examina mes mains égratignées et passa son doigt sur la plaie au-dessus de mon œil. Il avait mauvaise mine, le contour des yeux brunâtre. Il ne s'était pas rasé depuis deux jours au moins et le col de son T-shirt était gris.

« Hier, tu sais, j'ai failli péter les plombs. Tu n'arrivais pas, les flics sont venus chez moi. J'ai cru un instant que tu m'avais dénoncé. Moi aussi, j'ai perdu ma maison, bordel ! Et toi, et les enfants ! Ils m'ont interrogé comme si c'était moi qui avais mis le feu, merde. Comme si je m'amusais à faire ce genre de choses. »

Les yeux dans le vague, nous nous taisions. Le barman prit nos verres vides et les leva d'un air interrogateur. De concert avec Geert, je hochai la tête. On remplaça Janis Joplin par Pink Floyd.

« Ben franchement, tu crois que c'est moi qui me cache derrière tout ça ?

— Tu crois que je serais ici, avec toi, si je le pensais ?

— Sans doute pas.

— Tu crois que c'est moi qui me persécute ?

— Comment ça ? C'est ce qu'ils pensent ?

— Le coup de fil à la compagnie des pompes funèbres venait de mon portable. Le gaz dans le four était ouvert quand l'incendie s'est déclaré. Toutes les preuves sont parties en fumée. Et ma mère a un dossier psychiatrique haut comme ça. Même ma propre sœur pense que je n'ai pas toute ma raison.

— Pourquoi ferais-tu des choses pareilles ?

— J'en sais rien. Pour attirer l'attention. Ça s'est déjà vu. Certains prétendent avoir un cancer en phase terminale pour qu'on s'occupe d'eux. Je t'avoue qu'il m'arrive de douter de moi-même. Hier, je me suis réveillée en sang, je ne savais plus ce qui s'était passé... Je m'endors à n'importe quel moment de la journée, je me sens constamment sous pression, nerveuse. Il y a vraiment quelque chose qui ne va pas.

— Je te trouve assez normale. Que tu ne te sentes pas bien, c'est logique. Avec tout ce qui s'est passé ces dernières semaines ! »

Je lui souris.

« Comment sait-on que l'on souffre de troubles psychiques ? Je n'arrête pas de me poser la question. On ne s'en rend pas compte. C'est ça qui me fait peur. Ma mère n'avait pas conscience de son état. Elle était persuadée que mon père voulait l'assassiner. Que le monde entier complotait contre elle. Une fois, un touriste allemand l'a sortie de l'eau au milieu de la nuit. Elle s'enfonçait dans la mer en chemise de nuit, en plein hiver. Quand il l'a ramenée à la maison, l'homme a demandé à mon père si ça lui arrivait souvent. Oh non, a dit papa, alors qu'il y avait à peine un mois qu'elle était sortie de l'hôpital psychiatrique. Il l'a enveloppée dans une serviette, il l'a couchée et a proposé un café à l'Allemand. Puis un petit genièvre. Finalement, ils ont pris une bonne cuite. Le lendemain matin, ma mère préparait le petit déjeuner. Comme si de rien n'était. Elle ne s'en souvenait plus. Papa est descendu. Il a demandé un œuf au bacon. Ensuite il a pris son journal.

— Et qu'est-ce que tu veux dire par là ?

— Qu'on peut être complètement dingue sans s'en rendre compte.

— Mar, je te connais. Ça fait six ans. T'es une femme hypersolide. Tu t'es sortie d'une enfance épouvantable, de ce trou étriqué. Tu n'es pas folle, tu n'es pas dépressive et tu ne le seras jamais. Ça n'arrive pas à des gens comme toi. Je suis bien placé pour le savoir. »

Il se passa la main dans les cheveux. La cendre de son mégot tomba dans sa bière. « Merde. » Il se frotta les yeux. Il était fatigué. Et ivre. J'avais très envie de rester à boire avec lui jusqu'à ce que la nuit tombe et qu'on mette la musique plus fort. Mais ce n'était pas possible. Il neigeait. Je devais conduire. Et je voulais être auprès des enfants. Je fouillai dans mon sac pour en sortir mon porte-monnaie.

« C'est pour moi », dit Geert en posant de l'argent sur le bar. Il enfila son cuir et se dirigea vers la porte.

« Qu'est-ce qu'on fait maintenant ? » Il regardait la neige tourbillonner lentement.

« Toi, tu ne fais rien. » Je mis mes mains sous mes aisselles pour les protéger du froid. « Je crois savoir qui c'est, celui qui me persécute. »

Il me regarda, étonné.

« Et c'est maintenant que tu me le dis ! » Il tira son paquet de Drum de sa poche intérieure et se roula nerveusement une cigarette. « Alors, qui c'est ?

— Martin. Il est en difficulté. Il a besoin d'argent. S'il m'élimine, ils hériteront de ma maison. Elle vaut une fortune à présent. »

Geert éclata de rire.

« Désolé, mais Martin ? Cette mauviette ? J'ai beaucoup de mal à le croire. Et dans ce cas, qu'est-ce que tu fais sous son toit ?

— Il est parti. Depuis deux semaines déjà. Il prétend qu'il est surmené et qu'il est allé se reposer en Espagne. »

Un jeune homme se faufila entre nous d'un air irrité, impatient d'aller se mettre au chaud.

Geert expira énergiquement la fumée. « Je ne sais pas. Je l'ai toujours trouvé correct. Il m'a appelé d'ailleurs, il y a deux semaines environ. À quelque chose près. Il était très gentil. Il voulait te parler, mais il n'arrivait pas à te joindre.

— Et puis ? Qu'est-ce qu'il a dit d'autre ? Qu'est-ce qu'il me voulait ? » Je lui pris la cigarette de la bouche et en tirai une bouffée.

« Il ne me l'a pas dit. Moi, j'étais plutôt perturbé. On venait juste de se disputer, tu sais bien, au sujet de l'avortement. J'étais dans une colère…

— Non ! Tu le lui as dit ! Merde ! C'est ça. Tu vois bien ! Il savait que je m'étais fait avorter ! »

Au moment de se quitter, Geert me dit qu'il voulait voir les enfants le plus vite possible. Il passerait le week-end dans une pension au village et je pourrais le joindre nuit et jour.

« Et le groupe alors ? » demandai-je.

Il secoua la tête. « Pas pour le moment. Il se passe

des tas de trucs, mais peu importe. Je te raconterai. »

Je lui promis de lui téléphoner. Il me conseilla d'être prudente. Il me serra contre lui. « Je t'aime », murmura-t-il. Je ne sus pas quoi répondre.

En rentrant, je conduisis lentement sur le Eeuwigelaan recouvert de neige. Des illuminations de Noël brillaient sur les façades des villas. Les grandes baies vitrées abritaient des familles : le feu dans l'âtre, papa et maman bavardant un grand verre de vin à la main, les enfants, allongés près du feu, qui dessinaient. C'est du moins ce que je m'imaginais, enfant, sur le porte-bagages de mon père, lorsque nous allions au village.

Nous étions en route pour le marché de Noël de mon école. J'avais confectionné deux anges en papier doré, avec de vrais cheveux et des paillettes, j'étais si fière de moi que j'avais supplié mon père de m'accompagner. Il n'avait jamais mis les pieds à l'école. Les réunions de parents d'élèves, les journées portes ouvertes, les marchés de Pâques, de Noël, du printemps ou de l'automne ne concernaient pas mes parents. Ils avaient trop à faire et d'ailleurs, c'était de la foutaise. L'école, c'était fait pour apprendre, pas pour passer son temps à s'amuser ! De leur temps, l'école ce n'était pas drôle. Et, de plus, il fallait y aller le samedi. Les mots de l'institutrice demandant de l'aide pour les travaux manuels, la fête de la Saint-Nicolas, le grand nettoyage annuel et pour accompagner la sortie de fin d'année allaient tout droit à la poubelle. C'était pour les mères qui n'avaient rien à faire. Ma mère, elle, était surchargée de travail. Et puis avec tout ce qu'ils payaient comme impôts ! L'école aurait mieux fait de s'offrir une femme de ménage plutôt que des sorties annuelles à des prix exorbitants.

Mais pour une fois, mon père avait cédé lorsque je l'avais supplié en pleurant de venir admirer mes petits anges. Ma mère était toujours à Duin en Bosch. Connie, notre aide ménagère, suspendrait les guirlandes de Noël avec Ans.

« Allons, sois gentil », avait-elle lancé à mon père avec un sourire, et tout à coup il avait dit : « Bon, d'accord. Allons-y. » Connie m'avait pincé la joue en riant.

Nous allions nous y rendre à vélo. Il neigeait. J'étais comblée. Nous aurions un Noël blanc, nous suspendrions mes petits anges dans le sapin, Connie serait avec nous, et nous n'aurions pas à chuchoter, à faire doucement pour maman. Je dansais sous la neige. Papa sortit son vélo de la remise, posa une serviette sous les tendeurs, puis, d'un geste, me souleva et m'installa sur le porte-bagages.

« Voilà. Ce sera plus confortable. Tiens-toi bien. »

Il enfourcha sa bicyclette. Je passai mes bras autour de sa taille et plongeai mes mains dans ses poches, la tête appuyée contre sa veste de velours côtelé marron. Le vélo glissait sur la piste recouverte de neige, près des dunes, longeant les villas où le feu brûlait dans la cheminée et où le sapin de Noël trônait dans le jardin. Nous traversions le village illuminé.

Arrivée à l'école, je glissai ma main dans celle de

mon père avant de rentrer. On nous offrit un chocolat chaud et Clara, la maîtresse, vint se présenter. J'étais fière de lui.

« C'est mon père », lançai-je aux filles de ma classe. Je l'entraînai vers mes anges. Il les trouva magnifiques. Marijke, la maîtresse qui tenait le stand, nous offrit un morceau de pain de Noël.

« Votre fille a des talents artistiques, monsieur Vos », dit-elle, ce qui le fit rire.

« Elle a hérité ça de son père. »

Il me posa la main sur la nuque. Je sentis le rouge me monter aux joues. Il acheta mes anges pour un florin. La maîtresse les glissa avec précaution dans une poche plastique et les remit à mon père.

Nous étions sur le chemin du retour. Son sac se balançait à son guidon. Il avait continué de neiger entre-temps au point qu'il nous était impossible de gravir la dune. Nous avons continué à pied, la neige crissait sous nos pas. Arrivés au sommet, mon père a lâché son vélo. Il a attrapé une pleine poignée de neige et en a fait une boule qu'il m'a lancée. Nous avons fait une bataille de boules de neige, puis nous nous sommes laissés tomber tous les deux en haletant et en riant. Mon père a passé son bras autour de moi, j'ai posé ma tête sur sa poitrine. « Nous allons avoir un beau Noël, Maria », m'a-t-il dit. Nous avons levé les yeux vers le ciel obscur et regardé tomber les flocons de neige. Nous avions la sensation de planer dans l'univers.

Le soir, j'ai tout raconté à Ans. Elle m'a tourné le dos.

« Tout ce qui est bien, c'est pour toi », m'a-t-elle lancé d'un ton rageur.

33

Victor ouvrit la porte d'un geste brusque. « Ah, Maria. Enfin, te voilà ! Ta sœur était très inquiète. » Une odeur douceâtre et écœurante me parvint. Je retirai mon manteau. Victor m'en débarrassa.

« Mais où est-elle ? » La situation était étrange. Je sentais comme une menace.

« Partie te chercher. Il faut l'appeler pour lui dire que tu es rentrée saine et sauve. » Il m'entraîna dans le salon. Près de la cheminée trônait un grand sapin de Noël décoré de boules bleu barbeau et suspendues par des rubans assortis. Les guirlandes électriques, bleues aussi, répandaient une lumière blafarde.

« Et les enfants ? Où sont-ils ?

— Ils dorment paisiblement. »

Merel ne dormait pas encore. Elle fit un bond quand elle entendit ma voix.

« Maman ! Tu es là ! » Je m'assis sur son lit et l'embrassai.

« Maman, mais tu étais où ? Tu es malade ? Il ne faut pas partir aussi longtemps… Et en plus, il s'est mis à neiger. Tante Ans a appelé la police… »

J'embrassai sa joue douce.

« Maman a dû aller à Amsterdam. Et chez Geert. Il voulait me parler. Vous lui manquez.

— Tu as vu le salon ? Le sapin de Noël ? C'est Wolf, moi et tante Ans qui l'avons décoré. Et les décorations, tu les as vues ? Nous avons fait des collages et des découpages tout l'après-midi. Et regarde… » Merel bondit hors de son lit. Elle portait un pyjama que je ne connaissais pas, en flanelle blanche, imprimé de feuilles de houx.

« D'où il sort, ce pyjama ?

— C'est tante Ans qui me l'a offert. » Elle se dirigea vers la table basse près du lit de Wolf et alluma une petite lampe. Notre petite crèche, entourée de bougies. Les figurines de Joseph et Marie, cent fois cassées et recollées, un bœuf, un âne, quatre agneaux et une crèche avec l'enfant. Merel s'agenouilla, puis, pleine de ferveur, elle s'assit devant la crèche. Elle caressa Joseph et Marie et saisit l'Enfant Jésus avec maintes précautions.

« C'est Jésus, le fils de Dieu. À Noël, c'est de lui qu'il s'agit, pas du Père Noël. On fête sa naissance.

— Il est mort depuis longtemps. » Wolf, dressé sur son lit, ses boucles en bataille, se frottait les yeux. À quatre pattes sur son lit, il s'approcha de nous.

« Hé, maman. J'ai cru que tu étais morte toi aussi. »

Je le pris sur mes genoux. « Pourquoi pensais-tu une chose pareille ?

— C'est Ans qui l'a dit. Au monsieur.

— Victor, rectifia Merel d'un ton revêche.

— Oui. Elle a dit : “Tu vas voir, elle va percuter un arbre !” »

Je les recouchai. Wolf suça son pouce et se rendormit immédiatement. Merel me demanda de laisser les guirlandes lumineuses de la crèche allumées. J'acceptai.

« Maman ? » appela Merel au moment où j'allais refermer la porte derrière moi. « Qu'est-ce que tu as au juste ?

— Je n'ai rien. J'étais seulement un peu fatiguée, et sous le choc. Mais maintenant tout va bien.

— Ans dit que tu es malade. Que nous devons te laisser tranquille.

— Ce n'est pas vrai. Vous n'êtes jamais un fardeau pour moi.

— Mais ta mère était toujours malade, elle aussi ?

— Moi, je ne suis pas toujours malade. Et demain, toute la journée, nous allons faire plein de choses agréables ensemble.

— D'accord. Et promis, c'est promis ! » Merel pointa l'index en l'agitant et en me regardant sévèrement.

« Bien sûr. Allez, maintenant, tu dors. »

Au rez-de-chaussée, j'entendis Ans qui rentrait.

Lorsque je pénétrai dans le salon, elle se précipita vers moi. « Au nom du Ciel, où étais-tu passée ? » Ses airs de mère supérieure m'irritèrent. Elle avait réussi à se contrôler jusqu'alors, mais à présent sa vraie personnalité apparaissait au grand jour.

« Ça ne vous regarde absolument pas. D'ailleurs, tu le sais très bien où j'étais ! Chez tes amis de la police ! »

Ans me regarda d'un air furieux. « Comment ça "mes amis" ?

— Eh bien, ne leur as-tu pas rendu une petite visite il n'y a pas si longtemps pour leur dire à quel point j'étais folle ? »

J'allumai une cigarette. Ans se dirigea vers la table basse, empila les tasses à café et les gobelets et les posa d'un geste nerveux sur le plateau.

« Je n'ai jamais dit ça. Je leur ai demandé de te laisser tranquille en ce moment. Pour le reste, ils ne m'ont posé que quelques questions.

— Et pourquoi ne m'en as-tu rien dit ?

— Je ne voulais pas t'embêter avec ça. » Elle quitta la pièce, le plateau dans les mains.

« Maria, tu comprends tout de même qu'Ans soit inquiète ? Tu t'es absentée toute la journée. Et ce matin, tu n'as pas pris tes médicaments… »

Victor se pencha vers moi d'un air paternaliste et posa sa main sur la mienne.

« Et toi, qu'est-ce que tu fais ici au juste ?

— Ans m'a appelé. Elle était bouleversée. Je suis venu immédiatement. J'avoue que je me sentais un peu coupable. S'il t'arrive quelque chose, je suis responsable moi aussi. Après tout, j'ai donné mon accord pour un traitement à domicile.

— Victor, je n'ai pas besoin de médicaments. Pour la première fois depuis longtemps, je me sens bien, sans ces cochonneries. J'ai vu ma maison, j'ai parlé avec mon ex. La police m'a interrogée. J'ai assumé tout cela sans médicaments.

— Et tu te sens toujours menacée ?

— Mais je suis menacée. Regarde. » Je lui fis lire le SMS sur mon portable. « Petra, c'était le nom de ma mère. Tu vois ? Je ne sais pas ce qu'il a l'intention de faire, mais je sais qu'il n'arrivera pas à ses fins. Je vais me battre. Quoi que vous en pensiez. »

Ans revint. Elle s'était visiblement ressaisie. Les cheveux soigneusement tirés en queue-de-cheval, son maquillage retouché, elle souriait. « Désolée, Maria. Je me suis vraiment fait du souci. Surtout quand il a commencé à neiger. Je pensais que tu serais de retour vers trois heures. Les enfants et moi, nous avions décoré le salon et le sapin de Noël, nous avions préparé des bonnes choses à manger. Nous voulions te faire une surprise. Mais tu ne revenais pas. Merel a essayé de te joindre, mais ton portable était éteint.

— Ce n'est pas possible. Je l'ai laissé allumé toute la journée…

— Tu aurais pu nous appeler toi ! Ce n'est tout de même pas bien difficile ! »

Évidemment, j'aurais pu. Pourquoi n'y avais-je pas pensé ? J'étais rentrée d'Amsterdam complètement absorbée par le spectacle de ma maison dévastée. Par mon entretien laborieux avec Van Dijk. Et après cela, les retrouvailles avec Geert…

« Ans, je suis adulte. Je n'ai pas à me justifier auprès de toi.

— Auprès de moi, non. Mais auprès de tes enfants, si. »

Victor me rendit mon portable. Le regard d'Ans, qui trahissait la surprise, passa de lui à moi. Je le lui tendis.

« Il a encore donné de ses nouvelles. »

Elle lut le message. Puis elle se tourna vers Victor. Il haussa les épaules et me regarda d'un air soucieux.

Ans posa mon portable sur la table. « Je n'y connais rien dans ce domaine. Mais ne se pourrait-il pas qu'on t'ait envoyé ce message par erreur ? Comme quand on se trompe de numéro de téléphone ?

— Mon Dieu, il faut qu'il se passe quoi pour que vous me croyiez ? Comment pourrait-il s'agir d'un hasard ? Petra, le nom de ma mère ? "Où que tu ailles, tu ne pourras échapper à ton sort." Un hasard ?

— Chérie, la moitié de la Hollande s'appelle Petra. Et cette petite phrase, on peut l'interpréter comme on veut. Je ne la trouve pas particulièrement menaçante.

— L'important, c'est ce que tu ressens, commença Victor. Nous te croyons, Maria. Ans essaie simplement de te rassurer. Tes peurs sont réelles. Elles font partie de ta propre réalité.

— Va te faire voir avec "ta propre réalité" ! Je vais me préparer un œuf et puis j'irai me coucher. Sans médicaments. Bonne nuit. »

Ils ne me retinrent pas. En quittant la pièce, je sentais leurs regards dans mon dos. Dès que j'aurais fermé la porte, ils se mettraient à chuchoter. À parler de moi. Ils se demanderaient comment ils pourraient me faire interner au plus vite. Il fallait absolument que je garde mon calme.

Le lard grésillait dans la poêle. Je brisai la coquille d'œuf sur le rebord, versai de l'eau bouillante dans une tasse et y plongeai un petit sachet de Earl Grey. Je posai deux tartines dans mon assiette et pris le journal.

Quand je levai les yeux, Victor m'observait, planté dans le cadre de la porte.

« Ton œuf accroche », dit-il en montrant la cuisinière. J'éteignis le gaz et fis glisser l'œuf sur les tranches de pain, puis j'ouvris le journal. Je voulais qu'il me fiche la paix. Il prit une chaise et s'installa en face de moi.

« Pourquoi te montres-tu aussi récalcitrante ? » dit-il à voix basse, en essayant de capter mon regard.

Je le regardai à mon tour, fixant ses yeux marron, éteints. Puis je revins à mon œuf. Je piquai la pointe de mon couteau dans le jaune. Il s'étala sur le blanc. Je coupai mes tartines en quatre. « Pourquoi ne rentres-tu pas chez toi ? » Je pris une bouchée. Ça manquait de sel.

« Je veux d'abord savoir comment tu vas.

— Je vais très bien.

— Maria, nous sommes très inquiets. Non sans raison, je le crains. Pourquoi refuses-tu de prendre tes médicaments ?

— Parce que je vais très bien.

— Je ne le crois pas. Ans non plus. Et la police non plus. Ans et moi, nous voudrions éviter que tu ne te mettes dans une situation encore plus difficile. »

Une goutte de sueur me chatouilla en glissant de mon aisselle. Il fallait à tout prix que je garde mon calme à présent. Il voulait m'emmener. M'enlever mes enfants. Je n'avais plus rien à dire.

« Qu'est-ce qui ne va pas à ton avis ?

— C'est encore trop tôt pour le dire. Pour cela, il faudrait que je te parle plus longuement. Mais je pense que tu te trouves dans un état de psychose. Et puis, tu te sens menacée. Disons que ton corps est en permanence en état d'alerte. Tu es exposée à un tel stress que tu n'es plus capable de sortir de ce cercle vicieux.

— Mais je suis menacée. Si ce n'est pas par lui, c'est par vous.

— Nous ne cherchons qu'à t'aider.

— Si tu voulais bien me croire, tu m'aiderais.

— Nous te croyons, Maria. Je comprends combien tu te sens mal.

— Si tu me fais enfermer, mon ennemi aura ce qu'il voulait.

— Qui est ton ennemi, à ton avis ?

— Je sais qui c'est, mais je ne peux pas te le dire. Il me faut d'abord des preuves. Pour cela, j'ai besoin de quelques jours.

— Le mieux, ce serait que tu me suives tout simplement, de ton plein gré.

— Et si je ne le fais pas ?

— Dans ce cas, nous pouvons faire une demande d'internement.

— Et cela signifie ?

— L'internement d'office.

— Tu n'y arriveras jamais. Je ne représente tout de même pas une menace pour mon entourage !

— La police te soupçonne d'avoir mis toi-même le feu à ta maison.

— Mais non. Je n'étais même pas dans le quartier au moment de l'incendie.

— Quelqu'un a ouvert le gaz.

— Quelqu'un joue un sale jeu. » Je repoussai mon assiette. J'avais envie de la jeter à travers la cuisine. Et d'enfoncer à Victor son cigare au fond de la gorge. Je ressentis comme des bourdonnements d'oreilles. Il fallait absolument que je reste près de mes enfants. « Et si je te promets de prendre gentiment mes médicaments dorénavant ?

— Je crains de ne pouvoir accepter une deuxième fois.

— Vous avez concocté tout cela d'avance, n'est-ce pas ? Si je ne te suis pas de mon plein gré, ma sœur signera une demande de placement et on m'emportera sur un brancard après m'avoir abrutie à coups de piqûres… »

Victor se tripotait le lobe de l'oreille. « Nous ne voulons que ton bien. Tes enfants sont en sécurité ici. Ans les adore. Elle s'occupera très bien d'eux en attendant que tu sois rétablie. »

Il fallait que je les lâche. C'était la seule solution. J'avais le dos au mur. Ils étaient en sécurité chez Ans. « D'accord. Je viens. Laisse-moi dire au revoir aux enfants, je t'en prie, et prendre mes affaires…

— C'est bien, mon petit. C'est vraiment ce qu'il y a de mieux à faire. Et avale donc ça aussi. »

Il tira de sa poche un comprimé et me le posa dans la main.

« À dissoudre dans un peu d'eau, c'est moins mauvais pour l'estomac. »

Mes mains tremblaient. Je pris un verre, je le remplis d'eau et j'y jetai le médicament. Je remuai avec une petite cuillère jusqu'à ce qu'il soit complètement dissous. J'avalai le tout d'un trait.

« Très bien. Je vais appeler Ans pour qu'elle vienne t'aider à préparer tes bagages.

— Ce n'est pas la peine. Je peux le faire moi-même. »

Il quitta la cuisine. Du couloir, je l'entendis composer un numéro sur son portable. Je n'avais pas de temps à perdre.

34

Je m'enfonçai l'index au fond de la gorge, derrière la luette, le plus loin possible. Il fallait que ça marche. Avant j'y arrivais aussi, quand j'avais trop bu et que je devais tenir le coup toute la nuit. Les larmes me montèrent aux yeux. J'eus un haut-le-cœur, mais rien ne remonta. Il fallait se concentrer. Se concentrer pour vomir. Je m'agenouillai et me penchai au-dessus de la cuvette. Je m'enfonçai deux doigts encore plus loin dans la gorge et les maintins dans cette position. Ma gorge se contracta. J'eus un haut-le-cœur, puis un autre, et enfin le jet chaud et amer sortit en giclant. Je vomis tripes et boyaux, jusqu'à ce que je sois certaine qu'il ne reste plus en moi la moindre trace du comprimé que Victor m'avait fait prendre.

Les enfants dormaient. La lumière chaude des illuminations de Noël éclairait leurs visages paisibles. Wolf avait la bouche entrouverte, le pouce au coin des lèvres. Merel, le dos tourné vers la porte, était couchée en chien de fusil sous sa couette. Ses cheveux collaient à son visage.

Je m'assis à côté d'elle, l'embrassai sur la joue.

Elle sentait le bonbon à la menthe et le sommeil. Elle poussa un soupir et dégagea sa tête de sous ma main. « Au revoir, Merel chérie. Je t'aime. Tout va s'arranger. » Je posai ma joue contre la sienne et respirai encore une fois sa délicieuse odeur. Je ne voulais pas la quitter. Disparaître de sa vie subitement comme l'avait fait son père. Je reviendrais. Le plus vite possible.

Je me levai et me dirigeai vers le lit de Wolf. Lorsque je m'assis près de lui, il s'allongea sur le dos et posa sa main près de ma tête. Je caressai ses boucles et son petit visage sérieux. « Au revoir, mon Wolf chéri. » Je l'embrassai sur la bouche. « Au revoir maman », répondit-il d'une petite voix enrouée, puis il se retourna de nouveau.

La porte de leur chambre s'ouvrit doucement. Victor passa la tête. « Tu es prête, Maria ? »

Je hochai la tête.

« Allez viens. Ans s'occupera très bien d'eux. Viens, doucement, il ne faut pas les réveiller. »

Je me levai et me dirigeai vers la porte.

Victor m'accompagna jusqu'à l'escalier. Il me tapota doucement le dos d'un geste hésitant, comme pour me consoler.

Au milieu de l'escalier, je dis : « Attends, j'ai encore quelque chose à prendre.

— Ans va le faire, dis-moi où ça se trouve, répondit Victor en me poussant devant lui.

— Non. Je sais où c'est. Il me la faut. C'est une photo des enfants. »

Victor poussa un soupir.

« Je vais aller la chercher, dis-moi où se trouve cette photo. »

Je me retournai et remontai l'escalier.

« Écoute. Je coopère, j'ai avalé ton médicament, je ne vais certainement pas me suicider une fois là-haut. Je n'ai pas envie que toi ou Ans vous fouilliez dans mes affaires. Elle se trouve dans une petite boîte avec des objets auxquels je tiens. Laisse-moi aller la chercher.

— Bon, d'accord. Je t'attends en bas. »

J'entendis la porte du couloir se refermer. Ans demanda où j'étais. Dès que je fus hors de leur champ de vision, je me précipitai dans ma chambre, j'arrachai de la chaise mon pull gris à col roulé, attrapai mon sac sur le lit et ouvris la porte-fenêtre du balcon. Je n'avais pas le temps de réfléchir. Pas le temps d'avoir peur. J'escaladai la balustrade en bois et je sautai.

Je fis une chute brutale et atterris sur le sable gelé. J'éprouvai un léger vertige et je craignis que des restes du médicament ne commencent à faire leur effet. Je ressentis une vive douleur dans la cheville gauche. Mais je me relevai immédiatement et je pris mes jambes à mon cou. Je courus le plus vite possible et dévalai la dune, en direction de la plage, là où régnait l'obscurité. Personne ne me verrait. Il faisait un froid glacial, il neigeait toujours.

Je trébuchai sur quelque chose et terminai la descente en roulant dans la neige. J'entendais Victor et Ans crier mon nom. Je me relevai péniblement, serrant mon sac et mon pull dans mes bras et courus au bord de l'eau, là où le sable était plus dur. Victor allait me poursuivre. Il fallait que je me dirige le plus vite possible en direction de l'obscurité, vers le nord, loin du monde habité.

Il régnait sur la plage un silence inhabituel. La mer clapotait doucement, il n'y avait pas de vent et la neige tourbillonnait en tombant du ciel obscur. Je n'entendais que mon propre souffle. Mes poumons brûlaient dans ma poitrine. Je ne savais pas combien de temps j'allais tenir. J'avais été en bonne condition physique, mais après deux semaines à fumer comme un pompier, je ne l'étais plus. Je continuai à courir, sans rien voir, ignorant la douleur. Je savais que Victor abandonnerait avant moi. Il était plus âgé, plus gros et il fumait autant que moi. Encore un peu, encore un effort et je serais débarrassée de lui.

J'avais les pieds mouillés, l'eau pénétrait dans mes bottes. Mon cœur cognait contre mes côtes. Au loin, Victor criait désespérément mon nom. Il ajoutait que je n'avais rien à craindre.

Je n'en pouvais plus. J'avais les yeux qui pleuraient, m'empêchant de voir où je mettais les pieds. Ils étaient trempés et ankylosés par le froid. Je tombai, me relevai péniblement et me dirigeai en boitillant vers la dune obscure. J'étais désormais hors du champ de vision de Victor. Si je gravissais la dune, si j'arrivais jusqu'au bois, je serais en sécurité.

Le sable craquait sous mes dents. Je trébuchais sur le sol meuble. J'escaladai la dune à quatre pattes, déchirai mon jean et m'ouvris la cuisse sur les fils barbelés. Je me relevai en m'accrochant aux oyats. Arrivée près des arbres, je m'octroyai un temps de repos.

Une fois en haut, je repris ma course. À travers

les églantiers et les chardons, en direction des grands pins. J'avais la bouche sèche, le sang affluait dans mes veines avec une telle violence que j'eus peur que ma tête n'éclate. Hors d'haleine, j'atteignis l'orée du bois. Il faisait nuit noire. Je n'entendais plus Victor.

35

Je percevais le battement du sang dans mes oreilles tant le bois était silencieux. La luminosité de la neige me permettait de distinguer certaines choses. Essoufflée, je m'appuyai contre un gros pin et soufflai sur mes mains gourdes. Mes vêtements étaient trempés par la sueur et la neige, je sentis quelque chose de chaud couler le long de ma jambe. Du sang.

Brusquement, la douleur fut telle qu'il me fut impossible de mettre un pied devant l'autre. Je ressentais des élancements inquiétants dans la cheville gauche. Je m'assis sur mon pull et sortis de mon sac mon briquet et mes cigarettes. Mes mains tremblaient. J'éprouvais des picotements au point que je ne parvenais pas à allumer ma cigarette. Je poussai un juron. Quelle folie ! Pourquoi me trouvais-je dans ce bois, au nom du Ciel ? Que faire ? Un froid glacial remontait le long de mon dos. Je ne pouvais pas rester ici, je mourrais gelée. Mes enfants grandiraient dans l'idée que j'étais réellement psychotique. Ils deviendraient aussi solitaires et éprouveraient autant de rancœur qu'Ans et moi. Incapables de se lier à qui que ce soit, incapables de se faire confiance réciproquement ou de faire confiance à autrui.

Je laissai échapper une sorte de couinement qui ressemblait à un sanglot. J'eus l'impression que toutes mes forces me quittaient et fus prise de panique. Une panique épouvantable. La peur qu'il arrive quelque chose à Wolf ou à Merel pendant mon absence. Que l'un d'eux tombe malade, ou ait un accident. Qu'ils souffrent, ou pire qu'ils meurent et que je ne puisse plus jamais les prendre dans mes bras, sentir leur chaleur et leur souffle. Que leur imposais-je en disparaissant ainsi, brusquement ?

De plus en plus nerveuse, je tripotais mon briquet pour allumer ma cigarette, pour un peu de lumière et de chaleur et parce que j'avais envie de fumer pour me calmer. J'avais l'intention d'arrêter. Lorsque tout serait terminé, que tout serait rentré dans l'ordre, quelle que soit l'issue, je n'allumerais plus jamais une cigarette. Je le ferais pour Merel et pour Wolf.

Je parvins enfin à obtenir une petite flamme. Je la protégeai de ma main, mais elle s'éteignit. Et maintenant ? Il fallait appeler quelqu'un. Geert. Mais que pouvait-il faire pour moi ? Il serait furieux et il irait faire une scène chez Ans. Et puis, au fond de moi, je me méfiais encore un peu de lui. Il n'y avait qu'un homme qui puisse m'aider !

De mes doigts ankylosés, je tirai mon téléphone de mon sac et l'allumai.

Je lus sur l'écran lumineux : « Vous avez trois messages. » Deux appels d'Ans, un numéro inconnu commençant par 06. J'appelai ma boîte vocale.

« La connexion n'a pu être établie. »

Je m'essuyai le nez du revers de ma manche, puis je me relevai péniblement. Une douleur aiguë me traversa la jambe, si forte que j'en eus les larmes aux yeux. Merde ! Tu captais dans l'Himalaya et Dieu sait où, mais dans ce pays surpeuplé, il suffisait d'entrer dans un bois pour ne plus pouvoir téléphoner ! J'avançais au hasard, en boitillant, ne sachant de quel côté me diriger. Pas la moindre lumière, aucun signe de vie. Je me dirigeai de nouveau vers les dunes et tentai une fois encore de téléphoner. Ça marchait.

« *Maria, s'il te plaît, reviens. Il fait froid dehors…* (Victor grommelait quelque chose en arrière-fond.) *Quel que soit le problème, nous pouvons en discuter.* »

Et encore une fois.

« *Maria, j'espère que tu m'entends. Je t'en prie, ne fais pas de bêtises. Pense à tes enfants. Reviens. S'il te plaît.* »

Et après cela, Victor. « *Maria, où que tu sois, nous ne cherchons qu'à t'aider. Si tu as peur, ou si tu ne sais plus où tu en es, ou quoi que ce soit, appelle-moi ou appelle les urgences : 0800-050…* »

Je raccrochai, puis je cherchai la carte de visite de Harry Menninga.

Je tapai quatre fois de suite un faux numéro de mes doigts presque gelés. J'avais tellement froid dans mes vêtements humides que je claquais des dents. J'agitai les bras et les jambes pour me réchauffer, mais en vain. Si Harry ne répondait pas, il faudrait que je me remette à marcher.

Il décrocha. Il était dans un café, manifestement, car il cria son nom et, peu après, me hurla d'attendre un instant. Je l'entendis sortir, parmi des gens qui riaient et bavardaient. Les bruits festifs s'estompèrent et je pus enfin l'entendre.

« Harry à l'appareil… »

Les muscles de mes mâchoires étaient tellement tendus que j'avais du mal à parler.

« Qui est à l'appareil ?

— Salut, c'est Maria.

— Ah, Maria. On a rendez-vous demain soir, c'est bien ça ? »

Je ne voulais pas éclater en sanglots. « Il faut que tu m'aides. J'ai un problème, je suis quelque part dans un bois…

— Dans un bois ? Que se passe-t-il ? Que fais-tu là-bas ? Il fait moins dix à l'extérieur !

— Je t'expliquerai plus tard, ce serait trop long. Je ne sais pas vraiment où je suis. Pourrais-tu venir me chercher ?

— Comment veux-tu que je vienne te chercher si tu ne sais même pas où tu es ?

— D'après moi, je me trouve entre Bergen et Bergen plage.

— Près d'une piste cyclable ?

— Non. En tout cas, je n'en vois pas. Je n'aperçois que des dunes au loin.

— O.K., du calme. Réfléchissons. Attends. Est-ce que sur ces dunes tu vois une sorte de tour ? »

Je scrutai l'obscurité. Je ne voyais rien.

« Tourne-toi. Est-ce que tu es en bas d'une colline ou au sommet ? »

Je regardai autour de moi. Derrière il y avait le bois, qui en effet semblait monter.

« Ça y est ! » Je venais de me repérer. Sur cette

colline se trouvait la colonie de vacances Bio. La piste cyclable et l'accès à la plage devaient être tout près. Quelque part sur la gauche.

« Je sais. Je suis au bas de la dune où se trouve le centre de vacances Bio.

— D'accord, écoute. J'arrive tout de suite. Toi, dirige-toi vers le chemin. Je me garerai à cet endroit et je laisserai mes phares allumés. Tu devrais pouvoir me trouver. Sinon, tu m'appelles.

— Je veux être sûre que c'est bien toi. Je ne suis pas en sécurité ici.

— Appelle-moi dès que tu me verras. Je te ferai des appels de phares.

— Bien. Mais si tu vois une autre voiture, tu continues ! Dans ce cas c'est toi qui m'appelles.

— D'accord. J'y suis dans dix minutes. »

Dans la voiture d'Harry, je continuai à claquer des dents, malgré l'air chaud et poussiéreux que dispensait le système de chauffage. En voyant ma cuisse ensanglantée, il marmonna un juron. Il me tendit une boîte de mouchoirs en papier. Je nettoyai la plaie et m'aperçus qu'il s'agissait d'un sérieux accroc qui, à vrai dire, nécessitait quelques points de suture.

« À mon avis, il faudrait aller aux urgences », dit Harry, tandis qu'il démarrait en accélérant exagérément. Simply Red retentissait dans les baffles.

« Non, pas question ! » J'essayais de m'asseoir sur la fesse droite, dans la mesure du possible, pour ne pas tacher son siège en cuir.

« Pourquoi pas ? Qu'est-ce qui t'est arrivé ? »

Je ne parvenais qu'à secouer la tête.

Pendant le trajet, je regardai les lumières et le paysage enneigé. Mes enfants dormaient. Je leur avais promis que demain, nous passerions la journée ensemble. Ils allaient se réveiller vers sept heures, et ils se précipiteraient vers mon lit. Ils me chercheraient et appelleraient jusqu'à ce que Ans vienne leur annoncer que je n'étais plus là. Ils l'accableraient de questions. Où étais-je ? Pourquoi ? Quand allais-je rentrer ? Et maman nous avait promis…

Si quelqu'un pouvait leur donner les bonnes réponses, c'était bien Ans. Avec mes enfants, elle était formidable. C'était tout aussi réconfortant que douloureux.

36

Harry, en me montrant le canapé, m'invita à m'asseoir, mais je n'osais pas. J'étais couverte de sable, d'eau de mer et de sang. Je ne pouvais m'asseoir sur la housse de coton d'une blancheur éclatante. Je tremblais et mis mes mains sous mes aisselles.

« Je pourrais prendre une douche ? » demandai-je. Il eut un petit rire gêné.

« Évidemment. Que je suis bête ! Tu dois être gelée. Regarde, la salle de bains se trouve ici. »

Il fit glisser un panneau de bois et me céda le passage. J'entrai dans un petit espace bétonné, aussi sobre que son salon. Il ouvrit un placard que dissimulait un grand miroir et me montra les serviettes et son peignoir de bain. Je n'aurais qu'à l'enfiler après la douche, si je voulais. Il allait m'apporter des vêtements secs et propres.

Sous l'eau chaude, j'éprouvai des picotements dans tout le corps. Je me rinçai les cheveux pour en retirer le sable et me frottai les bras et les jambes. J'étais couverte d'égratignures provoquées par les chardons et les buissons. La plaie de ma cuisse gauche saignait toujours et ma cheville enflait et bleuissait. Je remuai les épaules, mes muscles étaient douloureux. Demain, j'aurais mal partout.

Je refermai la douche et attrapai une serviette grise, moelleuse, à l'odeur de musc. Dans l'aménagement de son appartement, Harry avait réfléchi à chaque détail. Toutes les couleurs étaient assorties. En cherchant une brosse à dents, j'ouvris un petit placard au-dessus du lavabo. J'y trouvai un gobelet gris, une brosse à dents et un tube de dentifrice du Bodyshop. Même son déodorant et la petite boîte contenant les analgésiques étaient gris. Je ne connaissais qu'un seul homme qui se préoccupe autant de son physique et de l'agencement de son intérieur: Steve. Les autres hommes que j'avais rencontrés s'en moquaient totalement. Ils dormaient sur un matelas posé à même le sol, à côté de leur chaîne stéréo, jusqu'à ce qu'ils aient une petite amie qui leur fasse comprendre qu'on pouvait aussi dormir dans un lit. Mais il s'agissait d'un autre milieu. Des musiciens. Harry, lui, était agent immobilier. Un homme sensible aux détails.

Il frappa à la porte et me tendit un sweater, un pantalon de jogging et des chaussettes Nike tout en détournant poliment la tête pour ne pas me mettre dans l'embarras. J'appliquai sur ma blessure une gaze stérile que j'avais trouvée dans le placard à pharmacie, puis j'enfilai la tenue décontractée, douce à la peau. À présent, je ne craignais plus de m'asseoir sur son canapé blanc.

Une odeur d'espresso se répandit dans la pièce. Harry entra dans le salon en tenant deux tasses et m'en tendit une.

« Eh bien, tu as meilleure mine que tout à l'heure ! Tu veux quelque chose avec ton café ? J'ai du whisky, du cognac, de l'armagnac, du Sambuca, du Tia Maria, de l'amaretto…

— Un armagnac, avec plaisir. »

Il sortit deux grands verres à cognac d'un petit placard près du canapé et nous servit généreusement. Je pris le verre, le passai sous mon nez et respirai profondément l'odeur d'alcool de qualité. C'était ce dont j'avais besoin. Sans l'épouvantable gueule de bois que ce genre de boissons provoquait chez moi, j'en aurais bu volontiers tous les jours.

Je pris une gorgée en savourant la brûlure du liquide passant sur ma langue et glissant ensuite dans ma gorge et dans l'œsophage. Harry alluma deux Marlboro et il m'en tendit une.

« Et maintenant, tu peux me raconter ce qui s'est passé ? »

Il s'installa en face de moi. J'eus un instant d'hésitation. Je ne voulais pas que lui aussi doute de ma santé mentale. Mais après avoir commencé, je ne pouvais plus m'arrêter. Je voulais lui faire confiance, même si je n'avais aucune raison de le faire. Je voulais qu'il me sorte de ce terrible fatras.

Tandis que je parlais, il remplit à nouveau mon verre, alluma des cigarettes, tartina un brie crémeux et goûteux sur des petits pains croustillants, changea les CD. De temps en temps, il me posait une question. Il hochait la tête, les mains croisées devant la bouche. Lorsque j'eus terminé, il se redressa et poussa un soupir.

« Mon Dieu », bougonna-t-il, et l'espace d'un instant j'eus peur qu'il ne prenne le téléphone pour appeler les urgences.

« Je sais que c'est une drôle d'histoire. Moi-même, j'ai du mal à croire ce qui m'arrive. Par moments, j'ai pensé que je devenais folle. Mais les lettres de menaces que j'ai reçues étaient bien réelles. Mon ex les a vues lui aussi. »

Harry me regardait comme s'il pouvait lire dans mes yeux si je disais la vérité.

« Tu sais, si personne ne te croit, tu finis par douter de toi-même. C'est bizarre la façon dont ça fonctionne. Ils n'ont pas besoin de prouver que je suis détraquée, c'est à moi de leur prouver que je ne le suis pas. Mais comment prouver une chose pareille ? Et en attendant, je suis en danger. Mes enfants sont en danger. Et je ne peux rien faire. »

Il se leva et arpenta la pièce en réfléchissant, les yeux fixés sur ses pieds. Je pris une autre gorgée d'armagnac. Harry se taisait, son silence me rendait nerveuse, tout comme Miles Davis qui soufflait dans sa trompette. Je me rendis compte que je n'avais rien mangé de la journée et que je n'avais plus d'énergie. Je lui demandai un verre d'eau. Il alla à la cuisine et en revint avec un grand verre dans lequel tintaient des glaçons. Je le bus d'un trait.

« Tu sais, commença Harry, je te crois. J'ignore pour quelle raison, car je te connais à peine. Je me fie à mon intuition. Par contre, je ne peux pas croire que Martin soit allé aussi loin. Cette idée me fait horreur. »

Il s'installa en face de moi. Ses pieds battaient la mesure. Je sortis des glaçons de mon verre et les posai sur ma cheville endolorie qui prenait une teinte violacée.

« Ce n'est pas très joli. Je peux ? » Il saisit mon pied avec beaucoup de délicatesse, le posa sur ses genoux et retira prudemment ma chaussette. Il me demanda de remuer les orteils. J'y parvins bien que ce fût douloureux. Il posa ses mains sur ma cheville et la fit tourner doucement de gauche à droite. J'émis des petits cris de douleur.

« Une entorse, à mon avis. Pas de fracture. Je vais te faire une compresse avec des glaçons. Je dois avoir une bande Velpeau quelque part. Une seconde. »

Il posa mon pied sur un petit coussin. Je ressentis brusquement une terrible envie de l'embrasser. Il me croyait. Il prenait soin de moi.

Harry me banda la cheville, puis il appliqua une compresse de glace par-dessus.

« Allonge-toi donc, tu seras mieux », dit-il. Il installa quelques coussins dans mon dos. Je m'exécutai.

« Je suis content que tu m'aies appelé. Nous pouvons faire quelque chose l'un pour l'autre. Au fait, et la clé du bureau de Martin ? »

Je lui montrai mon sac. Il l'attrapa et me tendit l'objet couvert de sable. Je fouillai parmi les tubes de rouge à lèvres, les briquets et les miettes de biscuits, puis je finis par en sortir la clé accrochée à la petite bouée bleue. Je ne l'avais pas perdue.

« Formidable ! » s'écria Harry, puis il remplit nos verres.

Nous trinquâmes. Je lui demandai s'il n'avait pas quelque chose de mieux que Miles Davis. Il répondit qu'il n'y avait pas mieux que le bon vieux Miles, mais si j'insistais… Qu'est-ce que j'avais envie d'entendre ? Quelque chose qui aille avec l'abus d'armagnac au beau milieu de la nuit, sur le canapé d'un inconnu.

« Je n'aurais pas cru que tu aies des enfants. » Il me regardait.

« Pourquoi pas ?

— Tu es si courageuse. Les mères de famille que je connais, elles portent des pantalons de jogging et de solides chaussures. Elles sont toujours énervées et pressées, elles font du vélo sous la pluie, traînant une flopée de mômes frigorifiés dans des remorques fluorescentes. » Sa propre définition de la maternité le fit sourire.

« Celles-là, ce sont les mères dignes de ce nom. Elles se sacrifient pour offrir à leurs enfants une vie saine et sécurisante. Je suis plutôt du genre mère indigne, paniquée, qui veut tout faire, tout connaître et qui envoie ses enfants à l'école en pyjama parce qu'elle a oublié de mettre la machine à laver en marche pendant la nuit.

— Tu m'as l'air d'être une mère formidable.

— Je ne sais pas. J'aime mes enfants. Pour moi, c'est l'essentiel, l'affection. J'adore chahuter, chanter et danser avec eux. Je préfère partager leurs jeux plutôt que de passer mon temps à repasser une montagne de linge, ou de les envoyer se coucher à l'heure. Il m'arrive de les garder à la maison une journée quand il fait très mauvais. On se blottit tous les trois sous la couette et on regarde la vidéo de *E.T.* Mais ce n'est pas raisonnable. Les enfants doivent aller à l'école. Se coucher à l'heure. Apprendre à ranger leur chambre. À manger des brocolis. Prendre une douche tous les jours. Faire du sport…

— Je pense que tes enfants sont plus heureux que ces gosses que leurs mères trimballent à longueur de journée dans ces fameuses remorques. Elles sont toujours sur les nerfs et deviennent hystériques si, par malheur, ils ne finissent pas leur verre de lait.

— Cela de la part de l'agent immobilier modèle, avec son intérieur minimaliste, ses chemises soigneusement repassées, son canapé immaculé et sa brosse à dents design ! D'après moi, tu es un maniaque du rangement.

— C'est vrai. Je ne supporte pas le désordre. Ça m'empêche de réfléchir et de me détendre. D'ailleurs, j'adore ranger. En faisant le ménage, j'oublie tout. J'ouvre les fenêtres, je mets un CD… »

Nous avons échangé un sourire. Sa tête a frôlé ma jambe. Il est resté ainsi, son visage à hauteur de mes cuisses, sourire aux lèvres, son regard plongé dans le mien. J'ai senti comme une bouffée de chaleur. Nous ne savions plus quoi faire ni l'un ni l'autre. Les cartes étaient jouées. Au moment où sa tête avait frôlé ma jambe, il n'était plus possible de reculer. Il m'a demandé s'il pouvait m'embrasser, j'ai hoché la tête. Nous nous sommes enlacés. Ses mains chaudes ont glissé sous mon sweater et caressé mon dos, elles sont descendues lentement vers mes fesses qu'il a saisies avec douceur, d'un geste hésitant, comme si je risquais de l'interrompre à tout moment. Je l'ai laissé faire. J'ai passé ma main dans ses cheveux, pressé mes lèvres contre les siennes, nos langues se sont trouvées. Nous nous sommes embrassés les yeux grands ouverts, je voulais sentir et voir que je n'étais pas seule.

Harry a retiré mon sweater, il a regardé mes petits seins. Il les a tâtés, en a caressé les tétons, les a pris entre ses lèvres et m'a embrassée de nouveau avec une ardeur croissante. Il murmurait mon nom, embrassait mes paupières. J'ai déboutonné sa chemise, la lui ai retirée, ai caressé son torse lisse et musclé. Il a passé sa langue sur mon oreille et le long de mon cou, est descendu vers mes seins, mon ventre, mon nombril. J'ai frissonné lorsqu'il a retiré mon pantalon et qu'il a plongé sa tête entre mes jambes.

Je l'ai attiré doucement vers moi, je ne voulais pas qu'il disparaisse, je voulais le regarder dans les yeux et sentir le poids de son corps sur le mien. Ma douleur avait disparu. J'ai déboutonné son jean et admiré son ventre ferme et chaud. Ma main a glissé dans son caleçon, il a poussé un gémissement. Il a cherché ma bouche, s'est redressé d'un bond et a arraché son pantalon. Nous étions pressés tout à coup, très pressés, comme si nous n'avions plus une seconde à perdre, nous ne voulions faire qu'un, aller plus loin, plus fort, nous nous raccrochions l'un à l'autre, désespérément, comme des animaux, les lèvres avides, à palper et à griffer. Lorsqu'il m'a pénétrée, j'ai perdu pied. Je me suis mise à sangloter et à gémir, les larmes ruisselaient sur mes joues.

« Je te fais mal ? » a-t-il murmuré, inquiet. En souriant, j'ai secoué la tête. J'ai caressé du doigt ses sourcils, son nez, ses lèvres. Il a léché mes larmes, a écarté les mèches de cheveux de mon visage. Nous avons ri. Il m'a prise avec fougue, pressant son ventre contre le mien, puis s'est immobilisé. Appuyé sur les bras, il me dominait. Il a cherché mon regard avant de reprendre son mouvement. « Je viens », a-t-il dit dans un gémissement. Je lui ai caressé les fesses et j'ai dit « viens ».

37

Harry dormait. Il ronflait doucement, serré contre moi, sa main posée sur mon ventre. J'étais réveillée. Je ne parvenais pas à me rendormir car j'avais un mal de tête lancinant et une grande envie de faire pipi. Je roulai sur moi-même pour me dégager de son bras et m'assis sur le bord du lit. J'avais mal partout et ma cheville avait encore enflé. À cloche-pied sur le sol de granit froid, j'allai dans la salle de bains chercher du paracétamol.

Je me regardai dans le miroir. J'avais le visage bouffi par l'alcool, mon mascara avait coulé, l'hématome autour de ma plaie allait du violet au jaune, mes cheveux partaient dans tous les sens, on aurait dit une botte de paille. Harry devait être bien ivre ! Et moi ? Qu'est-ce qui m'avait pris ? Pourquoi cette habitude de me jeter dans les bras du premier homme qui se montrait gentil avec moi, comme une petite fille solitaire ? Je me détestais. Maintenant justement, il était important que j'aie toute ma tête, que je consacre toute mon énergie à retrouver une vie normale.

Je m'assis sur les W.-C. et me cachai le visage

dans les mains. Je grelottais. La sensation était bénéfique, je retrouvais mes esprits. Le froid m'aidait à réfléchir. Mes lèvres brûlaient encore de nos baisers enflammés.

Dehors, il faisait presque jour. Il devait être huit heures environ. Il avait cessé de neiger. Je pensais à mes enfants, qui devaient être réveillés depuis une bonne heure. L'idée qu'ils s'inquiètent pour moi, qu'ils aient peur et qu'ils soient en colère m'était presque insupportable.

Je pris mon sac et cherchai mes cigarettes. Il n'en restait plus qu'une dans le paquet. Je trouvai mon briquet et la clé du bureau de Martin. Je la serrai dans ma main et l'embrassai. « Aide-nous à trouver quelque chose. N'importe quoi », murmurai-je en soupirant. J'avais encore la voix rauque à cause de l'abus d'alcool, de cigarettes et du manque de sommeil.

« Tu parles toute seule ! » Harry s'était redressé. Il bâilla et s'étira.

« Oh, bonjour. Je parlais à la clé du bureau de Martin. Tu vois bien que ça ne tourne par rond.

— Eh oui, je m'en suis douté, cette nuit. Tu étais tellement déchaînée, je me suis dit : celle-là, elle est folle à lier. » Il rit et se leva. Il passa la couette sur ses épaules, se dirigea vers moi, me fit face et me prit dans ses bras.

« Tu es gelée. Tu es là depuis longtemps ? » Je posai ma tête contre son torse chaud. Même après une nuit comme celle-ci, il dégageait une odeur de fraîcheur. Enroulés dans la couette, nous nous bercions dans les bras l'un de l'autre.

Sous la douche, je rinçai les traces de notre nuit

d'amour. Je me lavai le visage, j'empruntai son rasoir pour me raser les aisselles et les jambes, je me coupai les ongles des orteils et me massai vigoureusement les cuisses avec son gant de crin. J'aurais aimé passer encore une heure à m'occuper de mon corps, dans cet espace sobre empli d'une buée tiède. À m'épiler les sourcils, presser mes points noirs, me nettoyer les oreilles, me limer les ongles, repousser les cuticules, frotter les callosités. Je comprenais tout à coup pourquoi Steve, après une dispute, se réfugiait pendant des heures dans la salle de bains. Il y avait quelque chose de réconfortant à se tripoter les ongles des orteils, c'était une manière agréable de repousser les problèmes, dans l'espoir que tout ce qui était à l'extérieur de cet espace humide, hors du temps, se résoudrait de soi-même. Mais en attendant, l'envie d'être auprès de mes enfants me pesait comme une pierre sur l'estomac.

Harry, dans son peignoir gris, égouttait les œufs à la coque en sifflotant. Sa bonne humeur me dérangeait. Je m'assis sans dire un mot, je me sentais moite en dépit de mon long rituel sous la douche. Il posa sur la table une théière, une panière de petits pains chauds, deux œufs dans leur coquetier gris et deux verres de jus d'orange. J'avalai le mien d'un trait et sentis la brûlure du liquide acide glissant dans l'œsophage.

« Il reste du café ? » demandai-je. Il se leva d'un bond pour aller en faire.

« Crème ou espresso ?

— Un double espresso, s'il te plaît. »

J'étais incapable d'avaler quoi que ce soit.

Comme un robot, je me mis à fouiller dans mon sac à la recherche de cigarettes, puis je me souvins que j'avais fumé la dernière.

« Tu n'as pas de cigarettes ici ?

— Si. Il m'en reste un paquet dans le placard. Des Camel. Je vais les chercher. »

Je pris les Camel et m'empressai d'en allumer une. À la première bouffée, je me mis à tousser comme une vieille clocharde asthmatique.

« Ça promet !

— Désolée. Je ne me sens pas bien du tout. » J'éclatais presque tellement j'étais nerveuse. Si cela n'avait tenu qu'à moi, je me serais rendue au bureau de Martin sur-le-champ.

Harry, tout en mastiquant, leva les yeux sur la grosse horloge de la cuisine et sembla réfléchir.

« Il est neuf heures. Réfléchissons à la façon de procéder.

— La façon de procéder ! » Tout à coup, je n'y croyais plus. Comment s'introduire dans le bureau de Martin sans se faire remarquer ? Et si nous y parvenions ? Où chercher ? Et quoi ? Et si nous ne trouvions rien ? Si Ans nous surprenait ? Dans ce cas, je n'avais plus aucune chance. Demain, je serais dans un asile.

« Ça va marcher, Maria. Il faut y croire. Vraiment. Je connais la comptabilité de Martin, il ne peut cacher des milliers d'euros sans laisser de traces. » Harry se resservit une tasse de thé.

« Peut-être qu'il a tout détruit. Ou tout mis dans un coffre.

— Il a un ordinateur ? Dans cet ordinateur, on devrait trouver quelque chose.

— Mais s'il est fermé par un mot de passe ?

— Un mot de passe, ce n'est jamais un obstacle. Il n'aura pas été assez bête pour choisir sa date de naissance, mais c'est obligatoirement un mot qu'il ne peut pas oublier et que d'autres ne devineront pas facilement. Je crois le connaître... »

Harry appuya ses coudes sur la table et détourna les yeux. Il se mit à triturer la Cellophane des Camel.

« Quoi ? Qu'est-ce que c'est ?

— D'après moi, Martin a une maîtresse. Au cours de mes recherches, j'ai entendu dire à plusieurs reprises qu'entre Ans et lui ça n'allait pas et on l'a vu avec une blonde. Personne n'a pu me donner de détails, mais hier soir, juste avant ton coup de fil, une de ses collègues m'a dit qu'elle s'appelait Annabelle. À mon avis, c'est son mot de passe.

— Et c'est maintenant que tu me le dis ? »

Je me levai et allai à cloche-pied jusqu'à la fenêtre. « Si nous voulons y aller ce soir, il faut trouver une solution pour ma cheville. »

Harry proposa de refaire le bandage et de passer une pommade anti-inflammatoire. En prenant des analgésiques, ça devrait aller mieux. Et sinon, il irait seul.

« Non. J'irai avec toi. Quoi qu'il arrive. C'est mon problème. »

Je m'assis sur le rebord de la fenêtre et regardai dehors : un dimanche ordinaire à Alkmaar. Dans les rues, la neige s'était transformée en boue et sur les canaux, la glace était recouverte d'une fine couche d'eau. Le dégel s'amorçait, semblait-il.

L'hiver aux Pays-Bas ne durait jamais bien longtemps.

Martin avait une maîtresse. Il avait peut-être l'intention de refaire sa vie avec elle. C'est pourquoi il avait demandé à Harry de faire une estimation de Duinzicht. Si c'était le cas, cela signifiait qu'Ans et mes enfants étaient eux aussi en danger.

« Je pense, dit Harry, qu'il a pris la fuite. Il était sur une affaire, ça marchait bien. Il avait besoin de plus d'argent, je le lui ai donné, et puis il y a eu un problème. Il n'a pas été en mesure de boucler l'affaire.

— Peut-être qu'il est mort. Assassiné par la cupide Annabelle...

— Impossible. Du moins, quand il est parti avec mon fric, il était encore bien vivant. C'est à ce moment-là qu'il a commencé à te harceler. »

Harry me regarda d'un air sérieux. Il avait les traits tirés. Sous cet éclairage, je m'aperçus qu'il avait eu jadis de l'acné. Cela expliquait sa collection excessive de produits pour la peau. Il me prit la main. « Ce que je me demande... C'est le rôle d'Ans dans tout cela ? N'est-elle vraiment au courant de rien, ou ne veut-elle rien te dire...

— Ans n'a jamais été bavarde. Elle préfère s'occuper des problèmes des autres que des siens. Elle veut donner de sa vie une image parfaite. Je pense qu'elle en sait plus sur Martin, mais elle ne me le dira jamais. En tout cas, elle a de graves problèmes de couple et de ça non plus elle ne veut pas parler.

— Tu as confiance en elle ? »

Sa question me fit peur. « C'est ma sœur ! Tu

crois que je confierais mes enfants à quelqu'un en qui je n'ai pas confiance ? Nous ne sommes pas très liées, mais en cas de besoin...

— D'accord. Je m'étonne seulement qu'elle ne se confie pas à toi en ce qui concerne ses problèmes avec Martin. Il me semble que c'est justement le genre de choses dont on parle entre sœurs.

— Nous ne parlons de rien. Nous ne l'avons jamais fait. Nous étions solidaires, dans le temps, mais toujours sans un mot. Et plus tard, lorsque j'ai quitté la maison, nous nous sommes éloignées. Elle s'est sentie abandonnée, son attitude de "Miss Perfection" m'irritait — elle prétendait tout savoir, tout ce qu'elle faisait était mieux et elle comprenait tout. Elle essayait de me materner, ce dont j'avais horreur.

— Mais quand tu as dû quitter Amsterdam, c'est la première personne chez qui tu es allée.

— Je n'avais personne d'autre.

— Tu n'as pas d'amies ? »

Je secouai la tête. « Pas vraiment. En tout cas pas en ville.

— Pas d'amies d'enfance ?

— Non. Parlons d'autre chose. De choses importantes. Par exemple : comment va-t-on s'y prendre ce soir ? »

38

Bergen aan Zee semblait désert dans la nuit. Seuls quelques promeneurs s'aventuraient dehors avec leur chien, courbés, contre le vent. La neige avait presque entièrement fondu. Harry et moi, nous attendions qu'Ans sorte de chez elle. Il commençait à faire froid, nous fumions pour tenter de nous réchauffer et de nous détendre. Elle ne sortait pas.

Je l'avais appelée une demi-heure plus tôt en disant que je me trouvais dans un motel à Akkersloot, à vingt minutes de là en voiture, et que ça n'allait plus du tout. Elle allait venir me chercher tout de suite. J'avais ajouté que si Victor venait aussi, je m'enfuirais immédiatement. Elle devait venir seule. J'avais confiance en elle, en personne d'autre. Elle me le promit. Elle prendrait une baby-sitter. J'entendais Wolf et Merel en fond sonore. Je lui demandai de me les passer, mais elle répondit que ça ne lui semblait pas raisonnable. Elle était enfin parvenue à les calmer et ma voix ne ferait que les perturber. J'interrompis la communication et jetai mon téléphone mobile sur la banquette.

Le froid avait rendu mes mains insensibles. Harry proposa d'aller prendre un café dans l'hôtel près duquel nous étions garés. « Nous la verrons par la fenêtre. Viens, nous allons bientôt être frigorifiés, nous ne pourrons plus bouger. »

Après avoir quitté la voiture, nous entrâmes dans l'hôtel. Le bar était sombre et sentait le renfermé, comme si jamais le moindre rayon de soleil n'y pénétrait. Il y flottait une odeur de café refroidi, de cigarettes et de spéculos. Lorsqu'elle vit arriver ses uniques clients, la serveuse corpulente poussa un soupir en se laissant glisser de son tabouret. Harry commanda deux cafés pendant que je m'installais derrière une baie vitrée donnant sur la porte d'entrée d'Ans.

Nous scrutions la porte en silence. La serveuse posa les deux tasses devant nous d'un geste brusque, en renversant du café dans les soucoupes. Puis elle glissa l'addition sous un misérable bouquet de Noël. Elle s'apprêtait à allumer une bougie rouge, mais Harry l'en dissuada. Ça lui donnait la migraine. Elle haussa les épaules et, en traînant des pieds, regagna le bar où l'attendait sa cigarette qui se consumait dans le cendrier.

Harry jeta un coup d'œil à sa montre et me regarda.

« Elle devrait partir maintenant si elle veut être à huit heures et demie à Akkersloot.

— Peut-être qu'elle ne part pas. Elle m'aura envoyé Victor et Van Dijk.

— Elle ferait ça ? N'avons-nous pas bien calculé notre coup…

— Je ne sais pas, Harry. Il me semble qu'elle devrait y aller. Je veux dire, si elle veut vraiment m'aider. J'ai insisté…

— Elle pense peut-être que tu veux l'éloigner des enfants. Tu devrais l'appeler. Demander si elle est déjà partie. Tiens, voici mon téléphone. L'affichage du numéro est bloqué.

— Qu'est-ce que je dis ?

— Peu importe, pourvu qu'elle parte.

— On pourrait aussi attendre qu'ils aillent se coucher ?

— De quoi tu as peur ? Pas de ta propre sœur, quand même ? »

Il me mit son téléphone sous le nez. Je le pris et composai le numéro. Mes mains devinrent moites.

Ans, légèrement essoufflée, répondit.

« C'est moi… Je t'attends… » Je bafouillai, ma voix se brisa. Peu importe, pensai-je. Il faut que j'aie l'air le plus perturbé possible.

« Je n'arrive pas à partir. J'ai un petit problème.

— Mais il faut absolument que tu viennes. Je ne peux pas rester seule ici plus longtemps…

— Je fais ce que je peux. Mais Wolf est malade, il ne veut pas que je parte. Je ne peux pas laisser la baby-sitter seule avec un enfant…

— Oh mon Dieu, qu'est-ce qu'il a ? »

Harry me lança un regard inquiet. Il poussa vers moi un sous-bock et un stylo. J'écrivis : *Wolf malade !*

« Il a envie de vomir. Il crache et il a de la fièvre. Il te réclame sans arrêt. »

Harry griffonna rapidement quelque chose sur

le sous-bock et me le passa : *Prétexte ! Veut t'attirer chez elle !*

« Viens me chercher, je t'en prie !

— Tu ne peux pas prendre un taxi là où tu es ? Je paierai…

— Non, désolée, Ans. On ne me laissera pas partir. Je n'ai pas d'argent. J'ai peur !

— Tu as bu.

— Le monsieur dit qu'il va appeler la police… »

Je me mis à renifler. J'avais le nez qui coulait. Je ne jouais pas la comédie. Mon fils était malade et j'avais l'impression d'être à l'autre bout du monde. La douleur que je ressentais était physique. Comme si on m'arrachait le cœur.

« Passe-le-moi, ce monsieur… »

Je tendis le téléphone à Harry et tentai de me ressaisir. Wolf n'était pas malade. C'était une ruse.

Harry prit un ton arrogant. « Votre sœur est à découvert, elle n'a pas de quoi payer… Non, je ne peux pas appeler un taxi et la maison ne fait plus crédit. Nous savons par expérience que l'addition et les frais qui vont de pair nous sont rarement remboursés… Bon, écoutez-moi bien, c'est votre problème. Si vous ne venez pas la chercher dans l'heure qui vient, et si vous ne réglez pas l'addition, je serai obligé d'appeler la police… Non… Très bien. À tout à l'heure. Bonne soirée. »

Il éteignit son portable d'un geste triomphant.

Je frissonnais, malgré la chaleur étouffante qui régnait dans le bar.

« Attention, dit Harry. Elle arrive. »

Ans, emmitouflée dans son manteau, se

précipitait vers sa voiture. Peu après, elle démarra en trombe, descendit la dune en passant sous la baie vitrée. Il était huit heures et demie. Nous avions une petite heure avant qu'elle ne rentre, furieuse.

39

« Maison sous système de surveillance Atron ». L'autocollant ne servait qu'à dissuader les cambrioleurs. Une fois à l'intérieur, aucune alarme ne se déclenchait, heureusement. Le bureau de Martin rappelait les anciennes maisons de maître. Des boiseries foncées, une tapisserie d'un vert classique et un petit tableau ici et là.

Au milieu trônait un bureau ancien recouvert d'un sous-main de cuir vert sur lequel se trouvait un écran plat, un clavier ergonomique sans fil et une pile de courrier qui n'avait pas été décacheté. Son agenda de cuir noir Filofax était ouvert. Contre la paroi la plus large s'élevait une bibliothèque de la même teinte foncée que les boiseries, remplie de classeurs et de dossiers suspendus. L'étagère supérieure était réservée aux livres.

Harry s'installa au bureau et alluma l'ordinateur. L'engin se mit à ronfler et à émettre de brèves tonalités, puis il réclama un mot de passe. Harry tapa le nom de la supposée maîtresse de Martin : Annabelle. Il tapa sur la touche « entrée ». Pour toute réponse, l'appareil émit de furieux signaux sonores. « Le mot de passe que vous avez saisi comporte une erreur. »

« Pas grave, pas grave », marmonna Harry, plus pour lui que pour moi. Il repoussa ma main de son épaule. « Tu t'inquiètes ? Laisse-moi faire. Ça va marcher, je vais y arriver, je t'assure. »

Il continuait à pianoter et chaque fois les mêmes signaux sonores retentissaient. Entre-temps, je feuilletais le courrier. Une revue de golf, de grosses enveloppes provenant de banques et de compagnies d'assurances, des lettres des impôts, des rapports d'expertise, les rapports annuels de grosses entreprises, des dépliants et des brochures, les dessins de projets à construire, toutes sortes d'informations dont je n'avais que faire. J'ouvris l'enveloppe bleue des impôts et constatai que Martin les faisait prélever automatiquement. Le solde de ses relevés bancaires était positif.

Pour ce qui était de ses titres en Bourse, je n'y comprenais rien, je les mis à part pour Harry. La seule chose que je comprenais, c'est qu'il avait au moins un demi-million sur son compte de placements immobiliers et que, jusqu'au lundi 30 octobre, il s'était démené pour acheter des parts.

« Yes ! » s'écria Harry lorsque l'ordinateur émit en rafales un bruit de synthétiseur. « J'y suis. "Belle", c'était tout simplement "Belle". Pas Annabelle. Ah ! »

Je jetai un regard sur la pendule. Nous étions ici depuis un quart d'heure.

L'argent qu'Harry avait versé sur le compte de Martin le 23 octobre avait été transféré sur son compte le 25 et il l'avait immédiatement investi dans des placements. Toutes les opérations figuraient sur les relevés, soigneusement rangés dans un classeur. J'aurais pu continuer à étudier le détail des autres classeurs, mais je craignis que cela ne m'avance guère. Martin faisait ses sales magouilles en douce. Je commençai à me dire que nous n'étions pas à la bonne adresse.

Je fouillai dans les tiroirs de son bureau, mais n'y trouvai que des agrafes, une boîte de crayons, des trombones, des tas de photos de son bateau à voile et d'une journée de golf avec des amis, six paquets de biscuits Sultana et, dans le tiroir du bas à droite, une bouteille de Bushmill's, un whisky irlandais de seize ans d'âge et une bouteille de cognac Augier frères de 1906 avec deux verres à cognac et deux verres à whisky. Je trouvai encore un petit album de photos d'une journée de golf avec ses collègues et je reconnus Harry coiffé d'une casquette de baseball rouge et affublé d'un affreux polo à rayures rouges et jaunes.

Harry avait beau cliquer nerveusement sur la souris, il n'obtenait aucun résultat lui non plus. Il n'y avait absolument rien à redire sur les transactions en ligne que Martin avait effectuées. Pas de comptes à l'étranger, pas de dépenses exorbitantes, pas d'e-mails ni de séances de *chat* secrètes. Harry poussa un juron.

« Il n'y a rien. Il a placé mon argent dans des actions et des obligations de fonds américains IT qui sont montés en Bourse. Il a gagné de l'argent à mon profit. Seulement voilà, sans lui je n'y ai pas accès, merde !

— Vous n'aviez pas établi une sorte de contrat ? »

Je pris l'agenda de Martin et le feuilletai.

« Il devait s'en occuper. Le lundi 30, nous étions convenus de régler les derniers détails. Mais il m'a fait faux bond. »

Harry trouva trente-sept fichiers dans la poubelle électronique de Martin. Il était neuf heures moins cinq. Encore dix minutes.

La couverture de son agenda renfermait des dizaines de cartes de visite. Je les parcourus rapidement des yeux, mais aucun nom ne me disait quoi que ce soit. Des notaires, des avocats, des patrons de restaurants et la carte d'une auberge en France. Je la mis de côté, ainsi que deux cartes de crédit et sa carte d'Auto Assistance. Bizarre qu'il ne les ait pas prises avec lui !

« Il en a peut-être une autre, dit Harry. Il n'y a pas des relevés bancaires de sa carte de crédit dans le courrier ? » Il attira la pile de lettres vers lui et la feuilleta rapidement. Il en sortit deux enveloppes.

Les dernières pages de l'agenda de Martin cachaient une petite poche plastique contenant une carte d'identification de l'hôpital et une autre carte sur laquelle étaient notés des rendez-vous. Il avait eu cinq rendez-vous à la polyclinique de gynécologie au cours de l'année. Je sortis la poche plastique pour la montrer à Harry.

« Qu'est-ce qu'un homme peut bien aller faire chez un gynécologue ? »

Harry avait les yeux rivés sur les relevés de compte de l'American Express de Martin.

« Voici le relevé de la carte de crédit qu'il devrait

avoir sur lui à présent. Il a fait une seule transaction. Le 27 octobre, il a pris de l'essence dans une station Shell. Il n'a plus retiré d'argent depuis le 28 octobre. Il a dû emporter le magot qu'il s'est constitué avec l'argent qu'il a gagné au noir. Sinon je ne comprends pas de quoi il vit. Ici, regarde, sa note de téléphone de novembre. Il ne s'est plus servi de son portable. »

Je jetai un coup d'œil à la pendule. C'était l'heure de partir. Harry fourra les relevés de compte dans sa poche, je mis la poche plastique dans mon sac.

« J'ai un mauvais pressentiment, murmura Harry. C'est comme s'il avait disparu. Il y a quelque chose qui cloche. »

Il s'empressa d'éteindre la lampe de bureau et me fit signe de me dépêcher. Je me dirigeai vers la porte et m'apprêtais à lui emboîter le pas lorsqu'une douleur fulgurante dans la cheville me fit vaciller. Je tombai et, en tentant de me relever, je renversai la corbeille à papier de Martin. Elle était remplie de feuilles froissées et d'enveloppes déchirées. Mon regard tomba sur un A4 sur lequel je lus une seule inscription, tout en haut : http://www.mttu.com/abort-gallery/index.html page 3 sur 3.

J'avais déjà vu cette adresse quelque part. Elle figurait en haut des images de fœtus avortés qu'il m'avait envoyées. Je fourrai le papier dans ma poche et me dirigeai en claudiquant vers la porte. Avant d'avoir eu le temps de comprendre qu'Harry se trouvait dans une bien étrange position, je reçus un coup sur la nuque. Je vis une explosion d'étoiles et je m'écroulai sur place.

40

Un chien aboyait au loin. J'essayais d'ouvrir les yeux, mais je n'y parvenais pas, comme s'ils étaient scellés par une colle instantanée. J'avais terriblement soif. Une lumière violente était dirigée sur mon visage, mais je ne pouvais détourner la tête. J'étais ligotée à un lit, pieds et bras écartés. Je me trouvais prisonnière de mon corps immobilisé. Je ne voyais rien, je ne sentais rien, je ne pouvais rien faire, à part me laisser sombrer dans un sommeil agité. Une ombre silencieuse passait parfois dans la pièce, retranchée dans un mutisme hostile. On m'appliqua sans ménagement une pommade agressive sur le visage et on me mit un pansement au cou, si serré que je pouvais à peine respirer. Puis on coupa le pansement avec des ciseaux, on me rasa la tête et on me souleva les fesses. Je restai pendant des heures à trembler, les fesses en l'air au-dessus d'une pointe, jusqu'à ce que mon dos semble se rompre de douleur. Je lâchai prise sans savoir si tout cela se passait réellement.

Après ce traitement, il m'enfonça une aiguille dans le bras. Je tombais du haut d'un gratte-ciel dans des eaux profondes, je traversais les airs avant de retomber dans des ravins accidentés. Ou bien mes enfants étaient torturés sous mes yeux, pendus par les pieds et plongés dans l'eau tandis que je me débattais pour me libérer, ouvrir les yeux, hurler. Mais aucun son ne sortait et mon corps était immobilisé, pétrifié.

Parfois, il me faisait prendre des médicaments qui me provoquaient des haut-le-cœur et m'étouffaient presque. Une fois, il me frappa parce que je les avais repoussés de ma langue enflée. Il me les remit dans la bouche, me les enfonça dans la gorge afin de me maintenir dans un état d'inconscience. Je pensais parfois que j'étais morte, en enfer, ou dans le cachot d'un hôpital psychiatrique.

J'avais perdu toute notion de temps et de lieu. La nuit remplaçait le jour, et le froid la chaleur moite. Mais à un moment donné, la douleur dans ma tête commença à se calmer et je retrouvai petit à petit le contrôle de mes pensées. La première réflexion qui me traversa l'esprit fut : pourquoi ne se débarrasse-t-il pas de moi tout simplement ? Pourquoi m'enferme-t-il, me ligote-t-il, pourquoi ces médicaments ? Qu'a-t-il l'intention de faire ? Puis, je compris que tant que j'étais en vie, il me restait une lueur d'espoir. Pourvu que je parvienne à garder les idées claires !

Je réussissais de mieux en mieux à cacher les médicaments sous ma langue, sans qu'il s'en aperçoive. Dès qu'il partait, je les recrachais le plus loin possible. L'inconvénient, c'était que la douleur s'accentuait. La douleur provoquée par l'immobilité, la douleur dans la nuque, dans les muscles et les os, qui craquaient et protestaient au moindre mouvement. Et la faim. Je souffrais de faim et de soif.

Je tâtai de mes doigts les liens qui me ligotaient. Ils étaient faits de bandes de tissu en coton — des menottes improvisées. J'avais l'impression d'être dans un lit d'hôpital. Je tournai la tête et, doucement, ma nuque se décoinça. Je pus me laisser glisser légèrement vers le bas, ce qui me permit de regarder sous le bandeau. La lumière sur mon visage venait d'une petite fenêtre à gauche, tout en haut, qui laissait entrer les rayons du soleil. Elle était fermée par des barreaux. C'était tout ce que je pouvais distinguer.

Des aboiements me parvinrent de nouveau, glapissants, hargneux. Pourquoi ces chiens ? Y avait-il un chenil à proximité ? Ou un vétérinaire ? Je me concentrai sur les bruits de l'extérieur. Une voiture passait de temps en temps. J'entendais freiner. Des portières claquer. Et puis ces aboiements qui laissaient deviner une certaine excitation. Cela signifiait une chose : j'étais toujours à Bergen aan Zee. Les gens arrivaient en voiture, allaient promener leur chien sur la plage et repartaient.

Cette découverte me plongea dans le désespoir. Merel et Wolf devaient être proches. Oh, mon Dieu, mes enfants ! Ils pensaient sûrement que je les avais abandonnés. Je les imaginais, dans leurs petits pyjamas, sur le canapé. Ans qui leur caressait la tête et les consolait, qui prenait ma place. Ma sœur saurait parfaitement s'occuper de leurs petites âmes traumatisées. Je tendis les muscles de mes bras, essayai de dégager mes mains, créant ainsi un espace. Je découvris une vis sous le rebord du lit et y frottai mon poignet en dépit des élancements de douleur…

Jusqu'à ce que j'entende des pas. Des pas légers, précipités, qui descendaient l'escalier et s'approchaient. La porte s'ébranla, on introduisit une clé dans la serrure. Une odeur d'ail frit me parvint. Je ne pus remettre le bandeau devant mes yeux. J'aperçus une silhouette en jeans et pull noir à col roulé. Une silhouette qui avait des seins, qui sentait le parfum. Elle s'approcha, se pencha, ses cheveux me chatouillèrent le visage. Ses ongles me griffèrent le front en arrachant mon bandeau.

Ans me souriait ; elle posa sa main sur mon front comme pour vérifier si j'avais encore de la fièvre. « On dirait que notre malade se porte déjà beaucoup mieux ! »

41

L'espace d'un instant, je crus que j'hallucinais de nouveau. J'avais probablement avalé une petite quantité des médicaments et c'était le résultat. Un cauchemar : ma propre sœur qui m'avait attachée sur ce lit.

Pourtant, c'étaient ses mains que je sentais passer sur mon crâne rasé. Sa voix que j'entendais. Je devinais son parfum fleuri. Elle se penchait sur moi et observait mes yeux douloureux. De ses doigts, elle tapotait mes orbites boursouflées et bouffies. Elle posa le pouce et l'index sur mon nez et le remua doucement.

« Ça fait mal ? » demanda-t-elle ; je secouai la tête et les larmes jaillirent de mes yeux.

« Tu as fait une bien vilaine chute. Tu n'es pas belle à voir ! »

Elle se dirigea vers la porte, tourna la clé et prit une pile de draps qui étaient posés sur un fauteuil pliant rouge, de ceux que nous avions naguère sur la terrasse de la pension.

« Il faut que je change tes draps. Ton lit est une

véritable porcherie. Je vais te détacher et tu vas aller t'asseoir sur cette chaise. Ça ira ? »

Je tentai de lui répondre, d'ouvrir la bouche et d'émettre des sons, mais je ne parvins qu'à produire un couinement aigu et je fus prise d'une épouvantable quinte de toux. Il fallait que je boive. Ma bouche, ma gorge, ma langue, mes lèvres, tout semblait sec comme du cuir.

Ans prit un gobelet et une paille. Elle avança la paille près de mes lèvres et je compris juste à temps qu'il ne fallait pas boire. Il pouvait y avoir des médicaments partout. Je n'avalerais pas une seule gorgée venant d'elle. Je serrai les lèvres et rassemblai toutes mes forces pour résister à l'envie de boire, de sentir quelque chose d'humide dans ma bouche. Elle poussa la paille contre mes lèvres.

« Allons, Maria, il faut boire. Ce n'est que de l'eau. »

Je détournai la tête et dis dans un gémissement : « Je ne veux pas de ton eau. »

Elle me boucha le nez, de façon à ce que je manque d'air et que je sois obligée d'ouvrir la bouche.

« Si on commence comme ça, il va falloir employer la manière forte. »

Je ressentis une douleur fulgurante dans le nez. Elle me versa le contenu du gobelet dans la bouche. Je faillis m'étouffer et je recrachai tout. L'eau coulait le long de mon menton, dans mon cou. Ans devint furieuse. Les ailes de son nez tremblaient, ses lèvres ne formaient plus qu'un trait, elle siffla entre ses dents qu'elle en avait assez de toujours avoir à me soutenir, de toujours se dévouer pour les autres, qu'il suffisait d'un coup de téléphone, un seul, et c'en était fini pour moi.

Elle tira une carte de sa poche de derrière et l'agita sous mon nez.

« Regarde, Maria ! Voilà ce que tu as fait à ce mec qui te baisait ! Tout le monde est à ta recherche ! Si j'étais toi, je me tiendrais tranquille… »

Elle me jeta la carte.

Un acte barbare nous a brutalement privés de notre fils, petit-fils, frère et beau-frère bien-aimé Harry Menninga.

C'était plus qu'une gifle en pleine figure, un véritable coup de massue. Harry était mort !

« Je ne l'ai pas tué… », murmurai-je sous le coup de l'émotion tout en comprenant que j'étais en partie responsable de sa mort. Je l'avais appelé à mon secours.

« Non, bien sûr, tu es l'innocence même, n'est-ce pas ? Tu ne ferais pas de mal à une mouche. » Elle secouait nerveusement la tête.

Je me raclai la gorge. « Pourquoi tu m'as attachée ? »

J'avais la bouche pâteuse.

« Parce que tu étais hystérique. Tu représentais un danger pour toi-même. Tu frappais, tu mordais, tu donnais des coups de pied. J'étais bien obligée.

— Tu m'as donné des médicaments, et fait des piqûres…

— Ça t'étonne ? Il fallait que je te calme, sinon tu aurais continué à te mutiler.

— Et maintenant ? Maintenant tu n'as plus peur que je t'agresse ?

— Il semblerait que tu aies retrouvé la raison. C'est moi qui dois t'aider à te retaper à présent. » Mes poignets étaient détachés, elle m'aida prudemment à me redresser. J'avais mal partout. Elle retira les couvertures et me détacha les pieds. Je tressaillis en voyant mes jambes. Elles étaient maigres, desséchées et couvertes d'hématomes, de taches noirâtres. La peau au niveau des tibias était couverte de pellicules sèches et mes chevilles étaient violacées.

« Essaie de les remuer. »

Je parvins à soulever la jambe, elle était molle. Ans passa mon bras par-dessus son épaule et elle m'aida à me lever. Mes pieds touchèrent le sol en béton et, bien que j'aie les jambes flageolantes, je tenais debout. En avançant péniblement, elle me conduisit au fauteuil rouge.

Il faisait froid dans cette pièce, je ne portais qu'un T-shirt et une culotte. Je me passai la main sur le visage. Il était bouffi et boursouflé. Je sentis des croûtes autour des yeux et du nez.

« Pourquoi m'as-tu rasé la tête ?

— Tu avais des poux. Il était impossible de s'en débarrasser avec ton énorme tignasse. »

Elle déplia une taie, la secoua et la passa sur l'oreiller. C'était donc ça, cette sensation de brûlure, une lotion antipoux.

« Et les enfants, ils en avaient eux aussi ?

— Ils ont tous des poux. Et tout le monde est trop occupé. Vous laissez faire. Tu comprends tout de même qu'avec les poux, il faut tout laver,

Maria ? Tout ! Et si ça ne suffit pas, on est obligé de raser la tête. C'est le seul moyen. Mais non, bien sûr, il leur faut de jolies coiffures, du gel et tout le tralala à ces petits chéris, il ne faut surtout pas les approcher avec un peigne, ils se mettent à hurler. Je m'apprêtais à passer Merel au peigne fin, elle m'a demandé tout de go : "Qu'est-ce que j'aurai en échange ?" Mais qu'est-ce que c'est que cette éducation ? Ils reçoivent une récompense pour tout ce qu'ils devraient faire d'eux-mêmes ?

— Tu les as aussi… ?

— Évidemment ! Wolf m'a dit : "Oh, on en a souvent. Des petits bonshommes qui font des guili-guili." Il a ajouté que ça n'avait rien de dégoûtant. J'ai répondu que si, c'était sale, et que je connaissais une manière radicale de les chasser. »

Je laissai échapper un gémissement. Mon cœur se brisa. Je pensais à Merel et à sa magnifique chevelure brune, brillante et épaisse. Combien elle en était fière !

Ans retira les draps souillés en prenant un air dégoûté. Le matelas était recouvert d'une alèse en plastique. « J'ai bien fait de te mettre dans la chambre de maman. Sinon, mon matelas aurait été fichu. »

Elle passa une serpillière sur le plastique, dans un mouvement de va-et-vient. Elle me rappelait ma mère, nerveuse, névrosée, comme un tigre en cage.

« Ans, que s'est-il passé ? Pourquoi m'as-tu enfermée ici ?

— Parce que tu es recherchée. » Elle pointa vers moi un doigt accusateur. « Tu as tué ce type. Ici, devant la porte. Tu l'as frappé avec une pierre, et frappé encore jusqu'à ce qu'il tombe raide mort. Heureusement, j'ai réussi à te cacher avant que la police n'arrive. »

Je passai mes bras autour de ma taille et me berçai doucement pour garder le contrôle de mes émotions, pour ne pas me laisser submerger par la tristesse. Mon beau, mon cher Harry. Je me remémorai sa peau lisse, bronzée et son doux regard. Ses lèvres qui m'avaient embrassée et caressée. Qu'avais-je fait ? Pourquoi l'avoir impliqué dans cette histoire ?

« Oui, Maria, tu t'es encore mise dans de beaux draps. »

Ans enfila une housse sur le matelas et passa la main sur les plis.

« Ce n'est pas moi. Quand je suis sortie, il était déjà à terre. Après, j'ai reçu un coup sur la tête. Qu'est-ce qui leur fait croire que je l'ai tué ?

— On vous a vus ensemble. À l'hôtel, en face. On a trouvé tes cigarettes dans sa voiture.

— Et pour quelle raison aurais-je fait ça ? Pourquoi aurais-je tué quelqu'un avec qui j'étais amie ?

— Qu'est-ce que j'en sais ! Tu l'as monté contre Martin, en prétendant qu'il te menaçait. Ensuite, tu as obtenu de lui qu'il t'accompagne dans son bureau. Ce qui s'est passé après, ça reste une énigme pour la police, mais tu es le seul suspect.

— Et toi, qu'est-ce que tu en penses ?

— Je ne pense rien. Si ce n'est que tu as besoin de repos. » Ans m'attrapa sous les aisselles et m'aida à me relever.

« Bon sang, Ans ! D'où me vient cette blessure dans le cou ? Et ces blessures au nez et aux yeux ?

— Tu as fait une vilaine chute. J'étais bien obligée de te frapper. Tu étais complètement hystérique. »

Je dégageai brusquement mon bras de son emprise. Elle me lança un regard furieux.

« Tu n'as plus que moi, Maria. Si j'étais toi, je ne ferais pas de bêtises. Tu vas dormir gentiment et, tout à l'heure, je t'apporterai à manger. Nous pourrons poursuivre cette conversation. »

Je m'allongeai sur le lit. Ma tête bouillait. Elle rabattit sur moi le drap frais et craquant et me saisit la main. « Non. » Je la retirai. « Tu ne m'attaches pas. Et je veux voir mes enfants !

— Il le faut, Maria. Je ne veux pas que tu te fasses du mal.

— Je te préviens, c'est sérieux…

— Ce n'est pas à toi de me prévenir ! Je n'ai qu'à appeler la police et tu pourras dire adieu à Merel et à Wolf ! »

Elle avait plus de force que moi. Il lui fut facile de me ligoter de nouveau. Elle tira de sa poche une petite boîte rose contenant des médicaments, en sortit un comprimé, prit le verre d'eau sur la table de nuit et approcha le tout de ma bouche. Je la regardai droit dans les yeux et la laissai poser le comprimé sur ma langue. Je le dissimulai entre mes joues et mes dents et bus l'eau à la paille.

Ans me tapota la joue. « Ouvre. »

Je refusai. Du pouce et de l'index, elle m'appuya vigoureusement sur la mâchoire, me forçant à ouvrir la bouche. Elle chercha de son ongle tranchant et trouva le comprimé, elle me l'enfonça loin dans la gorge et versa de l'eau. Ensuite elle me frappa. Si fort que j'en eus des bourdonnements d'oreilles. Je le savais, j'en avais la certitude : ma sœur était en train de m'assassiner lentement. Et elle y prenait plaisir. C'est pourquoi elle mettait si longtemps à me donner le coup de grâce.

42

Le comprimé agissait. Je plongeais de nouveau, cette fois dans une eau chaude d'un bleu limpide. Je nageais en direction de la lumière, à l'endroit où pénétraient les rayons du soleil. Je remontais à la surface et repris mon souffle. La clarté était si intense, si éblouissante, qu'elle m'aveuglait. Je voulais regagner la plage, mais je ne savais pas de quel côté me diriger.

Tout à coup, je me trouvais au centre de Bergen. Il faisait chaud, étouffant, mon T-shirt me collait à la peau, mon crâne était couvert de sueur. Une foule de gens se promenaient dans le village, tenant des glaces et des cornets de frites à la main. Il se passait quelque chose. Une fête. On avait suspendu des lampions un peu partout, j'entendais un orgue de Barbarie. L'homme qui en jouait s'approchait de moi en agitant une petite boîte métallique qui faisait un bruit assourdissant. Où que j'aille, il me poursuivait. Je n'avais pas d'argent sur moi, j'essayais de le lui expliquer quand je m'aperçus que c'était Martin. Il me prenait par le bras et tentait de m'entraîner en tendant vers moi sa petite tirelire au bruit de ferraille.

« Ils sont là ! me criait-il, ils sont là ! Rejoins-les ! Allez, dépêche-toi ! » Je reculais et me dégageais de son emprise. Je plongeais dans la foule et je l'entendais crier : « Tu n'as pas encore compris ! »

Apeurée, prise de panique, je me frayais péniblement un passage à travers la foule. J'avais perdu mes enfants. Il fallait que je les retrouve. Je criais leurs noms, mais ma voix se perdait dans le brouhaha. Puis je les voyais qui faisaient la queue devant le marchand de frites. Wolf dans son T-shirt rouge de Dragon Ball, Merel dans une robe à carreaux jaunes et blancs que ma mère avait naguère confectionnée pour Ans. Celle-ci se trouvait près d'elle et tenait Wolf par la main. Je les appelais. Merel se retournait. Elle me regardait droit dans les yeux. Je lui souriais et lui tendais les bras, mais elle ne me reconnaissait pas. Elle se retournait et prenait la main de ma sœur. Ans se penchait vers elle et l'embrassait. Un homme me bousculait, je vacillais, je tombais, je m'agrippais aux passants pour me relever, ils poursuivaient leur chemin, ils m'enjambaient, ma tête heurtait le pavé froid. Je sentais une odeur de boue et de pluie, des chaussures me frappaient au ventre, aux cuisses, je me recroquevillais pour me protéger, tout devenait brun et humide.

Je me réveillai dans le coffre d'une voiture. Ma tête reposait sur un tapis sale, rugueux et humide qui sentait le vin aigre et la terre, le cahotement me faisait souffrir. J'avais les mains attachées dans le dos.

Chaque fois que la voiture passait sur un dos-d'âne ou prenait un virage, je percevais un bruit de frottement provoqué par quelque chose qui glissait. Un bruit à peine perceptible, étrange, que je n'avais remarqué que parce qu'il pouvait me sauver la vie. J'avais beau être faible, avoir les idées floues, je savais que l'instant était décisif. J'avais besoin de tous mes sens. Je me concentrai sur le bruit qui se déplaçait et je me rendis compte qu'il s'agissait d'un objet qui glissait le long de mon dos. Il émettait un son cristallin, comme du verre. Il s'agissait probablement d'un éclat de verre resté dans la voiture par mégarde.

Je rassemblai toute l'énergie qui me restait pour remuer les mains et les doigts afin de desserrer mes liens. Je tendis les doigts de toutes mes forces en attendant que l'objet repasse. Mais rien. Nous roulions sur une route droite, sur l'asphalte. J'entendis l'objet tinter doucement au-dessus de ma tête, contre la carrosserie, et je craignis un instant qu'il ne soit resté coincé quelque part. Je tentai de hisser mon corps vers le haut en poussant sur les pieds, sans succès. Je ne pouvais pas bouger. Je ne l'entendais plus.

Je cherchais fiévreusement une façon de me libérer et j'essayais d'imaginer ce qui m'attendait quand Ans garerait la voiture. Allait-elle me tuer ? Elle avait sans doute déjà creusé ma tombe. Près de celle de Martin. À un endroit où personne n'irait jamais nous chercher.

Je ne voulais pas mourir. Jamais je n'avais ressenti aussi fort l'envie de vivre qu'en ce moment. Je devais survivre à cette situation, absolument. Protéger mes enfants de l'emprise de cette femme. Je ne voulais pas qu'ils grandissent dans l'idée que j'étais une folle instable qui avait tué un homme avant de mettre fin à ses jours.

Brusquement, la voiture fit un écart et je perçus de nouveau le petit tintement. Ans avait dû s'engager dans un chemin de sable qui montait. J'écartai les doigts en tendant les bras le plus possible. L'éclat de verre glissa sur la droite. Du bout des doigts, je parvins à l'attirer vers moi. Je le serrai fortement et sentis du sang chaud couler dans ma paume. Il était tranchant. Suffisamment pour me sauver la vie.

Je le passai sous mes doigts pour en deviner la forme, pointue à l'extrémité, comme une faucille. Je tentai de faire glisser la pointe derrière le coton. Je parvins juste à le saisir de mes doigts gourds et glacés, mais lorsque je tentai de le faire glisser sur les liens, mes mains se raidirent. Je lâchai un juron. Il ne fallait pas laisser échapper ce morceau de verre, sinon je ne le retrouverais pas. Il fallait supporter la douleur, mais elle me faisait perdre le contrôle de mes mouvements. À ce moment-là, le véhicule se mit à cahoter, comme si nous passions sur des ornières. Ma tête frappa l'aile de la voiture, je ressentis une irritation dans le nez, il se remplit d'eau qui me monta aux yeux. J'éprouvais des picotements. Lorsque la voiture s'arrêta brusquement, ma tête tapa encore une fois contre l'aile. Je parvins de justesse à rattraper l'éclat de verre du bout des doigts et à refermer ma main dessus.

Le coffre s'ouvrit. La silhouette de ma sœur qui me dominait se dessina dans la nuit, je compris qu'elle me haïssait. Comment ne m'en étais-je pas aperçue plus tôt ? J'avais toujours pensé que, malgré l'adversité, j'avais au moins une sœur qui me connaissait et qui m'aimait, même si elle ne me comprenait pas. Quelle erreur fatale !

Elle se pencha sur moi et me tira par le bras. Je me laissai faire, je ne voulais pas lâcher mon arme. Je me redressai en gémissant. Le verre pénétra plus profondément dans ma paume. Je passai un genou après l'autre au-dessus du rebord du coffre et me retrouvai debout sur le sable. Nous étions quelque part dans les dunes, près de la mer qui rugissait. Ans avait emprunté la piste cyclable pour entrer dans la réserve naturelle. Nous nous trouvions à présent au sommet d'une dune, exposées au vent mordant du nord-ouest.

Elle me conduisit jusqu'au siège du passager et m'ordonna de m'asseoir. Elle examina mon visage en évitant mon regard et tira de sa poche un paquet de mouchoirs. Elle me nettoya la figure, comme je l'avais fait si souvent pour Wolf. Elle portait des gants en latex.

J'essayais de capter son regard, mais elle se dérobait. Je pensais que si je parvenais à la regarder droit dans les yeux, à établir un contact, à éveiller quelque chose en elle, un souvenir du passé, lorsque ensemble, au lit, nous écoutions les hurlements de notre mère, peut-être m'épargnerait-elle.

« Ans, dis-je avec douceur. Ans ? Que vas-tu me faire ? »

Elle ne répondit pas. Elle me fit signe de me lever, me poussa pour m'éloigner de la portière et la referma. Elle tourna la clé et me tira par le bras.

« Viens, dit-elle. Allons-y.

— Non, répondis-je. Je ne vais nulle part. » Je me laissai tomber dans les oyats en me disant qu'il fallait gagner du temps. Faire durer. Épargner mes forces. En attendant, je passais l'éclat de verre sur la corde, sans savoir vraiment dans quoi je coupais.

« Débarrasse-toi donc de moi ici ! Pourquoi se fatiguer à marcher ? Tu vas me tuer et je ne comprends pas... Je ne comprends pas pourquoi, Ans ? »

Elle se tenait à mes côtés. Son ciré claquait bruyamment au vent. Je perçus un cliquètement étrange sous son manteau qui provoqua chez moi une terrible panique. C'était le déclic d'un pistolet. Elle tirait la sécurité. Elle allait vraiment m'achever sur place.

« Attends. Ans... Oh ! J'arrive... »

Du temps, il me fallait un peu plus de temps ! Je reniflais. La sueur ruisselait sous mes aisselles, tout mon corps se raidit. Je ne voulais pas mourir. Même si je n'avais plus que trois minutes à vivre, ces trois minutes valaient la peine.

Tandis que nous descendions la dune, Ans insista pour me tenir, mais je me dégageai. Il ne fallait pas que je laisse échapper l'éclat de verre.

« Martin est-il enterré ici ? » demandai-je.

Ans poussa un soupir. « Je n'ai pas envie de parler », dit-elle en poursuivant son chemin d'un pas rapide et décidé.

« Je préférerais ne pas mourir. Mais comme je

vais mourir quand même, j'aimerais connaître la vérité. C'est la moindre des choses… »

Il était difficile de couper tout en marchant. La pointe m'égratigna le bas du dos.

« Je vais t'expliquer pourquoi tu n'as que ce que tu mérites. »

Elle me fit face et me regarda enfin, d'un air glacial.

« Tu es un parasite. Un vampire. Depuis le jour où tu es née. Tu n'aurais pas dû voir le jour. Son corps te refusait. Mais non, elle s'est allongée et tu t'es incrustée. C'est comme ça que tout a commencé. Après, elle n'a plus jamais été comme avant. Elle est devenue folle par ta faute !

— Mon Dieu, Ans… Tu sais bien que ce n'est pas vrai… Maman n'a jamais accepté la mort de Stephan…

— Non. Ça a commencé plus tôt ! Et toi ! Tu ne supportais pas que maman ait tant de peine. Tu réclamais toute son attention. Tout. Toujours, et maintenant encore. Il suffit qu'un homme s'approche, et tu veux qu'il ne voie que toi. Chanter, d'ailleurs, c'est la meilleure façon d'être le point de mire ! Ce que tu veux, tu l'obtiens. Je ne comprends pas. Tout le monde s'y trompe ! Même Martin. Il t'admirait. Tu assumais tant de choses à la fois : chanter, t'occuper des enfants, soutenir Geert. Et pour comble, subir un avortement… ! »
Elle me fit tomber en me frappant de toutes ses forces à l'épaule. Je roulai le long de la pente. L'éclat de verre m'échappa des mains. Je tâtonnai, m'égratignant sur le sable gelé, mais il avait disparu…

Ans se pencha, elle pointa vers moi un doigt menaçant.

« Ç'a été la goutte d'eau, Maria ! La goutte d'eau. Je venais de rentrer de l'hôpital. Tu sais pourquoi ? hein ? Un curetage ! J'ai dû subir un curetage. On retire un enfant mort de ton corps avec une sorte de pompe aspirante. Mais inutile de te l'expliquer, n'est-ce pas, Maria ? Toi, tu t'es fait enlever un enfant vivant. Tu as assassiné un enfant viable. »

Je tirais sur les liens de mes poignets et les frottais sur le sable. Il pénétrait dans mes plaies. Les liens se firent plus lâches. Ans me tira brusquement pour me relever, je sentis quelque chose se déchirer dans mon dos. La bande de coton venait de céder. Elle me poussa devant elle et me frappa si fort dans le dos que je laissai échapper un cri. « Tu peux crier, ça ne sert à rien. Ici, personne ne peut t'entendre et personne ne viendra te chercher. »

Je trébuchai et dégringolai la dune la tête la première. J'avais les mains libres. Je pouvais m'enfuir. Ans tirerait sur moi, mais dans l'obscurité elle avait peu de chances de m'atteindre. Et si j'étais touchée, si elle me tuait, elle ne pourrait prétendre qu'il s'agissait d'un suicide.

Je pris de l'élan et continuai à rouler jusqu'à ce que j'arrive sur le sable plat. Je me redressai d'un bond pour partir en courant, et j'eus juste le temps de lancer un regard derrière moi. J'aperçus Ans qui sautait, elle m'empoigna par la nuque et me fit retomber dans le sable.

« Salope ! Tu t'es détachée ! Comment as-tu... »

Je me mis à frapper sauvagement autour de moi, essayant de lui jeter du sable dans les yeux et de lui donner des coups dans le ventre, mais elle réussissait à m'esquiver. Elle me serra la gorge si fort que j'eus l'impression que mes yeux allaient sortir de leurs orbites. Elle me plongea la tête dans le sable, je ne voyais plus rien.

Elle pointa le canon d'un pistolet contre ma tête.

« Espèce de salope ! » Elle hurlait comme une hystérique, assise sur mon dos ; elle me tourna la tête sur le côté. Je suffoquais. Elle plaça le canon contre ma tempe.

« Je regrette, Ans. Vraiment. Je ne savais pas. J'aurais pu t'aider. Je peux encore t'aider. Allons. Je sais que tu ne veux pas ça. »

Elle me décocha encore un coup dans la nuque. « Tu ne le mérites pas ! Toi et toutes ces bonnes femmes qui se saoulent, qui baisent, qui font des gosses, et laissent aux autres le soin de réparer les dégâts. C'est si injuste ! Tu veux tout… Tu as tout. Et ça ne te suffit pas. Alors que moi… Je n'ai jamais rien demandé. Si ce n'est une famille. Le droit d'être heureuse. J'ai toujours fait tout ce que je pouvais, bon sang, mais tout le monde s'en moque. Et toi… toi tu n'as jamais vécu que pour toi. Et pourtant, on t'aime. Ils t'aiment, toi. Même quand tu fais disparaître leur enfant et que tu les fiches dehors. »

Elle tremblait. Le canon de son pistolet tapait contre ma tête. Il fallait continuer à la faire parler.

« Mais tu avais Martin toi ? Il t'aimait…

— Martin est un salaud. Il m'a laissée tomber. Après tout ce que nous avions vécu ensemble… » Sa voix se brisa. « Il voulait des enfants. Nous en parlions, nous en parlions souvent. Notre maison était idéale pour une grande famille. Nous n'aurions pas fait comme nos parents. Mais chaque fois, mes règles revenaient. Chaque mois. Tu sais ce que ça signifie pour un couple ? Non, tu ne le sais pas ! Toi tu tombes enceinte parce que tu as trop bu et que tu ne réfléchis pas. Tu as des enfants que tu n'as même pas souhaités. Moi j'accouche d'un enfant mort-né. Après cinq fertilisations in vitro, cinq fois la douleur, les injections d'hormones, cinq fois un nouvel espoir. Et puis, enfin, j'avais réussi. J'étais si heureuse. Deux mois. Je vomissais tripes et boyaux, mais je m'en moquais. Je portais notre enfant dans mon ventre. J'étais si heureuse, que je ne me suis même pas rendu compte de ce que Martin manigançait pendant ce temps-là… »

Elle haletait. Son corps était agité de soubresauts. Elle me prit le bras et le plia dans mon dos. Il ne fallait pas qu'elle m'attache. Les mains liées, je n'avais plus aucune chance.

« Tu l'as tué ?

— Je ne voulais pas. Je voulais seulement qu'il reste avec moi. Que nous restions ensemble. Mais il ne voulait plus. Il trouvait que j'avais changé. Que j'étais trop obsédée par l'idée d'avoir des enfants. Il me fallait l'accepter, disait-il. Nous avions perdu notre enfant, c'était peut-être un signe. Il voulait que je me rapproche de toi. "Maria a des enfants, tu pourrais t'occuper un peu plus d'eux." M'occuper d'eux ! Comme si cela me suffisait ! Puis il m'a dit qu'il avait parlé avec Geert. Que toi aussi, tu traversais une phase difficile. C'est alors que j'ai appris que vous vous étiez séparés et que tu venais de te faire avorter. Cruel hasard ! a-t-il dit. "Invite donc Maria à passer quelques jours chez nous. Vous pourriez parler, aller à la plage avec les enfants." Eh bien, c'est ce que j'ai fait, imbécile ! La voilà, la courageuse Maria ! Et ses chers petits sont chez moi. Ils m'adorent, tu sais ! »

J'étais furieuse. Furieuse au point que tous mes muscles se contractèrent, juste au moment où elle essayait de m'attacher les poignets provisoirement et où elle relâchait son attention. Je levai les fesses, dégageai mon bras droit de son emprise et frappai la main qui tenait le pistolet braqué sur ma nuque. Je me retournai et l'écartai en poussant un cri qui émanait du plus profond de moi. Je sentis ses ongles pénétrer dans la chair de mon bras et son genou dans mon estomac, mais je fus la plus forte. Je me relevai et la repoussai brusquement. Sa tête heurta le sable gelé et le coup partit.

Étendues toutes les deux, immobiles sur le sable, nous fûmes abasourdies par cette détonation assourdissante. Je fus la première à me relever pour voir si Ans était blessée. Je murmurai son nom et je pris peur. Elle ne bougeait plus. Entre le vent et la mer, c'était à celui qui rugirait le plus fort, un bruit angoissant. La lune avait complètement disparu derrière les nuages. Une pluie fine se mit à tomber. Des gouttes glaciales, qui ramenèrent Ans à elle, mais trop tard, car j'avais eu le temps de m'emparer de son pistolet. Un petit objet noir, plus léger que je ne l'aurais cru. Je n'avais jamais vu de pistolet auparavant, je n'en avais jamais tenu un, je ne savais qu'en faire, à part le pointer sur ma sœur qui me regardait, les lèvres bleuâtres et tremblantes.

« Tu fais une grave erreur si tu tires.

— S'il le faut, je le ferai. En tout cas je ne me laisserai pas faire.

— Maria, tu as le dos au mur. Personne ne te croira. Que pensera-t-on si tu me tues ? On t'enfermera d'office et Merel et Wolf n'auront plus personne.

— Je ne vais pas tirer, je te ramène à la maison et tu vas tout avouer.

— Ils te croient folle. Victor a tout raconté à la police. Personnalité émotionnellement perturbée, ce qui a toujours été le cas. Névrosée à la suite d'un avortement. S'imagine que l'on complote dans son dos, ne distingue pas entre la réalité et son imagination. S'invente un harceleur. N'est pas responsable de ses actes. »

Ans se releva et se dirigea vers moi.

« Donne, Maria, s'il te plaît. Ou bien jette-le, loin dans la mer. Tu ne veux pas vraiment me tuer. Allons, chérie, viens vers moi. »

Je sentis une odeur de cigarette. Il était arrivé par-derrière, il me saisit le poignet et passa son bras autour de ma taille. Ans s'effondra devant moi en gémissant.

« C'est bon, mon petit, lâche. Allons, il y a eu suffisamment de malheurs comme ça. » C'était Victor.

43

Victor n'était pas seul. Au sommet de la dune, se trouvaient Van Dijk et quatre policiers. Les gyrophares des deux cars de police et de l'ambulance projetaient une lumière agressive sur les oyats.

Il était superflu de chercher à me maîtriser. Je lui aurais remis de moi-même le pistolet, sans hésiter. Je savais que tout était fini. J'étais en partie soulagée que quelqu'un soit venu mettre fin à cette lutte épuisante. Je n'aurais jamais tiré sur ma sœur, elle ne se serait jamais rendue. Nous serions sans doute mortes de froid si personne n'était intervenu.

Enveloppée dans une couverture râpeuse, qui sentait l'humidité, tenant de mes mains écorchées une tasse de café brûlant et une Caballero au goût prononcé, je ne faisais que pleurer. Les larmes réchauffaient mes joues glacées et coulaient sur ma cigarette. Cette folle, tête rasée, secouée de hoquets, sanglotant, les poignets en sang, c'était moi. Le tableau était complet.

L'ambulancier, un jeune Marocain, le visage grêlé, les yeux marron aux sourcils exagérément longs et épais, le regard doux, m'examinait avec un air de pitié. « Madame ? Si vous voulez bien venir jusqu'à l'ambulance ? Nous allons examiner vos blessures. »

Il m'aida à me soulever et, pas à pas, m'appuyant sur lui, j'avançai péniblement jusqu'à la voiture jaune. On aurait dit que j'avais quatre-vingt-dix ans.

« Voulez-vous prendre quelque chose contre la douleur ? »

Il examina mes pupilles avec une sorte de crayon lumineux. Je secouai la tête.

« Un calmant peut-être ?

— Non. Je ne veux plus de médicaments.

— C'est comme vous voudrez, mais j'imagine que vous devez souffrir...

— Inutile d'essayer. Je ne suis pas psychotique, même si vous le pensez, ne vous inquiétez pas, je vais coopérer. Mais je refuse d'avaler quoi que ce soit.

— C'est très bien, madame. »

Il me tapotait doucement le visage en me demandant si j'avais mal. Lorsqu'il me toucha le nez, je me recroquevillai.

« Ah, c'est ce que je craignais. Vous avez probablement le nez cassé. Nous irons aux urgences tout à l'heure. Mais d'abord, je vais vous nettoyer les mains et vous mettre un pansement. Il me saisit les deux mains avec douceur, les retourna, les examina avec soin et en retira le sable prudemment.

« Ce ne sont que des coupures superficielles. Rien de grave. Elles ne nécessitent pas de points de suture. »

Je m'étonnais de sa gentillesse. Peut-être avait-il

peur ? Ou bien il avait appris à approcher les fous avec prudence.

Un policier entra, suivi de Victor. À en croire son regard, on aurait dit que c'était lui qui venait de réchapper de justesse à la mort. Il avait les cheveux hérissés par le vent, ce qui le faisait ressembler au professeur dans *Retour vers le futur*. Le policier se pencha vers moi et me posa la main sur l'épaule.

« Madame Vos, êtes-vous prête à faire une déclaration ? »

L'ambulancier protesta. « Je ne crois pas. Elle a le nez cassé et il semblerait qu'elle souffre de malnutrition et de déshydratation. Je crois qu'il serait préférable que vous veniez demain à l'hôpital…

— Entendu. »

Le policier se redressa à moitié et posa ses mains sur ses hanches. Je regardai sa ceinture, d'où pendaient des menottes et un téléphone portable qui faisait entendre un grésillement et des crachotements.

« Madame Vos, je viendrai vous voir demain, sans doute avec mon collègue Van Dijk que vous connaissez déjà. Nous emmenons votre sœur. Vous n'avez plus rien à craindre. »

Mon regard éberlué alla de Victor au policier. Était-ce un piège ? Mon cœur se mit à battre à toute vitesse, comme si un tramway me passait sur la poitrine.

« Mais alors, qui va s'occuper des enfants ? Ils ne sont tout de même pas seuls à la maison ? Victor ? Tu étais avec eux ? »

Il plia les genoux pour se mettre à ma hauteur.

« Maria, Merel et Wolf sont avec leur père. En

sécurité dans un hôtel, ici, à Bergen. Ils dorment, tout va bien. Et je te dois des excuses. Je suis désolé. Je suis absolument désolé. J'ai commis une énorme, une épouvantable erreur… »

Sa joue tremblait et sa voix se brisa. Je crus un instant qu'il allait éclater en sanglots. Il passa nerveusement ses mains dans ses cheveux en bataille et me tapota la jambe. L'ambulancier me bandait les poignets.

« Je ne comprends pas, Victor. Que s'est-il passé ? Comment saviez-vous que nous étions ici ?

— C'est une longue histoire. Mais ce soir, ils ont déterré le corps de Martin et, alors qu'ils perquisitionnaient, les policiers ont trouvé la petite pièce où tu étais enfermée. »

44

Lorsque je les vis entrer, l'air embarrassé, traînant des pieds, leurs petites têtes rasées, le regard apeuré, je reçus un choc. Merel et Wolf trouvaient que je faisais peur à voir, la tête bandée, le visage tuméfié. Geert les suivait, un énorme bouquet de roses rouges à la main.

Sans un mot, Wolf posa un dessin sur mon lit, puis il porta ses doigts à sa bouche. Il se mordit les ongles, il osait à peine me regarder. Je lui caressai le crâne et le serrai contre ma poitrine. « Mon petit Wolf chéri, comme tu m'as manqué.

— Toi aussi, maman », bafouilla-t-il en se dégageant de mon étreinte trop empressée.

Je tendis les bras vers Merel, qui s'avança vers moi d'un pas hésitant. Elle m'embrassa sur la joue et posa doucement ses mains sur mes épaules. « Bonjour, maman… » Je l'attirai vers moi et me sentis presque submergée de tristesse lorsque je sentis ses cheveux en brosse contre ma joue.

« Ah, mes chéris, je suis si heureuse de vous revoir…

— Regarde, maman », me dit Wolf en faisant

remuer de son doigt une dent de sa mâchoire supérieure qui bougeait enfin. Quel plaisir de constater qu'après m'avoir fait timidement des câlins pendant cinq minutes, ils redevenaient eux-mêmes. Ils se disputèrent pour savoir lequel des deux s'assiérait sur mon lit. Merel demanda si elle pouvait regarder la télévision, Wolf voulut dessiner.

« Tu nous as sûrement rapporté un petit cadeau, après être partie si longtemps ? » demanda Wolf à qui sa sœur décocha immédiatement une tape sur le bras.

« Arrête ! Maman est malade, tu le vois bien ! »

Geert était assis au bord d'un siège pliant, penché en avant, les yeux fixés sur le plancher. Je voyais les muscles de ses mâchoires se contracter. Il cherchait ses mots. Il ne savait pas par où commencer. Moi non plus.

« Ça va à peu près ? bougonna-t-il d'une voix rauque en me regardant d'un air plein de compassion.

— Ça va bien », répondis-je, et je lui souris.

Il hocha la tête.

« Je n'ai rien de grave. La perfusion, c'est pour me réhydrater, j'ai la tête bandée parce que la plaie à l'arrière du crâne a été recousue. Et j'ai le nez cassé. C'est pourquoi je ressemble à Mike Tyson. »

Il rit en reniflant et se frotta les yeux. Puis il porta ses mains à ses joues. « J'ai cru que tu étais morte, vraiment. Tu étais recherchée, ils ont trouvé le corps de Martin… Alors, il n'y avait plus aucun doute. Je me suis maudit. Je me disais : comment ai-je pu laisser faire ça ? Pourquoi ne suis-je pas allé chez Ans ? Pourquoi suis-je si lâche ?

— Tu n'as rien à te reprocher, Geert. Personne ne pouvait imaginer une chose pareille. » Je pris sa main et embrassai ses doigts.

Un toussotement nous fit sursauter. Van Dijk et Victor se tenaient sur le pas de la porte. Ils entrèrent et nous serrèrent la main tour à tour. Victor portait les mêmes vêtements que cette nuit, un ensemble de velours côtelé brun, froissé, un débardeur bordeaux et une chemise à carreaux marron. Van Dijk, dans son pardessus kaki, ressemblait à un entraîneur de foot surmené.

Geert demanda aux enfants s'ils voulaient une glace. C'était le cas, mais ils préféraient rester près de moi. « Je ne vous quitterai plus jamais, les enfants. Vous pouvez rester près de moi aussi longtemps que vous le voudrez, et si vous partez, je viens avec vous. » Cette promesse s'adressait autant à eux qu'à moi-même. Sur ces mots, ils suivirent Geert un peu à contrecœur. Je vis que Merel cherchait sa main, j'en fus émue.

Victor prit la place de Geert, et Van Dijk s'installa de l'autre côté du lit. Victor se passait la main dans les cheveux comme un névrosé. « Oui. » Il se frotta les yeux, les leva au plafond, comme si ce qu'il voulait me dire y était inscrit. « Maria, tout d'abord, je te présente mes excuses. Je n'ai jamais failli à ce point depuis que j'exerce. J'en suis effondré. Je ne cesse de me demander comment cela a pu se produire. Sous mes yeux. Comment ai-je pu me laisser manipuler ainsi ? Je remets très sérieusement ma position en question. Vraiment. Tu peux me croire… »

Une infirmière apporta du café. Elle en proposa

à ces messieurs qui s'empressèrent d'accepter. Chacun de nous prit une première gorgée en silence. J'appréciai la chaleur du café qui réchauffait mon corps.

« Tu sais, je travaille depuis plus de vingt ans pour le Service de santé publique. Je m'occupe de parents souffrant de graves troubles de la personnalité, ce qui entraîne des difficultés dans leur couple, dans leurs relations avec leurs enfants. Je les soigne, je prononce un diagnostic. Je vois des drogués, des alcooliques, des schizophrènes, des femmes et des enfants battus. Je tente d'abord de les aider à résoudre eux-mêmes leurs problèmes. En cas d'échec, je fais faire une demande d'internement ou de mise sous tutelle, souvent après avoir consulté ta sœur. C'est ainsi que nous nous sommes connus.

« Il y a un an, Ans m'a confié que son travail commençait à lui peser. Elle avait de plus en plus de mal à supporter les souffrances auxquelles nous sommes confrontés quotidiennement. Nous avons beaucoup parlé à cette époque et c'est ainsi que les liens se sont resserrés entre nous. Simplement en tant qu'amis et collègues. J'avais beaucoup d'admiration pour elle. Elle m'avait parlé de votre enfance, de votre mère, qui tyrannisait toute la famille, et elle m'avait dit que personne n'avait rien fait pour vous. Elle avait choisi de devenir assistante sociale et de se spécialiser dans la protection de l'enfance pour venir en aide aux enfants comme vous. Je me disais : si quelqu'un peut faire quelque chose pour ceux qui viennent ici, c'est bien elle. Elle me motivait. Aussi difficile que cela fût pour elle, elle parvenait toujours à surmonter, à continuer, malgré ses problèmes avec Martin, ses multiples tentatives de F.I.V. qui avaient échoué. Et elle me disait : c'est grâce à toi que je continue, que je trouve une satisfaction dans mon travail, tu es ma source d'inspiration. Pour être franc, je me sentais flatté. J'étais heureux qu'elle se confie à moi. Je savais qu'elle était enceinte. J'ai su avant son mari que le fœtus ne vivrait pas. Elle s'est mise en arrêt maladie et elle est restée quelque temps chez elle. Pendant tout ce temps-là, j'étais le seul de ses collègues avec lequel elle entretenait des contacts. Je m'étonnais qu'elle sache si bien dissimuler sa peine. Elle venait de perdre un enfant, son mari la quittait, sa situation ne pouvait être pire, pourtant elle semblait sereine. Puis tu es arrivée chez elle. Elle me parlait rarement de toi, mais quand elle le faisait, c'était le plus souvent de façon négative. Tu étais la petite sœur instable, qui avait deux enfants de pères différents sur les bras. Tu buvais, tu te droguais, tu ne t'occupais pas d'eux. Tu refusais son aide. Elle avait déjà tenté plusieurs fois de te faire mettre sous tutelle, mais on avait toujours considéré que les problèmes n'étaient pas assez graves. L'école que fréquentaient Merel et Wolf ne se plaignait de rien, les voisins trouvaient que tout allait pour le mieux, le médecin aussi. Elle s'inquiétait. Un jour ou l'autre, les choses allaient mal tourner, mais personne ne s'en apercevait, sauf elle.

« Je la croyais, Maria. N'oublie pas qu'avec les histoires qu'elle m'avait racontées sur votre enfance, il y avait de quoi s'inquiéter. Je comprenais très bien qu'avec un tel passé tu aies des problèmes, même si je ne te connaissais pas. Si bien que le jour où elle m'a appelé en me disant que tu allais rester quelque temps chez elle avec les enfants, j'ai été content pour elle. Enfin, il allait se passer quelque chose. Je lui ai proposé mon aide. »

Je ressentis une douleur sourde dans le ventre. Ans concoctait un plan pour m'enlever mes enfants depuis un certain temps déjà. L'école ? Mes voisins ? Personne ne m'avait dit qu'on avait posé des questions à mon sujet. Instable, moi ? Parce que chez nous, les choux de Bruxelles n'étaient pas prêts à cinq heures et demie précises ?

« Elle m'a appelé en pleine nuit. Tu ne te maîtrisais plus. Je n'étais pas de service, je lui ai conseillé d'appeler le psychiatre de service aux urgences. Ou son médecin. Il était préférable de résoudre ce problème par le biais des instances compétentes. Mais elle n'a rien voulu savoir. Elle était extrêmement perturbée. Elle sanglotait en disant que tu étais sa sœur, sa petite sœur, et qu'elle ne voulait pas que tu sois internée. Elle et moi, des professionnels, nous pouvions t'apporter une aide dans un environnement sécurisant et chaleureux. C'était mieux ainsi. Pour les enfants, pour toi, pour elle. Je le comprenais. Nous étions bien placés pour savoir comment les choses se passent dans un centre psychiatrique. Personne ne souhaite à l'un de ses proches d'en arriver là.

« Je comprends à présent qu'elle avait besoin de moi pour te prescrire des médicaments. J'avais déjà une idée préconçue sur toi à cause des histoires qu'elle m'avait racontées. Moi, un psychiatre expérimenté, je me suis laissé abuser. Tout a déraillé, complètement… »

Il baissa les yeux, puis il les ferma. Il poussa un soupir, toutes ses forces semblèrent le quitter. Du pouce et de l'index, il se pinça le nez, entre les yeux, comme s'il y avait à cet endroit un petit bouton qui lui permettait de reprendre le contrôle de lui-même.

« J'ai appelé la police quand j'ai constaté qu'elle avait rasé les enfants. C'est à ce moment-là que j'ai compris. Je l'ai regardée dans les yeux et j'ai vu. C'était un moment épouvantable. Épouvantable. L'idée… »

Il secoua la tête. « Tout à coup, j'ai compris ce qu'elle avait l'intention de faire. Comme si je l'avais su inconsciemment tout ce temps-là, mais que j'avais repoussé cette idée, ce doute. Brusquement, tout était clair. J'ai compris aussi pourquoi je l'avais suivie dans cet horrible calvaire. C'est affreux ! Elle me flattait. Je suis seul, Maria. Mes patients me haïssent. Tu me haïssais toi aussi. C'est moi qui prends la décision de retirer des enfants à leur famille, d'enfermer des gens dans des hôpitaux psychiatriques ou des cliniques de désintoxication. Je juge, je condamne. Personne ne m'en sait gré. Pas même les enfants que j'arrache à des pères tortionnaires. »

Il se passa les mains sur les genoux, comme à son habitude, à en croire les plaques élimées sur son pantalon. Puis, il se leva.

« Tout ce que je dis, j'en ai conscience, arrive trop tard. Ce sont de piètres excuses dont tu n'as que faire. Mais j'espère que tu me crois quand je te dis que je regrette. Je ne te demande pas de me pardonner, mais seulement de croire qu'à aucun moment je n'ai eu de mauvaises intentions en participant à l'exécution du plan de ta sœur. J'en ai été victime. Tout comme toi. »

Je réprimai l'envie de lui tapoter l'épaule en disant que tout allait s'arranger et que ce n'était pas grave.

« Je sais que tu n'as jamais eu de mauvaises intentions, mais de là à nous comparer ! N'inversons pas les rôles. »

Il détourna les yeux. Nous prîmes congé l'un de l'autre en échangeant une poignée de main formelle. La sienne était moite, sans vigueur.

Van Dijk me regarda et leva les bras au ciel. « Des erreurs, des erreurs, nous en avons tous fait. Moi aussi. » Il se leva, dégourdit ses jambes endolories et se dirigea vers la fenêtre.

« Comment avez-vous su ce qui se passait réellement ?

— À vrai dire, par hasard. À un moment donné, plusieurs faits se sont recoupés.

— Quels faits ?

— Eh bien, tout d'abord, il y a eu la mort de Harry Menninga. Vous étiez le seul suspect, mais à la suite d'entretiens avec ses collègues et ses amis, d'autres questions ont surgi. Où était passé l'argent qu'il avait placé ? Qu'était devenu Martin ? Ce que vous m'aviez dit sur lui me trottait encore dans la tête… Et puis il y a eu la maîtresse de Martin. Elle nous a dit qu'il ne pouvait être impliqué dans la mort de Harry. Il avait disparu sans laisser de traces depuis le jour où ils avaient décidé de refaire leur vie ensemble. Elle avait des soupçons sur Ans. Martin lui avait confié qu'elle lui faisait peur. Le jour même de sa déposition, une de vos connaissances, une certaine Mme Wijker, a fait une surprenante déclaration.

— Daphné ?

— Oui, Daphné Wijker et son mari Chris. Il est ouvrier paveur. Il y a quelque temps, il a coulé une chape de béton chez votre sœur, derrière la maison. Elle voulait une terrasse. Daphné a trouvé cela étrange, compte tenu des rumeurs qui circulaient dans le village sur la disparition de Martin et la mort de son ami. Elle a dit également que, la veille de sa disparition, elle avait vu Martin courir nu dans les dunes. Nous avons décidé de perquisitionner Duinzicht. Ans avait disparu entre-temps, mais plus tard, nous avons compris qu'elle était avec vous. Nous avons trouvé la pièce dans laquelle vous aviez été enfermée. À la suite de cela, j'ai donné ordre de briser la chape de béton. Et là, nous avons retrouvé le corps de Martin. Nous avons immédiatement lancé un plan d'urgence d'envergure.

— Comment avez-vous su que nous étions sur la plage ?

— Un jeune homme qui jouait avec des pétards nous a dit qu'il vous avait entendues crier.

— Et Merel et Wolf, où étaient-ils pendant ce temps-là ?

— Jusqu'au matin de la perquisition, ils étaient chez Ans. Nous les avons trouvés seuls à la maison. Nous avons prévenu leur père… »

Wolf entra en trottinant, il tenait d'une main un énorme cornet de glace italienne. Dans l'autre, un ballon argenté, en forme de cœur. En lettres de couleurs, on pouvait lire : *Prompt rétablissement.* « C'est pour toi ! C'est un cadeau ! »

Je pensais à Harry qui n'avait pas eu l'opportunité de rencontrer mes enfants et sans l'aide de qui je ne serais probablement plus en vie. Je pensais également à cette succession d'enfants disparus : Stephan, l'enfant qu'avait désiré Ans, celui que je ne souhaitais pas avoir. Cet enchaînement qui avait fait qu'à présent les parents d'Harry s'apprêtaient à enterrer le leur.

45

Elle semblait toute petite dans cette chambre misérable dont le mobilier était entièrement en plastique. Petite, fragile et squelettique. Nullement l'apparence d'un assassin. Comme moi, elle avait la tête rasée. Sans maquillage, elle faisait plus que ses trente-cinq ans. Elle tenait une cigarette d'une main tremblante, comme beaucoup d'autres l'avaient fait avant elle, à en croire les brûlures dans la table de plastique vert. Assises l'une en face de l'autre, nous ne savions par où commencer. Je me demandais tout à coup si c'était une bonne idée de lui rendre visite. J'avais tant de questions à lui poser, tant de choses à lui dire, mais ce n'était pas Ans, ma sœur, qui était là. J'avais devant moi une épave nerveuse, qui semblait à peine capable de prononcer une parole, encore moins d'apporter des réponses à mes questions.

Je lui demandai comment elle allait. Elle se mit tout de suite en colère.

« Qu'est-ce que tu crois ? Dans cet endroit minable, dégoûtant ? Non mais qu'est-ce que tu crois ? Des bactéries, des microbes, de la saleté, partout ! Et tous ces imbéciles autour de moi. Tout le temps. Où que je sois, quoi que je fasse, on ne cesse de m'espionner. Et tu me demandes comment ça va ? »

Je sentis immédiatement l'angoisse me gagner de nouveau, me prendre à la gorge. Je ne pouvais supporter ses cris, la haine dans ses yeux. Ici, je ne craignais rien, pourtant je ne me sentais pas en sécurité. Je me levai et ressentis une envie incontrôlable de partir. Elle n'a plus qu'à moisir ici ! Elle me hait. Elle a tué mon beau-frère et l'homme que j'aurais pu aimer. Elle n'a que ce qu'elle mérite. Il s'en est fallu de peu pour que ce soit moi qui sois ici. Ou pire. Qu'elle aille au diable ! me disais-je. Je me dirigeai vers la porte, le gardien se leva. Je me retournai une dernière fois et m'aperçus qu'elle pleurait. En silence. Son dos était agité de sanglots, son visage tremblait, elle se mit à taper du poing sur la table.

« Je ne voulais pas, gémissait-elle, je ne voulais pas. Ç'a été plus fort que moi... Je ne sais pas. Les événements se sont enchaînés. »

Je me tenais près de la porte. Deux mètres au moins nous séparaient et pourtant j'avais l'impression qu'elle m'avait empoignée par la nuque.

« Je suis en colère. Tellement furieuse. Tu sais ce qu'on ressent quand on est furieux à ce point ? »

Je secouai la tête. Je ne savais pas. Je demandai au gardien d'ouvrir la porte.

Elle se mit à parler. Elle s'adressait surtout à elle-même. « Martin en avait assez. Il me l'a dit. Ce n'était pas raisonnable de continuer. Nous allions nous détruire mutuellement. Dans ma tête, ces mots résonnaient : il ment, il ment, il ment. D'ailleurs je lui ai dit : "Tu mens, il y a autre chose, dis-moi la vérité, dis-moi la vérité !" Il restait planté sans rien dire. "Fiche le camp !" Je lui ai jeté un vase à la figure. Il saignait. Moi je saignais aussi, du sang de notre enfant. Comment pouvait-il faire une chose pareille ? Je l'ai obligé à me dire la vérité. Alors il m'a appris que tu t'étais fait avorter. Il avait voulu m'épargner cette épreuve, mais je l'ai forcé à tout me dire.

— Tu sais qu'il avait une maîtresse ?

— Je m'en doutais. Il voulait me quitter. Il aurait un enfant d'une autre. Tout ce dont nous avions rêvé, il le ferait avec une autre. Et toi, tu t'étais fait enlever un enfant. Il voulait aller se coucher. Nous en parlerions le lendemain. Lorsque nous serions un peu calmés…

« J'ai attrapé un chandelier. Et je l'ai frappé. Il s'est enfui, dehors. Il faisait un froid glacial et il saignait. J'ai fermé les portes à clé et je suis montée à l'étage. J'étais toujours hors de moi. Ma colère ne passait pas. Elle n'a fait qu'empirer. »

Elle tremblait tellement à présent qu'elle ne parvenait pas à tirer une cigarette de son paquet. Je n'osai pas lui venir en aide.

« C'est à cause des médicaments. »

Elle se mit à se balancer et se cacha la tête dans les mains.

« Le lendemain matin, j'ai trouvé son corps. Devant la porte du jardin, dans une flaque de sang. Je ne voulais pas le tuer. Je l'ai tiré à l'intérieur, je l'ai lavé… Ce corps… Si blanc… Sans vie…

« Mais on s'habitue, tu sais ? Un cadavre. D'abord on a peur, on panique, mais à un moment donné... Ce n'était plus Martin. C'est devenu une chose. Une chose dont je devais me débarrasser au plus vite. Ce qui est bizarre, c'est que j'étais complètement lucide. Mes pensées... tout à fait claires. Je savais ce que j'avais à faire. Mon plan, il m'est venu tout seul. Si logique. Si brillant. Il s'est déroulé dans ma tête comme s'il avait toujours été là. Chaque nuit, il me venait une nouvelle idée ! Après la mort de Martin... Quand on a passé cette limite, quand on a tué quelqu'un et enterré son corps, et que cela passe complètement inaperçu, ça semble si simple. Il est alors facile de recommencer.

— Tu n'as pas pensé une seule fois à la peine que tu ferais à Merel et à Wolf ? »

Elle me lança un regard irrité. Ses yeux rougis, son regard vide d'émotion m'effrayaient.

« Parfois, il faut agir dans l'intérêt des enfants. Ils préfèrent rester chez des parents qui les battent comme plâtre plutôt que d'être placés dans une famille d'accueil ou dans un foyer. Il est de mon devoir de ne pas tenir compte de leurs sentiments. »

Je me dirigeai vers la table, voulant prendre une cigarette dans son paquet. Je n'avais pas fumé depuis presque une semaine. Elle ne put se maîtriser. Elle me saisit le poignet et y enfonça ses ongles.

« Que sais-tu de la douleur, de la solitude ! Tu es née pour le bonheur et moi pour le malheur. Tu n'as rien fait pour cela ! Tu attires le bonheur comme moi j'attire le malheur. »

Le gardien s'approcha et demanda à Ans de me lâcher.

Je lui fis face. Moi aussi je tremblais de colère à présent, et je ressentis la même fureur qui l'habitait depuis des mois.

« Tu es ma sœur, mais tu m'es plus étrangère que quiconque. Tu n'es pas née pour le malheur, tu l'as recherché ! Tu t'es toujours cachée derrière moi ! Tu as choisi une autre voie. Celle de la haine, de la suspicion, de la jalousie. »

Ans me regarda droit dans les yeux. Les muscles de son cou se contractèrent, elle semblait vouloir se jeter sur moi. « Toi, tu nous as abandonnés. Tu m'as laissée avec mon malheur ! Moi… » — elle pointait l'index contre sa poitrine, au bord de l'hystérie — « … c'est moi qui me suis occupée de lui quand il déclinait ! J'étais sa femme de chambre ! Et même à ce moment-là, il ne me montrait pas la moindre marque d'affection ! Oui, et quand toi tu venais, c'était la fête ! »

Le gardien, qui jusqu'alors s'était interposé, passa son bras autour des épaules d'Ans. « Je pense qu'il est temps de vous dire adieu », déclara-t-il en s'adressant à moi. Ans se dégagea violemment.

« Je regrette, mais tu avais le choix, tout comme moi. Tu as choisi d'être invisible. Quand on se sacrifie, il ne faut pas s'attendre à recueillir des applaudissements. »

Je la regardai s'éloigner, recroquevillée, précédant l'infirmier. J'écrasai ma dernière cigarette.

REMERCIEMENTS

Je remercie Tineke, Tineke Q., Nicolette, Els, Tom et surtout mon ami et époux, Marcel, pour leur soutien, pour m'avoir inspirée et avoir cru en moi.

Je remercie Lydia pour m'avoir fait part de ses connaissances dans le domaine du travail de la police.

Je remercie Janine pour m'avoir prêté ses livres sur Bergen aan Zee et m'avoir fait part de ses expériences en tant que pensionnaire chétive du centre de vacances Bio.

Je remercie papa et maman pour tous les récits et les souvenirs dont ils m'ont fait part.

DU MÊME AUTEUR

Aux Éditions Denoël

RETOUR VERS LA CÔTE, 2007 (Folio Policier nº 686)

PETITS MEURTRES ENTRE VOISINS, 2009, Prix SNCF du Polar européen en 2010 (Folio Policier nº 613)

D'EXCELLENTS VOISINS, 2011 (Folio nº 5436)

COLLECTION FOLIO POLICIER

Dernières parutions

342.	Daniel Berkowicz	*La dernière peut-être*
343.	Georges Simenon	*Le blanc à lunettes*
344.	Graham Hurley	*Disparu en mer*
345.	Bernard Mathieu	*Zé*
346.	Ian Rankin	*Le jardin des pendus*
347.	John Farris	*Furie*
348.	Carlene Thompson	*Depuis que tu es partie*
349.	Luna Satie	*À la recherche de Rita Kemper*
350.	Kem Nunn	*La reine de Pomona*
351.	Chester Himes	*Dare-dare*
352.	Joe R. Lansdale	*L'arbre à bouteilles*
353.	Peppe Ferrandino	*Le respect*
354.	Davis Grubb	*La nuit du chasseur*
355.	Georges Simenon	*Les Pitard*
356.	Donald Goines	*L'accro*
357.	Colin Bateman	*La bicyclette de la violence*
358.	Staffan Westerlund	*L'institut de recherches*
359.	Matilde Asensi	*Iacobus*
360.	Henry Porter	*Nom de code : Axiom Day*
361.	Colin Thibert	*Royal Cambouis*
362.	Gunnar Staalesen	*La Belle dormit cent ans*
363.	Don Winslow	*À contre-courant du Grand Toboggan*
364.	Joe R. Lansdale	*Bad Chili*
365.	Christopher Moore	*Un blues de coyote*
366.	Jo Nesbø	*L'homme chauve-souris*
367.	Jean-Bernard Pouy	*H4Blues*
368.	Arkadi et Gueorgui Vaïner	*L'Évangile du bourreau*
369.	Staffan Westerlund	*Chant pour Jenny*
370.	Chuck Palahniuk	*Choke*
371.	Dan Simmons	*Revanche*
372.	Charles Williams	*La mare aux diams*
373.	Don Winslow	*Au plus bas des Hautes Solitudes*
374.	Lalie Walker	*Pour toutes les fois*
375.	Didier Daeninckx	*La route du Rom*
376.	Yasmina Khadra	*La part du mort*
377.	Boston Teran	*Satan dans le désert*
378.	Giorgio Todde	*L'état des âmes*
379.	Patrick Pécherot	*Tiuraï*
380.	Henri Joseph	*Le paradis des dinosaures*

381. Jean-Bernard Pouy — *La chasse au tatou dans la pampa argentine*
382. Jean-Patrick Manchette — *La Princesse du sang*
383. Dashiell Hammett — *L'introuvable*
384. Georges Simenon — *Touriste de bananes*
385. Georges Simenon — *Les noces de Poitiers*
386. Carlene Thompson — *Présumée coupable*
387. John Farris — *Terreur*
388. Manchette-Bastid — *Laissez bronzer les cadavres !*
389. Graham Hurley — *Coups sur coups*
390. Thierry Jonquet — *Comedia*
391. George P. Pelecanos — *Le chien qui vendait des chaussures*
392. Ian Rankin — *La mort dans l'âme*
393. Ken Bruen — *R&B – Le gros coup*
394. Philip McLaren — *Tueur d'aborigènes*
395. Eddie Little — *Encore un jour au paradis*
396. Jean Amila — *Jusqu'à plus soif*
397. Georges Simenon — *L'évadé*
398. Georges Simenon — *Les sept minutes*
399. Leif Davidsen — *La femme de Bratislava*
400. Batya Gour — *Meurtre sur la route de Bethléem*
401. Lamaison-Sophocle — *Œdipe roi*
402. Chantal Pelletier — *Éros et Thalasso*
403. Didier Daeninckx — *Je tue il...*
404. Thierry Jonquet — *Du passé faisons table rase*
405. Patrick Pécherot — *Les brouillards de la Butte*
406. Romain Slocombe — *Un été japonais*
407. Joe R. Lansdale — *Les marécages*
408. William Lashner — *Vice de forme*
409. Gunnar Staalesen — *La femme dans le frigo*
410. Franz-Olivier Giesbert — *L'abatteur*
411. James Crumley — *Le dernier baiser*
412. Chuck Palahniuk — *Berceuse*
413. Christine Adamo — *Requiem pour un poisson*
414. James Crumley — *Fausse piste*
415. Cesare Battisti — *Les habits d'ombre*
416. Cesare Battisti — *Buena onda*
417. Ken Bruen — *Delirium tremens*
418. Jo Nesbø — *Les cafards*
419. Batya Gour — *Meurtre au Kibboutz*

420.	Jean-Claude Izzo	*La trilogie Fabio Montale*
421.	Douglas Kennedy	*Cul-de-sac*
422.	Franco Mimmi	*Notre agent en Judée*
423.	Caryl Férey	*Plutôt crever*
424.	Carlene Thompson	*Si elle devait mourir*
425.	Laurent Martin	*L'ivresse des dieux*
426.	Georges Simenon	*Quartier nègre*
427.	Jean Vautrin	*À bulletins rouges*
428.	René Fregni	*Lettre à mes tueurs*
429.	Lalie Walker	*Portées disparues*
430.	John Farris	*Pouvoir*
431.	Graham Hurley	*Les anges brisés de Somerstown*
432.	Christopher Moore	*Le lézard lubrique de Melancholy Cove*
433.	Dan Simmons	*Une balle dans la tête*
434.	Franz Bartelt	*Le jardin du Bossu*
435.	Reiner Sowa	*L'ombre de la Napola*
436.	Giorgio Todde	*La peur et la chair*
437.	Boston Teran	*Discovery Bay*
438.	Bernhard Schlink	*Le nœud gordien*
439.	Joseph Bialot	*Route story*
440.	Martina Cole	*Sans visage*
441.	Thomas Sanchez	*American Zazou*
442.	Georges Simenon	*Les clients d'Avrenos*
443.	Georges Simenon	*La maison des sept jeunes filles*
444.	J.-P. Manchette & B.-J. Sussman	*L'homme au boulet rouge*
445.	Gerald Petievich	*La sentinelle*
446.	Didier Daeninckx	*Nazis dans le métro*
447.	Batya Gour	*Le meurtre du samedi matin*
448.	Gunnar Staalesen	*La nuit, tous les loups sont gris*
449.	Matilde Asensi	*Le salon d'ambre*
450.	Jo Nesbø	*Rouge-gorge*
451.	Olen Steinhauer	*Cher camarade*
452.	Pete Dexter	*Deadwood*
454.	Keith Ablow	*Psychopathe*
455.	Batya Gour	*Meurtre à l'université*
456.	Adrian McKinty	*À l'automne, je serai peut-être mort*
457.	Chuck Palahniuk	*Monstres invisibles*
458.	Bernard Mathieu	*Otelo*

459. James Crumley — *Folie douce*
460. Henry Porter — *Empire State*
461. James Hadley Chase — *Pas d'orchidées pour Miss Blandish*
462. James Hadley Chase — *La chair de l'orchidée*
463. James Hadley Chase — *Eva*
464. Arkadi et Gueorgui Vaïner — *38, rue Petrovka*
465. Ken Bruen — *Toxic Blues*
466. Larry Beinhart — *Le bibliothécaire*
467. Caryl Férey — *La jambe gauche de Joe Strummer*
468. Jim Thompson — *Deuil dans le coton*
469. Jim Thompson — *Monsieur Zéro*
470. Jim Thompson — *Éliminatoires*
471. Jim Thompson — *Un chouette petit lot*
472. Lalie Walker — *N'oublie pas*
473. Joe R. Lansdale — *Juillet de sang*
474. Batya Gour — *Meurtre au Philharmonique*
475. Carlene Thompson — *Les secrets sont éternels*
476. Harry Crews — *Le Roi du K.O.*
477. Georges Simenon — *Malempin*
478. Georges Simenon — *Les rescapés du Télémaque*
479. Thomas Sanchez — *King Bongo*
480. Jo Nesbø — *Rue Sans-Souci*
481. Ken Bruen — *R&B – Le Mutant apprivoisé*
482. Christopher Moore — *L'agneau*
483. Carlene Thompson — *Papa est mort, Tourterelle*
484. Leif Davidsen — *La Danois serbe*
485. Graham Hurley — *La nuit du naufrage*
486. John Burdett — *Typhon sur Hong Kong*
487. Mark Henshaw / John Clanchy — *Si Dieu dort*
488. William Lashner — *Dette de sang*
489. Patrick Pécherot — *Belleville-Barcelone*
490. James Hadley Chase — *Méfiez-vous, fillettes !*
491. James Hadley Chase — *Miss Shumway jette un sort*
492. Joachim Sebastiano Valdez — *Celui qui sait lire le sang*
493. Joe R. Lansdale — *Un froid d'enfer*
494. Carlene Thompson — *Tu es si jolie ce soir*

495.	Alessandro Perissinotto	*Train 8017*
496.	James Hadley Chase	*Il fait ce qu'il peut*
497.	Thierry Bourcy	*La cote 512*
498.	Boston Teran	*Trois femmes*
499.	Keith Ablow	*Suicidaire*
500.	Caryl Férey	*Utu*
501.	Thierry Maugenest	*La poudre des rois*
502.	Chuck Palahniuk	*À l'estomac*
503.	Olen Steinhauer	*Niet camarade*
504.	Christine Adamo	*Noir austral*
505.	Arkadi et Gueorgui Vaïner	*La corde et la pierre*
506.	Marcus Malte	*Carnage, constellation*
507.	Joe R. Lansdale	*Sur la ligne noire*
508.	Matilde Asensi	*Le dernier Caton*
509.	Gunnar Staalesen	*Anges déchus*
510.	Yasmina Khadra	*Le quatuor algérien*
511.	Hervé Claude	*Riches, cruels et fardés*
512.	Lalie Walker	*La stratégie du fou*
513.	Leif Davidsen	*L'ennemi dans le miroir*
514.	James Hadley Chase	*Pochette surprise*
515.	Ned Crabb	*La bouffe est chouette à Fatchakulla*
516.	Larry Brown	*L'usine à lapins*
517.	James Hadley Chase	*Une manche et la belle*
518.	Graham Hurley	*Les quais de la blanche*
519.	Marcus Malte	*La part des chiens*
520.	Abasse Ndione	*Ramata*
521.	Chantal Pelletier	*More is less*
522.	Carlene Thompson	*Le crime des roses*
523.	Ken Bruen	*Le martyre des Magdalènes*
524.	Raymond Chandler	*The long good-bye*
525.	James Hadley Chase	*Vipère au sein*
526.	James Hadley Chase	*Alerte aux croque-morts*
527.	Jo Nesbø	*L'étoile du diable*
528.	Thierry Bourcy	*L'arme secrète de Louis Renault*
529.	Béatrice Joyaud	*Plaisir en bouche*
530.	William Lashner	*Rage de dents*
531.	Patrick Pécherot	*Boulevard des Branques*
532.	Larry Brown	*Fay*
533.	Thomas H. Cook	*Les rues de feu*

534.	Carlene Thompson	*Six de Cœur*
535.	Carlene Thompson	*Noir comme le souvenir*
536.	Olen Steinhauer	*36, boulevard Yalta*
537.	Raymond Chandler	*Un tueur sous la pluie*
538.	Charlie Williams	*Les allongés*
539.	DOA	*Citoyens clandestins*
540.	Thierry Bourcy	*Le château d'Amberville*
541.	Jonathan Trigell	*Jeux d'enfants*
542.	Bernhard Schlink	*La fin de Selb*
543.	Jean-Bernard Pouy	*La clef des mensonges*
544.	A. D. G.	*Kangouroad Movie*
545.	Chris Petit	*Le Tueur aux Psaumes*
546.	Keith Ablow	*L'Architecte*
547.	Antoine Chainas	*Versus*
548.	Joe R. Lansdale	*Le mambo des deux ours*
549.	Bernard Mathieu	*Carmelita*
550.	Joe Gores	*Hammett*
551.	Marcus Malte	*Le doigt d'Horace*
552.	Jo Nesbø	*Le sauveur*
553.	Patrick Pécherot	*Soleil noir*
554.	Carlene Thompson	*Perdues de vue*
555.	Harry Crews	*Le Chanteur de Gospel*
556.	Georges Simenon	*La maison du juge*
557.	Georges Simenon	*Cécile est morte*
558.	Georges Simenon	*Le clan des Ostendais*
559.	Georges Simenon	*Monsieur La Souris*
560.	Joe R. Lansdale	*Tape-cul*
561.	William Lashner	*L'homme marqué*
562.	Adrian McKinty	*Le Fils de la Mort*
563.	Ken Bruen	*Le Dramaturge*
564.	Marcus Malte	*Le lac des singes*
565.	Chuck Palahniuk	*Journal intime*
566.	Leif Davidsen	*La photo de Lime*
567.	James Sallis	*Bois mort*
568.	Thomas H. Cook	*Les ombres du passé*
569.	Mark Henshaw - John Clanchy	*L'ombre de la chute*
570.	Olen Steinhauer	*La variante Istanbul*
571.	Thierry Bourcy	*Les traîtres*
572.	Joe R. Lansdale	*Du sang dans la sciure*
573.	Joachim Sebastiano Valdez	*Puma qui sommeille*

574.	Joolz Denby	*Stone Baby*
575.	Jo Nesbø	*Le bonhomme de neige*
576.	René Reouven	*Histoires secrètes de Sherlock Holmes*
577.	Leif Davidsen	*Le dernier espion*
578.	Guy-Philippe Goldstein	*Babel Minute Zéro*
579.	Nick Stone	*Tonton Clarinette*
580.	Thierry Jonquet	*Romans noirs*
581.	Patrick Pécherot	*Tranchecaille*
582.	Antoine Chainas	*Aime-moi, Casanova*
583.	Gabriel Trujillo Muñoz	*Tijuana City Blues*
584.	Caryl Férey	*Zulu*
585.	James Sallis	*Cripple Creek*
586.	Didier Daeninckx	*Éthique en toc*
587.	John le Carré	*L'espion qui venait du froid*
588.	Jeffrey Ford	*La fille dans le verre*
589.	Marcus Malte	*Garden of love*
590.	Georges Simenon	*Les caves du Majestic*
591.	Georges Simenon	*Signé Picpus*
592.	Carlene Thompson	*Mortel secret*
593.	Thomas H. Cook	*Les feuilles mortes*
594.	Didier Daeninckx	*Mémoire noire*
595.	Graham Hurley	*Du sang et du miel*
596.	Marek Krajewski	*Les fantômes de Breslau*
597.	François Boulay	*Traces*
598.	Gunnar Staalesen	*Fleurs amères*
599.	James Sallis	*Le faucheux*
600.	Nicolas Jaillet	*Sansalina*
601.	Jean-Bernard Pouy	*Le rouge et le vert*
602.	William Lashner	*Le baiser du tueur*
603.	Joseph Bialot	*La nuit du souvenir*
604.	Georges Simenon	*L'outlaw*
605.	Kent Harrington	*Le serment*
606.	Thierry Bourcy	*Le gendarme scalpé*
607.	Gunnar Staalesen	*Les chiens enterrés ne mordent pas*
608.	Jo Nesbø	*Chasseurs de têtes*
609.	Dashiell Hammett	*Sang maudit*
610.	Joe R. Lansdale	*Vierge de cuir*
611.	Dominique Manotti	*Bien connu des services de police*
612.	Åsa Larsson	*Horreur boréale*
613.	Saskia Noort	*Petits meurtres entre voisins*

614. Pavel Kohout — *L'heure étoilée du meurtrier*
615. Boileau-Narcejac — *La vie en miettes*
616. Boileau-Narcejac — *Les veufs*
617. Gabriel Trujillo Muñoz — *Loverboy*
618. Åntoine Chainas — *Anaisthêsia*
619. Thomas H. Cook — *Les liens du sang*
620. Tom Piccirilli — *La rédemption du Marchand de sable*
621. Francis Zamponi — *Le Boucher de Guelma*
622. James Sallis — *Papillon de nuit*
623. Kem Nunn — *Le Sabot du Diable*
624. Graham Hurley — *Sur la mauvaise pente*
625. Georges Simenon — *Bergelon*
626. Georges Simenon — *Félicie est là*
627. Ken Bruen — *La main droite du diable*
628. William Muir — *Le Sixième Commandement*
629. Kirk Mitchell — *Dans la vallée de l'ombre de la mort*
630. Jean-François Vilar — *Djemila*
631. Dashiell Hammett — *Moisson rouge*
632. Will Christopher Baer — *Embrasse-moi, Judas*
633. Gene Kerrigan — *À la petite semaine*
634. Caryl Férey — *Saga maorie*
635. James Sallis — *Le frelon noir*
636. Gabriel Trujillo Muñoz — *Mexicali City Blues*
637. Heinrich Steinfest — *Requins d'eau douce*
638. Simon Lelic — *Rupture*
639. Jenny Siler — *Flashback*
640. Joachim Sebastiano Valdez — *Les larmes des innocentes*
641. Kjell Ola Dahl — *L'homme dans la vitrine*
642. Ingrid Astier — *Quai des enfers*
643. Kent Harrington — *Jungle rouge*
644. Dashiell Hammett — *Le faucon maltais*
645. Dashiell Hammett — *L'Introuvable*
646. DOA — *Le serpent aux mille coupures*
647. Larry Beinhart — *L'évangile du billet vert*
648. William Gay — *La mort au crépuscule*
649. Gabriel Trujillo Muñoz — *Mezquite Road*
650. Boileau-Narcejac — *L'âge bête*
651. Anthony Bourdain — *La surprise du chef*

Composition: IGS-CP
Impression Novoprint
le 25 février 2013
Dépôt légal : février 2013

ISBN 978-2-07-044893-7/Imprimé en Espagne.

245052